SARAH NIERWITZKI

KIRSCH BLÜTEN MÄDCHEN

BLÜTEN-TRILOGIE I

PLAYLIST

Für die Spotify-Playlist einmal QR-Code scannen:

Avicii feat. Aloe Blacc – SOS
Billie Eilish – bad guy
AJ Mitchell – Say It Again
5 Seconds of Summer – Easier
The Weekend – Blinding Lights
5 Seconds of Summer – Youngblood
Post Malone – Hollywood's Bleeding
James Gillespie – What You Do
Feliy Jaehn – No Therapy
Winati – Sweet Dreams (Are Made Of This)
Sigma fest. Birdy – Find Me
Sigma feat. Labyrinth – Higher
Eminem feat. Rihanna – The Monster
Chase & Status – All Goes Wrong (Acoustic)
Tom Walker – Not Giving In

Nichts schmerzt mehr als Vergangenes.
Aber auf jedes Ende folgt ein Anfang.

KIRSCHBLÜTE

[ˈkɪʁʃblyːtə]

Substantiv, feminin

Die japanische Kirschblüte steht für Schönheit, Aufbruch und Vergänglichkeit.

KAPITEL 1

Clara

Die Klinge verfehlt so knapp mein Gesicht, dass ich scharf die Luft einziehe. Mit einem Satz springe ich zurück, gehe in die Knie und hechte um meinen Angreifer herum, um ihn von hinten zu taktieren. Ich atme ein, schwinge das Katana in einer fließenden Bewegung über meinen Kopf, um mir den Sieg zu holen, der mir zusteht.

Doch mein Gegenüber ist schneller und dreht sich herum.

In einem schneidenden Metallklirren treffen unsere Klingen unnachgiebig und kompromisslos aufeinander, ähnlich wie unsere Blicke.

Bis ich grinse und mein bester Freund Damien ebenso.

»Wir können hier noch Stunden so verharren, wenn du nicht endlich aufgibst«, sage ich zu ihm, ohne mein Schwert auch nur einen einzigen Zentimeter wegzubewegen.

Er hält meinen Blick, blinzelt nicht einmal. Lediglich sein Grinsen wirkt plötzlich teuflisch. »Von wegen. Du musst in zwanzig Minuten beim Essen mit dem BWL-Monster sein.«

Mein Lächeln perlt mir von den Lippen. Mit aller Macht klammere ich mich an meiner Haltung fest, obwohl sich zig Gewichte auf meine Schultern drücken, wenn ich nur daran denke, mit meiner Mutter und ihrem neuen Freund essen zu müssen. Seit drei Monaten lasse ich dieses Treffen bei uns zu Hause jeden Donnerstag über mich ergehen.

Nur das Training lenkt mich von diesen Gedanken ab – überhaupt ist es das Einzige, was mir den Kopf freipustet, seitdem mein Vater vor fünf Monaten zur Arbeit gegangen und nicht wieder nach Hause gekommen ist. Nur wenn ich mich bis zur Grenze der körperlichen Erschöpfung beim Ninjutsu austobe, schieben die schmerzenden Muskeln meine Gedanken an ihn beiseite.

Zumindest bis die Realität mich einholt. So wie jetzt nach Damiens Bemerkung.

Weil er und ich uns weiterhin ansehen, nehme ich sofort wahr, wie sein Gesichtsausdruck sanfter wird. Das Grinsen weicht, er kräuselt die Nase und kneift ein Auge zusammen.

»Tut mir leid, Clara. Ich wollte das BWL-Monster nicht erwähnen.«

Ich glaube ihm sofort. Er hat vermutlich nicht darüber nachgedacht.

Immerhin ist es nicht seine Mutter, die kurz nach dem Verschwinden ihres Mannes einen erwachsenen BWL-Justus ins Haus geholt hat. Es ist nicht sein Vater, der verschwunden ist. Er ist nicht derjenige, der in jeder freien Minute an ihn denkt, also ist es Damien auch nicht zu verübeln, dass er einige Dinge einfach sagt, ohne darüber nachzudenken, was sie in meinem Kopf auslösen.

Mein bester Freund lässt sein Schwert sinken und die Klinge, die meine streift, gibt ein letztes metallisches Kratzen von sich – es ist unser persönliches Zeichen für Waffenstillstand. Wie ein Handschlag hat sich diese Geste in den fünf Jahren etabliert, in denen wir nun schon zusammen trainieren.

Ich sollte es nicht tun, weil es gegen unsere eigenen Regeln verstößt, aber ich schiebe den Waffenstillstand beiseite und lasse ein wenig von der Wut über die Bemerkung zum BWL-Monster an meinem besten Freund aus. Mit einer einzigen Bewegung stoße ich ihm die Klinge entgegen. Blitzschnell wie er ist, weicht er sofort zurück, kommt jedoch ins Straucheln und fällt rücklings auf die Matte unter uns. Sein Katana bleibt achtlos neben ihm liegen. Die Hände links und rechts in einer beschwichtigenden Geste von sich gestreckt, beuge ich mich über Damien und lasse die Klinge meines Schwerts nur Zentimeter über seinem Herz schweben.

»Dieses Verhalten kann ich nicht dulden«, sagt er mit gespielt arrogantem Unterton, von dem er genau weiß, dass er mich zum Lächeln bringt. Denn er klingt damit wie die Schnösel auf der Privatschule, der ich im letzten Jahr den Rücken gekehrt habe, nachdem ich meinen Abschluss in der Tasche hatte.

»Und was willst du jetzt tun?«, erwidere ich, halte die Klinge weiterhin über seine Brust. »In deiner Situation große Töne zu spucken, würde ich mir gut überlegen.«

»Du hast mich nach einem Waffenstillstand angegriffen, das ist gegen die Regeln.«

»Dass wir überhaupt mit den scharfen Klingen trainieren, auch«, gebe ich zurück.

»Touché.«

Die Katana für das Training sind *eigentlich* aus Holz, und sie hängen *eigentlich* im Nebenraum der Turnhalle. Aber Damien und ich schaffen es immer wieder, unsere scharfen Schwerter in die Halle zu schmuggeln. Was allerdings nicht schwer ist, wenn man bedenkt, dass Damiens Vater Hausmeister der Halle ist. Damien ist viel zu leicht an dessen Schlüssel gekommen und hat ihn nachmachen lassen. So können wir auch abseits der offiziellen Einheiten trainieren.

Ich senke mein Schwert und helfe Damien beim Aufstehen. Jetzt, nachdem unser Kampf vorbei ist, bemerke ich den Schweißfilm, der sich nicht nur in meinem Nacken breitgemacht hat, sondern mir auch die zum Zopf geflochtenen Haare verklebt. Mit dem Ärmel schiebe ich mir einzelne braune Strähnen aus der Stirn und folge meinem besten Freund in Richtung Umkleiden.

»Ehrlich gesagt, würde ich gern mal wieder mit den Shuriken trainieren«, sage ich, während wir den Flur entlanglaufen.

Damien sieht mich von der Seite an. »Ich bin mir ziemlich sicher, dass du nicht einmal in zehn Jahren wieder mit denen trainieren darfst. Nicht nach der Sache vor drei Wochen.«

»Er hatte es verdient«, verteidige ich mich.

»Ich weiß«, gibt er grinsend zurück.

Malte, der seit einem Jahr mit uns trainiert, hat mich vor drei Wochen absichtlich provoziert. Immer und immer wieder hat er Bemerkungen zu meiner Haltung fallen lassen, genauso wie zu der Art, mit der das Schwert ansetze. Malte ist gut, führt seine Kämpfe präzise – aber er ist ein überheblicher Arsch, und das steht ihm im Weg. Als unser Trainer uns zum ersten Mal mit den Wurfsternen hat trainieren lassen, haben zwei davon – von mir geworfen – nur knapp Maltes Ohr verfehlt. Was allerdings weder der noch mein Trainer wussten: Für mich war es keine Prämiere mit den Shuriken. Mein Vater hat mich schon öfter mit seinen trainieren lassen. Zumindest dann, wenn meine Mutter nicht da war. Bis heute ist sie der Meinung, dieser Sport sei nur etwas für Männer.

Am Tag des Malte-Vorfalls habe ich die Standpauke meines Lebens von unserem Trainer bekommen und seitdem bis Ende des Monats Trainingsverbot. Deswegen bin ich Damien umso dankbarer, dass er sich mit mir in die Turnhalle schleicht. Dankbar dafür, dass er mich ablenkt, auch wenn diese Ablenkung nie von Dauer ist. Irgendwann holen mich die Gedanken an meinen Vater immer ein.

Vor den Umkleiden bleiben wir schließlich stehen.

»Wenn du vor dem BWL-Monster gerettet werden willst«, sagt Damien, »schreib mir. Egal, um wie viel Uhr.«

Ich nicke und erwidere sein Lächeln.

»Wir sehen uns spätestens übermorgen. Du weißt ja, wie du rauskommst«, setzt er hinzu und wir umarmen uns, bevor er in der Umkleide gegenüber verschwindet und ich mich in die Frauenumkleide zurückziehe.

Nachdem ich ausgiebig heiß geduscht und mir frische Kleidung angezogen habe, ist es still und dunkel im Gebäude. Damien ist längst weg, hat das Licht beim Gehen ausgeschaltet und die Eingangstür abgeschlossen. Ich schultere mein

Schwert und setze meinen Rucksack auf. Mit der Handytaschenlampe leuchte ich mir den Weg in die obere Etage, wo Damien immer die Tür zum Dach auflässt.

Sobald ich hinaussteige, empfängt mich warme Abendluft. Potsdam sehe ich nicht zum ersten Mal aus der Höhe, aber heute hat der Anblick etwas Endgültiges: Irgendwo dort unten, zwischen all den Lichtern, könnte mein Vater sein. Oder er könnte es nicht sein. Es scheint nur schwarz und weiß zu geben.

Ich stoße den Seufzer aus, der mir seit Damiens Bemerkung die Luft abgeschnürt hat.

An meinen Geburtstagen hat mein Vater Zaubertricks aufgeführt, um uns Kinder bei Laune zu halten. Er hat mit kleinen Tricks begonnen, hat Münzen hinter unseren Ohren weg- und wieder hervorgezaubert. Aber der Trick, der uns am meisten beeindruckt hat, war, wie er unseren Kater Leo in einer Box hat verschwinden lassen. Irgendwann bin ich dahinter gekommen, dass die Box einen doppelten Boden hatte und Leo mit Trockenfutter bestochen wurde, um darin nicht mehr zu maunzen – doch als Kind war mein Vater mit dem Trick mein absoluter Held.

Jetzt, mit achtzehn Jahren, frage ich mich allerdings: Ist er selbst auch so verschwunden? Hat er sich in einem anderen Leben abgesetzt? Hat er sich durch einen doppelten Boden aus dem Staub gemacht, weil er nicht gefunden werden will? Hat er meine Mutter und mich mit Absicht zurückgelassen?

Immerhin konnte die Polizei keine Anzeichen eines Gewaltverbrechens finden. Sein Auto stand in der Tiefgarage zu seinem Zweitbüro im Berliner Regierungsviertel. Als sei er ausgestiegen und dann weggewesen. Wie durch Zauberhand. Keine Leiche, nichts. Die Medien haben wochenlang über ihn berichtet – den Politiker, der sich in Luft aufgelöst hat. Aber irgendwann sind die Artikel verstummt. Meine Mutter hat einige persönliche Gegenstände aus seinem Büro zugeschickt bekommen und damit schien mein Vater endgültig fort gewesen zu sein.

Bevor meine Gedanken weiter abdriften, reiße ich mich von der Stadt los, weil ich sowieso viel zu spät dran bin, und steige die Feuerleiter hinunter. Mein Fahrer dürfte bereits seit fünf Minuten auf mich warten. Zum Glück war Riku schon Chauffeur meines Vaters und lässt sich mit einem Lächeln bestechen, wenn er meiner Mutter nicht erzählen soll, dass ich heimlich beim Training war.

Doch als ich um das Gebäude herumgehe, auf den Parkplatz zu, steht dort zwar der Mercedes mit den abgedunkelten Scheiben – aber der blonde Typ, der vor dem Auto wartet, ist definitiv nicht Riku.

KAPITEL 2

Clara

Zuerst denke ich, er wartet auf jemand anderes, doch das Nummernschild des Wagens, an dessen Fahrertür er lehnt, stimmt. Es ist Rikus Auto.

Weil der Unbekannte, die Arme vor der Brust verschränkt, zur Eingangstür und nicht mich ansieht, schleiche ich auf Zehenspitzen hinter eine der Säulen, die den Hinterhof säumen. So betrachte ich den Blonden einen Moment.

Er kann kaum älter sein als ich, ich schätze ihn höchstens auf neunzehn. Der schwarze Anzug, den er trägt, sitzt perfekt, er wirft keine Falten, spannt nirgends und Hose und Ärmel haben die ideale Länge.

Aber die Kleidung passt überhaupt nicht zu ihm. Weder zu den verstrubbelten blonden Haaren, die den Eindruck erwecken, als sei er sich viel zu oft mit den Fingern hindurchgefahren, noch zu den dunkelgrünen Nikes. Auch seine Haltung wirkt fremd. Er ist kein Chauffeur, schießt es mir durch den Kopf – er ist ein Krieger.

Von meiner Position aus erkenne ich es nicht, aber es würde mich nicht wundern, wenn er nicht mal blinzelt. Er steht so gerade da, sieht so stur nach vorn, dass es mir vorkommt, als würde er auf etwas lauern.

Ich schlucke den Kloß in meinem Hals hinunter, während ich denke: *Lauert er auf mich?*

»Du kannst aufhören, dich zu verstecken«, ruft er plötzlich, ohne sich auch nur ansatzweise zu bewegen. »Ich habe dich schon auf der Feuerleiter gesehen. Du bist sowas von nicht unauffällig.«

Mein Herz macht einen Satz, bevor ich zögerlich hinter der Säule hervortrete.

»Coole Sache«, sage ich so selbstbewusst, wie ich kann. Der Blonde schaut noch immer nicht zu mir herüber. »Haben sie dir in der Fabrik Augen im Hinterkopf einbauen lassen, oder wie hast du mich auf der Feuerleiter gesehen?«

Mit einem Ruck dreht er mir den Kopf zu, die Augenbrauen so sehr zusammengeschoben, dass sein Gesicht dieselbe Härte besitzt wie seine Stimme.

»Fabrik?«

»Na«, sage ich, laufe derweil vorsichtig auf ihn zu, »du bist doch ein Roboter, oder nicht? Die stocksteife Haltung, als hättest du irgendwas im Hintern, verrät dich.«

Wie auf Kommando stößt er sich vom Auto ab und lockert seine verkrampft wirkenden Schultern. Die Arme lässt er jedoch vor der Brust verschränkt, auf seinen Lippen ist nicht einmal der Ansatz eines Grinsens oder Lächelns zu erkennen. Er kommt mir hart wie Stein vor.

Gut vier Meter Abstand lasse ich zwischen ihm und mir. Während er mich mustert, spanne ich die Muskeln an, um mich darauf vorzubereiten, jederzeit vor ihm wegzulaufen, oder um ihn anzugreifen. Bei dem Gedanken umfasse ich mein Schwert noch fester.

»Wo ist Riku?«, will ich wissen.

»Nicht da«, erwidert er, hebt sein Kinn eine Spur an. Abschätzig mustert er mich.

Bevor er etwas hinzufügen kann, frage ich: »Wer bist du?«

»Dein Fahrer.«

»Wie heißt du?«

»Jarik.«

»Nachname?«

»Arbeitest du bei der Polizei?«, fragt er schroff.

»Nachname«, wiederhole ich unnachgiebig.

Er blinzelt und wirkt, als müsse er ein Augenrollen unterdrücken.

»Winkler.«

»Falsche Antwort«, sage ich. »Riku hat drei Mitarbeiter und keiner von ihnen heißt Jannik Winkler.«

»Jarik«, verbessert er.

»Wo ist Riku?«, frage ich erneut. »Und warum fährst du seinen Wagen?«

Meine Finger um den Griff des Schwerts beginnen zu schmerzen, so sehr umschlinge ich ihn. Jariks Augen huschen von meinem Gesicht zu meiner Hand, dann zurück. Er lässt die Arme sinken, faltet sie stattdessen vor seinem Bauch ineinander, als hoffe er, diese Geste würde ihn sanfter erscheinen lassen. Dabei sieht er jetzt erst recht aus wie eine Statue.

»Ich bin seit zwei Wochen in der Firma«, sagt er. »Riku hat einen kurzfristigen Auftrag bekommen, deswegen hat er mich geschickt.«

»Klingt, als hättest du das auswendig gelernt.«

Jarik rollt mit den Augen und holt einen Zettel aus seiner Hosentasche hervor.

»Hier«, sagt er und hält ihn mir hin.

Ich beuge mich so weit vor, wie ich kann, um mich ihm nicht unnötig zu nähern, und schnappe mir dann den Zettel, falte ihn auseinander.

Kon'nichiwa!, steht darauf.

Für einen Augenblick vergesse ich Jarik und muss lächeln, weil ich Rikus japanischen Akzent so klar im Kopf habe.

Sei nicht so hart zu Jarik, er ist neu. Ich verspreche, er achtet auf Verkehrsregeln, schnallt sich immer an, benutzt das Handy nicht beim Fahren und bringt dich sicher zu deiner Mutter. Ich vertraue ihm. Pass auf dich auf. Wir sehen uns morgen. Riku

Ich vertraue ihm, wiederhole ich im Kopf und schaue vorsichtig auf. Riku war schon Chauffeur meines Vaters, als ich noch ein Kind war, ich bin mit dem gebürtigen Japaner aufgewachsen. Mittlerweile ist er achtundsechzig, seine Brillengläser sind deutlich dicker als vor einigen Jahren, aber nur mit ihm fühle ich mich sicher.

Selbst als mein Vater in der Politik aufgestiegen ist und man ihm Fahrer stellen wollte, hat er immer auf Riku bestanden. Seit er verschwunden ist, ist Riku für mich zu einer Erinnerung an meinen Vater geworden, auch wenn wir nie über ihn reden. Doch ich weiß, ich könnte es, sollte ich bereit dafür sein. Wenn Riku Jarik vertraut, tue ich es ebenso.

Vielleicht sieht Jarik mir die abebbenden Zweifel an, denn er tritt um das Auto herum und öffnet erst den Kofferraum, dann die Beifahrertür.

»Wenn ich bitten darf, Clara?«

Mit Sicherheit kennt er meinen Namen von Riku. Ich gehe von der anderen Seite um den Mercedes, verstaue mein Schwert im Kofferraum, nehme aber den Rucksack mit dem Pfefferspray darin mit nach vorn. Als ich nur noch einen halben Meter von Jarik entfernt bin, tritt er einen Schritt zurück.

»Sprichst du alle Kunden mit Vornamen an?«, frage ich.

»Was auch immer, Fräulein Berger.« Er lächelt scheinheilig und ich bin kurz davor, mein Schwert wieder aus dem Kofferraum zu holen, um ihm zumindest mit dem Griff eins überzubraten.

Ohne ihn aus den Augen zu lassen, entscheide ich mich jedoch dagegen, steige in den Wagen und schließe die Tür. Während er vor der Motorhaube entlangläuft, breitet sich ein Grinsen auf seinen Lippen aus, das allerdings verschwunden ist, als er einsteigt und das Auto startet.

Wenigstens in dem Punkt hatte Riku recht: Fahren kann Jarik. Er bedient den Wagen, als würde er ihn seit Jahren über die Straßen bugsieren, lässt die Drehzahl nicht in die Höhe schnellen, sondern den Motor sanft summen.

»Beobachtest du mich?«, fragt er, nachdem wir zehn Minuten unterwegs sind.

»Natürlich«, antworte ich sofort, obwohl es mir peinlich ist, dass er es mitbekommen hat. Oder dass ich nicht bemerkt habe, ihn angesehen zu haben wohl eher.

»Beobachtest du Riku auch immer beim Fahren?«

Es ist seltsam, wie er seinen Namen ausspricht. Viel zu vertraut. Hat er nicht gesagt, dass er erst seit zwei Wochen für ihn arbeitet?

»Normalerweise nicht, nein«, sage ich. »Aber ich habe noch nie einen Roboter Autofahren sehen. Du kannst mir nicht verübeln, dass ich mir jedes Detail einpräge.«

Zum ersten Mal, seitdem wir losgefahren sind, nimmt er den Blick von der Straße und wirft ihn mir zu. Während ich gespielt freundlich grinse und mit den Wimpern klimpere, ändert sich sein Gesichtsausdruck von versteinert zu *sehr* versteinert. Dann hebt er plötzlich eine Braue und schaut zurück auf die Straße.

»Welches Detail gefällt dir am Roboter am besten?«, fragt er.

»Wenn er nicht spricht.«

Er presst die Kiefer aufeinander. »Das mag ich an Mädchen auch am liebsten.«

»Wenn du keine Antwort willst, stell keine Fragen. Nichts zu sagen ist eine Blume.«

Er linst zu mir herüber. »Japanisches Sprichwort.«

Ich bin ehrlich überrascht, dass er das kennt, werde jedoch von der Tatsache abgelenkt, dass er abbiegt, bevor ich ihn diesbezüglich fragen kann.

»Das ist der falsche Weg.« Ich schaue über meine Schulter zurück zur Straße, in die wir eigentlich hätten fahren sollen.

Aus einem Reflex greife ich nach dem Pfefferspray in der Seitentasche meines Rucksacks.

»Das ist eine Abkürzung«, erwidert Jarik knapp.

»Ich fahre den Weg seit fünf Jahren, das ist keine Abkürzung.«

»Wenn Stau ist, schon.«

Jarik deutet auf das Navigationsgerät, das in der Armatur des Mercedes‘ eingelassen ist. Auf der Route, die Riku und ich sonst nehmen, sind mehrere digitale Schilder mit Ausrufezeichen angezeigt. Die Hauptstraße scheint verstopft.

»Es gab vor einer Stunde einen Unfall«, erklärt Jarik. »Ein Laster hat Bauschutt verloren. Die Polizei hat die komplette Straße gesperrt.«

Ich vertraue ihm, hallen Rikus Worte erneut in meinem Kopf, woraufhin ich versuche, mich zu entspannen. Das Pfefferspray halte ich jedoch weiterhin umklammert, sehe nun aber nicht mehr Jarik an, sondern aus dem Fenster.

Wir befinden uns auf einer Allee, gesäumt von dicht beblühten Eichen und Birken. Fast hoffe ich, durch den Umweg zu spät zu kommen, damit meine Mutter und das BWL-Monster ohne mich mit dem Essen beginnen. Doch egal, wie sehr sich meine Ankunft verzögert, das werden sie so oder so nicht tun. Eher wird das Essen kalt und BWL-Justus macht mir Vorwürfe deswegen, während meine Mutter stumm zusieht.

Ich wünschte, wir könnten noch einmal so innig miteinander sein wie vor sechs Monaten, bevor mein Vater verschwunden ist. Doch seitdem verschließt sie sich nicht nur vor mir, sondern vor gefühlt der gesamten Welt.

Wie kann ich ihr aber deswegen böse sein? Ich tue es ihr gleich.

An einer Ampel bremst Jarik sanft ab, obwohl sie gerade erst auf Gelb springt. Ich denke noch, wie übervorsichtig er fährt, da sieht er plötzlich ganz offen zu mir herüber.

»Es tut mir leid«, sagt er.

Bevor ich diese Entschuldigung für was auch immer verarbeiten oder auf irgendeine Art und Weise darauf reagieren kann, streckt Jarik schon die Hand nach mir aus und rammt mir die Nadel einer Spritze in den Oberarm.

Ich dachte, meine Reaktionszeit sei hervorragend, doch auf den Schock vergesse ich sogar das Pfefferspray. Einen Augenblick bin ich unfähig, irgendetwas zu tun, starre die Spritze in meinem Arm an, während mein Kopf nicht versteht, was gerade passiert ist.

»Was soll das, hast du -?«

Weiter komme ich nicht. Als Jarik die Spritze herauszieht, beginnt das Auto mit einem Mal viel zu sehr zu schwanken. Ich kralle meine Hand um den Türgriff, oder zumindest versuche ich es, denn ich verfehle ihn kläglich. In meinen Ohren rauscht ein Wasserfall, die Welt vor meinen Augen dreht sich, mein Kopf kippt nach vorn, ich spüre, wie Jarik den Wagen auf den Seitenstreifen bugsiert und dann anhält.

Seine Hand gleitet sachte an meine Schulter und wenn ich die Kraft dazu aufbringen könnte, ich würde sie beiseiteschlagen. Aber sie reicht gerade so aus, um Jarik aus den Augenwinkeln anzuschauen. Er schiebt seine Hand unter mein Kinn, sodass mein Kopf nach hinten gegen die

Lehne fällt. Sein arroganter Blick ist verschwunden, stattdessen liegt nun etwas Weiches in seinen Augen.

»Gute Nacht, Kada.«

Mir bleibt die Luft weg.

Woher kennst du diesen Namen?, will ich schreien. *Woher weißt du von dem Namen, bei dem mich nur mein Vater genannt hat? Den weder Damien, noch sonst einer meiner Freunde kennt?*

Doch meine Kehle ist zugeschnürt. Nicht einmal meine Stimmbänder gehorchen mir. Und nur eine Sekunde später überkommt mich schwarzes Nichts.

Jemand hebt mich an, Hände legen sich um meinen Rücken und unter meine Kniekehlen, kurz danach werde ich wieder abgelegt und zugedeckt. Vielleicht ist Jarik längst weitergefahren, vielleicht stehen wir gar nicht mehr auf dem Standstreifen, vielleicht will er mich irgendwo im Wald abladen wie ein altes Stück Holz, ich weiß es nicht. Und selbst wenn, könnte ich mich nicht wehren. Immer wieder versinke ich in Ohnmacht, kann keinen klaren Gedanken fassen, kann nicht einmal die Augen öffnen.

Ich bin ihm vollkommen ausgeliefert.

»Du kannst froh sein, wenn sie dir nicht an die Gurgel geht, sobald sie aufwacht.«

Eine fremde Stimme stiehlt sich in mein Bewusstsein, doch ich bin noch immer zu müde, um die Augen zu öffnen und zu schauen, zu wem sie gehört. Auf meinen Ohren liegt ein seltsamer Druck, Rauschen erfüllt meinen Kopf. Ich glaube, ich sitze nicht mehr aufrecht, genau kann ich es aber nicht sagen, denn selbst mit geschlossenen Augen dreht sich alles.

»Mit ihr werde ich fertig.« Das ist Jarik, ich erkenne seine Stimme.

Ein Lachen ertönt von der anderen männlichen Person. »Ihr Vater hat sie von klein auf vorbereitet, Jarik. So leicht, wie du dir das vorstellst, wird das nicht.«

»Mag sein«, antwortet dieser. »Aber sie hat keine Übung außerhalb der Turnhalle – ich schon.«

Bevor ich mich bemerkbar machen kann, holt mich die Dunkelheit erneut.

»Kada.«

Ich wünschte so sehr, es wäre mein Vater, der das sagt. Aber es ist Jarik. Seine Stimme ist ganz nah, sein Atem kitzelt an meiner Wange. Ich will mich bewegen, und wenn ich es nur schaffe, ein Augenlid zu öffnen - doch es klappt nicht. Ich bin zu müde, in meinen Gliedern hängt endloser Schlaf.

»Wenn du mich hörst, blinzle einfach.«

Er lacht leise über seinen eigenen Witz, als ich nicht die Kraft aufbringe, mich zu regen. Mein Körper ist schwer wie Blei. Ich spüre Finger an meiner Stirn, die mir eine Haarsträhne aus dem Gesicht streichen. Dann versinke ich erneut.

KAPITEL 3

Clara

In meinem Leben war ich schon ein paar Mal ohnmächtig, nämlich genau dann, wenn ich Blut sehe. Wird mir beim Arzt welches abgenommen, habe ich mir längst angewöhnt, nicht hinzusehen, bis das Pflaster auf der Einstichstelle liegt. Das letzte Mal wurde mir schwarz vor Augen, als ich Damien mit der Klinge meines Katanas am Unterarm erwischt habe.

Aber diese Ohnmacht, aus der ich jetzt langsam an die Oberfläche drifte, war anders. Tiefer. Ich habe das Gefühl, nach Tagen voller Schlaf endlich zu mir zu kommen, und es kostet so viel Kraft, weil meine Lider immer wieder zufallen, nachdem ich sie halb geöffnet habe, sodass ich unweigerlich aufkeuche.

»Schneewittchen ist wach«, höre ich Jariks Stimme, als würde er das jemandem zurufen.

»Dornröschen«, gebe ich gequält von mir.

»Und sie klugscheißt.«

Schwer wie ein Stein will ich mich zur Seite drehen, da spüre ich Hände an meinen Schultern.

Noch einmal versuche ich, die Augen aufzuschlagen, und endlich gelingt es mir.

Nur eine Armlänge entfernt blicke ich in Jariks Gesicht, der die braunen Augen geweitet hat. Er hat sich auf dem Stuhl, auf dem er sitzt, vorgebeugt und hält mich fest.

»Du fällst aus dem Bett, wenn du dich noch weiterdrehst«, sagt er. »Und ich habe keine Lust, dich zu verarzten.«

Ich brauche einen ewigen Moment, in dem ich ihn lediglich anstarre, ohne etwas zu erwidern, weil mein Kopf nicht annähernd versteht, was er von sich gibt. Dann erst sehe ich mich um.

Das Zimmer, in dem ich liege, ist klein, kaum sechs Quadratmeter, würde ich auf die Schnelle schätzen. Komplett in weiß gestrichen stehen lediglich das Holzbett darin, in dem ich mich befinde, ein Kleiderschrank sowie eine Kommode daneben. Alle drei Möbelstücke sehen aus, als seien sie gerade erst gekauft und in den Raum gestellt worden. Hinter mir kriecht Sonnenschein über das Bett, bricht sich an der Wand gegenüber, an der ein Poster der japanischen Flagge hängt. Exakt daneben ein Bild von einer vermummten Gestalt mit einem Katana in der Hand.

Meine Augen wandern nach rechts, wo die Zimmertür offensteht, und ich muss mich zusammenreißen, nicht sofort hinauszustürmen.

»Keine Sorge, das Schlafmittel müsste vollständig in deinem Körper abgebaut sein«, sagt Jarik und lenkt meine Aufmerksamkeit wieder auf sich. »Die Müdigkeit wird in den kommenden Stunden komplett nachlassen.«

»Du hast mir einschläfernden Medikamente verabreicht?«

Ich wünschte, meine Stimme würde in diesem Zustand nicht so weich klingen. Ich wünschte, meine Zunge wäre nicht so schwer, damit ich ihn anbrüllen kann.

»Was, wenn ich allergisch darauf bin?«

»Bist du nicht«, antwortet er schulterzuckend. »Wir kennen deine Krankenakte.«

Ich schiebe Jariks Hände von mir, schwinge die Beine aus dem Bett, bin jedoch nicht auf die Sterne vorbereitet, die vor meinen Augen tanzen. Mit den Fingern kralle ich mich an die Bettkante, um nicht vornüber zu kippen.

Als Jarik erneut seine Hände nach mir ausstreckt, reagiere ich endlich. Mein erster Tritt trifft genau gegen sein rechtes Schienbein, beim zweiten nutze ich seine Überraschung und treffe die Sitzfläche des Stuhls, der so, samt Jarik, nach hinten fällt. Er stöhnt auf, als er auf dem Boden aufkommt. Trotz Sterne vor den Augen springe ich auf und gehe in Angriffsposition.

Jarik rollt sich zur Seite und steht augenblicklich wieder auf den Beinen, geht drei Schritte rückwärts, als könnte er mich mit dem Abstand zwischen uns besänftigen.

»Kein Grund, gewalttätig zu werden«, sagt er. »Du kannst mir vertrauen, ehrlich. Du weißt es nur noch nicht.«

»Verabreichst du Leuten, die dir vertrauen sollen, immer Schlafmittel?«, will ich wissen.

Aus den Augenwinkeln fällt mir mein Rucksack neben dem Bett auf – daneben an der Wand gelehnt mein Schwert.

Jarik folgt meinem Blick, doch ich bin schneller. Ich greife nach dem Katana, ziehe es beinahe in derselben Bewegung aus der Scheide und bevor Jarik den letzten Schritt auf mich zumachen kann, habe ich ihm die Spitze der Klinge auf die Brust gelegt, sodass er innehält.

Die hastigen Bewegungen und das Adrenalin in meinem Körper machen sich jetzt bemerkbar. Meine Beine zittern, genau wie meine Hände. Die Klinge vibriert leicht, aber ich halte sie mit aller Macht auf ihn gerichtet.

»Wenn du nicht umkippen willst, solltest du das Schwert sinken lassen und dich ausruhen«, sagt Jarik. »Außerdem hast du gegen mich nicht mal eine Chance, wenn du nicht wie ein Zombie aussiehst.«

»Wenn du die Klinge nicht zwischen den Rippen haben willst, solltest du die Klappe halten«, zische ich.

»Ich habe dir gesagt, sie geht dir an die Gurgel.«

Ruckartig sehe ich zur Seite, ignoriere den Schmerz, der mir im Zuge dessen durch die Stirn und den Nacken jagt. Im Türrahmen gelehnt steht ein Mann, definitiv älter als Jarik und ich. Er lächelt, aber im Gegensatz zu Jarik wirkt er dabei nicht wie ein Roboter.

Jarik versucht, mir das Schwert abzunehmen, doch auch wenn er sich Mühe gibt, so lautlos wie möglich zu sein, ich bemerke ihn gleich. Er schafft es nicht einmal, die Hand zur Klinge zu heben, da schwinge ich sie in einer flinken Bewegung höher, sodass sie jetzt genau an seinem Adamsapfel sitzt.

»Berühr mein Katana und du hast die längste Zeit Fingerkuppen gehabt«, sage ich.

»Du hast dein Schwert gegen das deines Vaters ausgetauscht, richtig?«, fragt der Dunkelhaarige an der Tür.

Dass er meinen Vater erwähnt, bringt mich aus der Fassung und noch mehr zum Zittern – vor allem mein Herz.

»Woher weißt du das?«, raune ich durch zusammengebissene Zähne.

Niemand weiß davon. Mein Vater hat sie letztes Jahr für ihn und mich gekauft, sie lassen sich nicht voneinander unterscheiden – nicht mal durch die japanischen Schriftzeichen an der unteren Seite des Griffs, die allerdings so fein eingraviert sind, dass man sie nur erkennt, wenn man von ihnen weiß. Vater und Tochter, das bedeuten die Zeichen.

Ich habe das Schwert nach seinem Verschwinden an mich genommen, weil ich das Gefühl hatte, ihm so irgendwie nah zu sein. Dabei hat es lediglich mein Heimweh verstärkt. Aber ich schaffe es auch nicht, es wieder auszutauschen. Als würde ich ihn endgültig verlieren, wenn sein Schwert nicht mehr in meinen Händen liegt.

Der Unbekannte fährt sich über die kurzgeschorenen Haare, als müsse er über eine Antwort nachdenken, danach tritt er auf mich zu.

»Keinen Schritt weiter«, warne ich ihn.

»Du kannst uns nicht beide mit demselben Schwert bedrohen«, seufzt Jarik.

»Fordere mich nicht heraus, Jannik.«

Der Dunkelhaarige stößt ein Lachen aus, während Jarik mir einen vernichtenden Blick zuwirft.

»Am besten, wir fangen von vorne an«, versucht der Unbekannte mich zu besänftigen.

»Ich würde gern an dem Punkt beginnen, als Jannik mich mit Medikamenten betäubt hat.«

Angesprochener rollt mit den Augen.

»Es tut mir leid, dass es nur so möglich war«, sagt der Dunkelhaarige. Die entwaffnende Ehrlichkeit in seiner Stimme beruhigt mich allerdings nicht. »Ich dachte aber eher an« - er streckt mir die Hand entgegen - »ich bin Falk und du bist?«

»Ich vermute, du kennst meinen Namen«, sage ich. »*Ich* dachte eher an: Wenn ihr mich nicht gehen lasst, werde ich Gebrauch von meinem Schwert machen und danach die Polizei verständigen, weil ihr mich entführt habt.«

»Du kommst keine zwei Meter weit«, sagt Jarik. Er grinst überheblich. »Das Gebäude ist voll mit Geschwistern, die schon länger trainieren, als du auf der Welt bist.«

»Geschwister?«, wiederhole ich.

»Geschwister der Nacht«, setzt Falk hinzu.

»Ihr seid eine Sekte«, stelle ich fest. Ich sehe von Falk zu Jarik, zurück zu Ersterem. »Antworte mir!«

»Das ist nicht so leicht zu beantworten, wie -«

Mir reicht es. Ich trete einen Schritt vorwärts, bewege die Klinge des Schwerts dabei an Jariks Kinn, sodass er den Kopf anheben muss, damit das Messer ihm nicht in die Haut schneidet. Im nächsten Augenblick schlängle ich das Schwert über meinen eigenen Kopf, will zu einem endgültigen Angriff in Falks Richtung übergehen - doch diesmal ist Jarik der Schnellere von uns beiden.

Ich sehe gerade noch, wie er etwas aus der hinteren Hosentasche ziehen will, realisiere im nächsten Moment allerdings, dass das nur ein Ablenkungsmanöver war. Während mein Blick auf seine Hände gerichtet ist, schlägt er mir mein Schwert aus den Fingern, dreht mich herum, schlingt seinen Unterarm unter mein Kinn und drückt meinen freien Arm hinter meinen Rücken.

Obwohl es in Jariks Griff kaum Bewegungsfreiheit gibt, überlege ich sofort, wie ich ihm entkommen kann. Doch weil er mich herumgewirbelt hat, erhasche ich zum ersten Mal, seit ich aufgewacht bin, einen Blick aus dem Fenster und stocke.

Genau unter mir erstreckt sich Tokios berühmte Shibuya Kreuzung.

KAPITEL 4

Clara

Das ist unmöglich. Tokio ist elf Flugstunden von Potsdam entfernt, das weiß ich deswegen so genau, weil mein Vater einmal im Jahr mit irgendwelchen wichtigen Politikern zu einem noch wichtigeren Treffen in der Stadt war. Ich weiß es, weil er extra nachts aufgestanden ist, um mit meiner Mutter und mir zu telefonieren. Ich weiß es, weil Riku aus Tokio kommt und mir schon hunderte Geschichten über die Stadt erzählt hat.

Bevor ich mich wehren kann, lockert sich Jariks Griff und er lässt mich frei. Ich drehe mich herum, die Arme von mir gestreckt, um ihn und Falk auf Abstand zu halten, während ich rückwärts in Richtung Fenster stolpere. Aber die beiden Männer stehen unverändert da, weder in Angriffshaltung noch sonst irgendwie darauf aus, mich erneut zu packen.

»Was soll das hier?«, frage ich.

An diesem Punkt interessiert es mich nicht einmal, dass meine Stimme zittert. Die Panik hat jetzt endgültig Überhand über mich gewonnen. Gestern war meine größte Sorge, zum Essen mit meiner Mutter und BWL-Justus zu gehen, und nun bin ich offensichtlich achttausend Kilometer von zu Hause entfernt, entführt von jemandem, der sich Rikus Wagen bemächtigt hat.

»Du arbeitest nicht für Riku, oder?«, wende ich mich an Jarik.

Er schüttelt den Kopf. »Ich arbeite hier in Japan.«

Ich wünschte, das hätte er nicht gesagt, denn trotz der unverwechselbaren Shibuya Kreuzung unter uns, habe ich endgültig die Gewissheit, nicht in Potsdam zu sein. Schlimmer noch: auf einem für mich komplett fremden Kontinent.

»Für wen arbeitet ihr?«, frage ich, diesmal an Falk gerichtet, weil ich das Gefühl nicht loswerde, dass sein Wort mehr Gewicht hat als das von Jarik.

»Die Gilde mit den Geschwistern der Nacht«, antwortet er, als würde mir diese kryptische Bezeichnung beim zweiten Mal mehr verraten.

»Ich will nicht den Namen eurer Sekte«, sage ich, »sondern Klartext.«

»Du redest wie dein Vater«, erwidert Falk und löst mit diesen fünf Worten einen Sturm in meinem Inneren aus.

»Sprich nicht von meinem Vater!«

Ich beiße die Zähne aufeinander, während über Falks Gesicht eine Entschuldigung huscht. Und so etwas wie Trauer.

»Um dir vermutlich deine brennendste Frage zu beantworten«, sagt er, »er lebt.«

Die dumme, naive Seite in mir, die sich seit quälenden sechs Monaten gewünscht hat, das zu hören, horcht nicht nur auf, sondern bricht innerlich vor Freude in Tränen aus. In meinem Kopf hallen diese Worte für mehrere Momente immer und immer wider: Er lebt. Er lebt. Er lebt.

Doch die rationale Seite in mir – die, die mich die letzten Monate pausenlos begleitet hat – unterdrückt alle positiven Gedanken, schiebt sie so weit weg von meinem Herzen, dass sie keine Chance haben, dort irgendwie zu nisten. Es ist die pure Ironie des Schicksals, dass ich ausgerechnet seit dem Verschwinden meines Vaters so diszipliniert bin.

Denn all die Jahre zuvor war es genau das, was mich davon abgehalten hat, mich beim Ninjutsu vollständig unter Kontrolle zu haben: meine Emotionen. Erst seit mein Vater weg ist, brechen sie nicht mehr an die Oberfläche. Ich gebe ihnen keinen Anlass dazu, sondern versperre sie absichtlich. Es ist einfacher, aller Welt die kalte Schulter zu zeigen, als sie wissen zu lassen, was wirklich in mir vorgeht.

»Wieso sollte ich dir glauben?«, frage ich Falk. »Dein Roboter hat mich mit Schlafmitteln vollgepumpt und nach Tokio verschleppt.«

»Du hast den Flug im Privatjet ziemlich genossen«, sagt Jarik scheinheilig und zwinkert. »Manchmal hast du sogar geschnarcht.«

»Wenn ich mein Schwert zurückhabe«, sage ich zu ihm, »bist du fällig.«

Mit einem Tritt befördert er mein Katana, das unter ihm liegt, von mir weg, sodass es auf die andere Seite des Zimmers rutscht. Er grinst unverschämt.

»Wir hätten dich auch töten können«, sagt er dann. »Ist das nicht Grund genug, uns zu vertrauen?«

»Gibt es bei den Geschwistern der Nacht eigentlich Preise für möglichst dumme Antworten?«, frage ich. »Und wenn ja, wie oft hast du den ersten Platz belegt?«

»Schon gut«, sagt Falk, legt Jarik väterlich die Hand an die Schulter, bevor er noch mal etwas erwidern kann, und stellt sich schließlich halb vor ihn. »Das hier ist keine Sekte.«

»Was dann?«

»Die weltweit letzte Gilde der Shinobi. Aber wahrscheinlich sagt dir der Begriff Ninja eher etwas.«

Mein erster Impuls ist es, zu lachen, weil ich an die Fernsehsendung mit den sprechenden und menschengroßen Schildkröten aus den 90ern denke. Doch sowohl Jariks als auch Falks Gesichtsausdruck ist ernst, von Belustigung fehlt jede Spur. Mit geraden Schultern stehen sie da, das Kinn gehoben, die Füße so akkurat nebeneinander, als hätten sie sich auf unsichtbaren Linien am Boden positioniert.

Erst jetzt realisiere ich, dass sie komplett in Schwarz gekleidet sind, lediglich Jariks blonde Haare heben sich ab. Sowohl auf Jariks als auch Falks Brust ist etwas in den Stoff gestickt: Zwei sich überkreuzende Katana. Wenn sie in diesem Augenblick aus der Tür treten, würde es mich nicht wundern, sollten sie an der nächsten Ecke mit einem Schatten verschmelzen. Obwohl Falk in den letzten Minuten definitiv mehr Emotionen als Jarik gezeigt hat, scheinen sie beide absolut kontrolliert.

»Ninja?«, wiederhole ich langsam.

»Wehe, du sagst jetzt etwas über die Schildkrötensendung«, murmelt Jarik.

»Was hat mein Vater mit eurer ... Gilde zu tun?«, ignoriere ich seinen Kommentar.

»Sein Großvater hat sie mitbegründet«, sagt Falk. »Er hat unsere Schrift mitunterzeichnet, weswegen dein Vater in der Gilde heute das Amt eines Meisters bekleidet. Für jeden Kontinent gibt es einen Meister, in den einzelnen Ländern zudem noch mehrere Fuma. Sie rekrutieren diejenigen, die wir Geschwister der Nacht nennen. Sie werden hier in Japan ausgebildet und in den Ländern verteilt, in denen sie Aufträge ausführen.«

»Aufträge?«, wiederhole ich. »Das klingt, als würdet ihr Menschen töten.«

»Die Gilde tötet keine Menschen«, erwidert Falk ernst. »Das ist gegen unsere Leitlinien.«

Mein Kopf pulsiert von den Informationen, die Falk mir hingeworfen hat, als könnte ich sie wie selbstverständlich verarbeiten.

»Und ihr gehört zu den Geschwistern?«, frage ich.

»Jarik gehört zu den Geschwistern«, erklärt er. »Ich gehöre zu den Fuma.«

Deswegen strahlt er mehr Autorität aus als Jarik. Weil Falk offensichtlich so etwas wie sein Chef ist.

Er macht eine Pause, als wolle er mir Zeit geben, das gerade Gesagte zu verarbeiten, aber mir schwirren einhundert Fragen im Kopf, die unmöglich in Worte zu fassen sind.

»Wo ist mein Vater jetzt?«, versuche ich es schließlich mit der, die mich über allen anderen anbrüllt.

Falk und Jarik tauschen einen Blick aus. Nur kurz, aber ich weiß sofort, dass er nichts Gutes bedeutet.

»Wissen wir nicht«, sagt Falk.

»Du hast gesagt, er lebt.« Ich warte auf eine weitere Antwort, aber sie bleibt aus. »Hast du mich angelogen und er lebt doch nicht mehr?«

»Ich habe keinen Grund, dich anzulügen.« Falk seufzt. »Ich überlege lediglich, wie ich dir sage, was wir wissen.«

Es ist erfrischend, dass er so ehrlich ist und die Worte mit so viel Bedacht wählt – aber gleichzeitig macht es mir unglaubliche Angst. Ich versuche, das Gefühl zu unterdrücken, zu emotional zu werden, selbst wenn es um meinen Vater geht.

Tapfer schlucke ich den Kloß in meinem Hals hinunter und fordere, was auch mein Vater immer so gefordert hat, sobald ich nicht weiterwusste und mich mit Problemen an ihn gewandt habe: »Sag es offen.«

Jetzt lächelt Falk sogar, obwohl es nicht allzu lange auf seinen Lippen hält. »Er ist entführt worden«, sagt er.

Mein Herz verkrampft sich. »Von wem?«

»Wir sind uns nicht sicher.«

»Warum nicht?«

»Seine Entführer lassen lediglich Postkarten schicken, die dein Vater unterschreibt. Ohne Absender, wie du dir denken kannst.«

»Wenn er Entführer hat«, sage ich, »gibt es auch eine Forderung. Richtig?«

»Es gibt eine Forderung, ja«, sagt Falk.

»Was für eine?«, will ich wissen.

So wie Falk und Jarik mich nun beide anschauen, überkommt mich das Gefühl, der Raum verkleinert sich um einige Quadratmeter. Selbst durch die geschlossenen Fenster sind draußen mehrere Reklametafeln zu hören, nicht so laut allerdings wie mein eigener Herzschlag.

Falk atmet tief durch, erst dann antwortet er: »Die Forderung bist du.«

KAPITEL 5

Jarik

Ich mache mich darauf gefasst, dass Clara mir erneut entgegenstürmt und Falk diesmal auch mit sich reißt. Jedenfalls sieht sie im ersten Moment danach aus, nachdem er ihr von der Forderung erzählt hat. Ob sie weiß, dass sie nicht so berechnend und emotionslos wirkt, wie sie gern würde? In ihrem Gesicht spiegeln sich ständig neue Gefühle wider, auch wenn sie sich Mühe gibt, sie zu verbergen. Klappt bloß nicht.

»Ihr wollt mich ausliefern?«, fragt sie.

Clara versucht, zurückzuweichen, aber sie steht bereits mit dem Rücken an der Fensterbank. Falk neben mir hebt deeskalierend die Hände.

»Nein«, sagt er. »Die letzten Postkarten gaben Hinweise auf dich, deswegen bist du hier. Wir wollen dich beschützen.«

»In dem Land, in dem ihr die Entführer vermutet? In das ihr mich extra geschleppt habt? Elf Stunden von meinem Zuhause entfernt?«

Ihre Stimme wird immer höher, je mehr sie sich in Rage redet. Unglaublich, dass das zierliche Mädchen tatsächlich dasselbe ist, das mich vorhin zu Fall gebracht und dann mit seinem Schwert bedroht hat.

»Bin ich die Einzige, die das eher verdächtig als sicher findet?«, fragt sie.

»Definitiv, ja«, antworte ich.

Sie wirft mir einen wütenden Blick zu. Die Art, wie ihre Brauen sich kräuseln, kenne ich bereits. Den Blick hat sie öfter dem Freund ihrer Mutter zugeworfen, als ich zählen kann, während ich sie die letzten Monate ausgekundschaftet habe.

»Du bist sicherer hier als irgendwo sonst auf der Welt«, sagt Falk.

»Warum wollen sie mich für meinen Vater?«, fragt Clara.

»Das würde ich dir ungern zwischen Tür und Angel erklären.«

Kurz huschen Claras Augen über Falks Gesicht, das undurchdringlich wirkt. Vermutlich ahnt sie, dass sie nicht weit kommt, wenn sie jetzt dagegen anredet, denn sie hat noch immer nicht geantwortet. Man sieht Falk einfach an, dass er nicht nachgibt.

»Ich will meine Mutter sprechen«, sagt sie schließlich.

»Sie wurde informiert, dass du nicht mehr in Potsdam bist«, gibt Falk zurück.

Am liebsten würde ich etwas hinzufügen, lasse es aber. Still und heimlich denke ich jedoch, dass ihr diese Information mit Sicherheit nicht reichen wird. Falk ist zwar empathisch, doch er schmeißt oft nur mit knappen Hinweisen um sich, die er für ausreichend hält. Das hat er schon getan, als ich in die Gilde gekommen bin. Ich musste alles doppelt und dreifach nachfragen. Ich vermute, das hat auch mit seiner Arbeit als Arzt zu tun, er hat hin und wieder in den letzten Jahren Bemerkungen fallen lassen, wie stressig und gehetzt es oft in der Notaufnahme zugegangen ist. Ich bin mir sicher, da bleibt keine Zeit für unnötige Worte.

»Und das hat sie einfach so hingenommen?«, fragt Clara mit belegter Stimme. »Hat sie versucht, mich anzurufen? Wo ist mein Handy?«

»Keine verpassten Anrufe, keine Nachrichten«, sagt Falk.

»Wo ist mein Handy?«, wiederholt sie.

Mit einem Nicken deutet Falk auf den Nachttisch neben dem Bett. Clara läuft darauf zu, greift nach ihrem Smartphone und geht zurück zum Fenster. Sie entsperrt es, starrt es jedoch nur an, ohne es zu berühren. Auf ihr Gesicht schleicht sich ein niedergeschlagener Ausdruck, ihre Augen wandern erst zu Falk, danach zur Tür und schließlich zu Boden. Ich sehe, dass sie schluckt.

Das Gefühl kenne ich, schießt es mir durch den Kopf – zurückgelassen werden.

Wenn Falk glaubt, die wenigen Infos reichen, bitte, ich glaube das nicht.

»Riku hat sie hypnotisiert«, sage ich. Falk wirft mir zwar einen kurzen Blick zu, aber ich halte Claras, die überrascht zu mir aufschaut. »Er kann dich alles glauben lassen, wenn du ihm nur tief in die Augen schaust und seiner Stimme lauschst. Er hat deiner Mutter mit Sicherheit eine plausible Erklärung geliefert, warum du nicht mehr da bist und sie sich keine Sorgen machen muss.«

»Riku gehört zur Gilde?«, fragt sie.

»Er ist der Leibwächter deines Vaters«, erklärt ihr Falk.

»Kümmert er sich um meine Mutter, wenn ich weg bin?«, will Clara zögerlich wissen.

Ich schaue zu Falk, weil ich nicht weiß, was genau er mit Riku ausgemacht hat, doch er erwidert nichts. Stattdessen streckt er die Hand nach Clara aus.

»Ich brauche dein Handy zurück«, sagt er.

Sie umklammert das Telefon. »Weshalb?«

»Ich will sichergehen, dass du niemandem von uns erzählst.«

»Ihr entführt mich und tut, als sei *ich* das Problem?«, fragt sie ungläubig.

Falks Stirn wird kraus. »Es geht hier um etwas sehr, sehr Großes.«

»Ja, ich weiß«, gibt Clara zurück. »Nämlich darum, dass ihr mich betäubt und von zu Hause verschleppt habt, um mir zu erzählen, mein Vater hätte irgendetwas mit den Teenage Mutant Ninja Turtles zu tun. Und dass ich den Köder für irgendwelche Entführer spielen soll.«

Falks Gesichtszüge glätten sich. »Wir haben in den letzten Wochen alles getan, um dich zu schützen. Wir werden dich niemandem ausliefern. Aber wenn du nur ein wenig von den Charaktereigenschaften deines Vaters geerbt hast, gehe ich davon aus, dass du schneller einen Weg hier raussuchst, als wir gucken können. Du bekommst dein Handy wieder, versprochen.«

Sekundenlang starren Clara und Falk sich an, die Stimmung im Zimmer lädt sich unbemerkt auf. Dann jedoch sperrt sie es und reicht es Falk. Bevor er es greifen kann, zieht sie es noch einmal zurück.

»Wenn ihr mir nicht versichern könnt, dass sich jemand um meine Mutter kümmert« – Claras Stimme findet ihren kühlen Ton wieder – »finde ich auch einen Weg ohne Handy hier raus.«

Sie reicht ihm das Telefon.

»Jarik hat dir deine Personalien abgenommen, das wird schwer«, sagt Falk gelassen.

Am liebsten will ich ihm für diese Bemerkung gegen das Schienbein treten. Oder ein anderes Körperteil. Clara jedoch hält Falks Blick und ich sehe, wie ihre Hände sich so fest zur Faust schließen, dass ihre Knöchel weiß hervortreten. Ihre Finger zittern verdächtig. Ihre Brust hebt und senkt sich ungleichmäßig, als würde sie enorme Wut zurückhalten.

Als sie zu mir blickt, taumelt sie plötzlich wie betrunken zur Seite. Ich mache die letzten zwei Schritte auf sie zu, weil ihre zur Wand ausgestreckte Hand ins Leere greift. Sie bekommt meinen Unterarm zu fassen, doch ich halte sie zusätzlich an der Schulter und unterdrücke ein Stöhnen, da ihre Fingernägel sich in meine Haut graben. Ihr Gesicht ist fahl, ihre Hände kalt und schweißnass.

»Bist du dir sicher, dass ich nicht doch allergisch gegen das Schlafmittel bin?«, fragt sie mit belegter Stimme. »Mir ist komisch.«

»Sehr sicher«, sage ich, obwohl ich es bei ihrem Anblick eher nicht bin.

»Bedeutet *sehr sicher* in Ninja-Robotersprache etwas anderes als in Menschensprache?«

»Nein. Die Abgeschlagenheit ist bloß eine Nebenwirkung vom Medikament.«

»Woher willst du das wissen?«

»Falk ist Arzt. Er hat mir das Medikament mitgegeben.«

»Auch Ärzte machen Fehler«, protestiert sie.

Angesprochener kommt ebenso auf uns zu und Clara mustert ihn argwöhnisch, während er ihr den Handrücken an die Stirn hält, dann aber den Kopf schüttelt.

»Kein Fieber«, sagt er. »Sehr gutes Zeichen, dass ich keinen Fehler gemacht habe. Du solltest dich ausruhen, Clara«, ergänzt er. »Vermutlich setzt dir auch der Jetlag zu. Jarik wird draußen vor deinem Zimmer Wache halten. Wenn wir morgen früh aufbrechen, geht es dir besser.«

»Ich will morgen mit meiner Mutter reden«, sagt sie.

Falk und sie schauen sich stumm an. Ganz genau so haben er und Claras Vater sich auch oft angesehen. Sie waren die besten Freunde, ich weiß, dass sie sich blind vertraut haben, bedingungslos – aber sie haben gestritten wie unerbittliche Feinde, weil sie beide stur und unnachgiebig sind.

»Versprich es mir«, fordert Clara, auch wenn die Worte nicht ganz so harsch klingen, wie sie es vielleicht beabsichtigt. Eher danach, die Emotionen im Zaum zu halten, die definitiv in ihr brodeln.

Es wundert mich, dass Falk mit einem Nicken nachgibt. Bis er das bei Claras Vater getan hat, sind oft Stunden ins Land gezogen.

»Versprochen.«

Er sieht mir kurz in die Augen und ich erkenne den Wir-müssen-reden-Blick sofort. Ich habe ihn in den letzten zwei Jahren mittlerweile öfter gesehen als die hämischen Blicke meiner eigenen Eltern. Dass ich noch hier bei den Geschwistern bin, ist bloß der Tatsache geschuldet, dass Claras Vater und er sich immerzu für mich eingesetzt haben. Seitdem er verschwunden ist, versuche ich, mich so gut es geht zusammenzureißen. Auf keinen Fall will ich zurück nach Deutschland. Nichts wartet dort auf mich außer viel zu dunklen Erinnerungen.

Claras Griff um meinen Unterarm lockert sich und reißt mich aus den Gedanken. Während sie sich aufs Bett zubewegt und schließlich auf der Kante Platz nimmt, schaut sie steinhart zu Falk.

»Wir brechen morgen um acht Uhr auf«, sagt dieser.

»Ich will bis dahin allein sein«, gibt sie bissig zurück.

Ihre Wangen sind weiterhin blass, aber sie schlägt sich tapfer, funkelt uns aus dunklen Augen an. Ich kenne das, die Wut treibt einen auch die letzten Schritte vorwärts.

Schon dabei, aus der Tür zu gehen, sagt Clara noch einmal meinen Namen, weswegen ich mich zu ihr herumdrehe.

»Nenn mich nie wieder Kada.« Ihre Stimme ist eiskalt. Ehrlich gesagt, habe ich nicht gedacht, dass sie mich im Flugzeug hört, als ich sie so genannt habe.

»Ninja-Roboter hat verstanden, Mio«, sage ich.

Den plötzlich verwirrten Gesichtsausdruck, als ich sie mit diesem neuen Spitznamen anspreche, genieße ich mehr, als ich sollte, während ich aus der Tür trete.

Falk steht am Ende des Flurs. Im Quartier kann ich ihm besser aus dem Weg gehen, wenn eine Standpauke auf mich wartet. Hier in dem Gebäude mitten in Tokio, das die Gilde uns zur Verfügung stellt, ist alles so beengt und hellhörig, dass ich nachts nicht mal aufs Klo kann, ohne dass mich jemand dabei hört.

Ich mache drei Kreuze, wenn wir zurück in Yamanashi sind. Die letzten Monate in Potsdam haben mir vor Augen geführt, wie wenig Deutschland noch mein Zuhause ist. Und wie sehr ich die Weite brauche, um meine Gedanken freizulassen. Ich bemerke seit Tagen, wie sie sich wieder in mir einnisten und meine Emotionen mir damit entgleiten. Falk sieht es offensichtlich auch, so wie er mich betrachtet, als ich vor ihm stehen bleibe.

Ich will das endlich hinter mir haben. Ich will diese Erinnerungen, die mich quälen, nach neunzehn Jahren loslassen können. Aber dafür brauche ich Clara und niemand außer mir darf von dem Deal, der sie beinhaltet, erfahren.

Niemals.

»Wie geht es dir?«, fragt Falk.

Nicht gut, antworte ich gedanklich. Da ist überall Chaos in meinem Kopf, das ich am liebsten freikämpfen will. Mit einem der neuen, guten Schwerter, mit denen man mich jedoch nicht mehr kämpfen lässt, weil ich angeblich zu impulsiv bin. Stattdessen trainiere ich heimlich mit alten Waffen in einer geheimen Hütte im Wald.

»Bestens«, sage ich.

»Und die Wahrheit?«

»Warum sagst du Clara nicht alles, was du weißt?«, weiche ich mit einer Gegenfrage aus.

»Weil sie es noch nicht wissen muss.«

»Weil du ihr nicht vertraust? Wem soll sie denn von uns erzählen? Niemand wird ihr glauben.«

»Nicht, weil ich ihr nicht vertraue« – Falk hält meinen Blick, ohne zu blinzeln – »sondern weil sie noch nicht bereit dafür ist.«

»Du hättest ihr wenigstens von Rikus Hypnose erzählen können, um sie zu beruhigen«, sage ich.

»Das hast du ja für mich übernommen.«

Der Vorwurf in Falks Stimme ist nicht zu überhören und ich habe keine Ahnung, was ich darauf erwidern soll.

»Ich weiß, du bist emotional in diese Sache verwickelt, Jarik. Veit hat dir einen großen Gefallen getan, indem er dich den Meistern vorgestellt hat, und du willst ihn finden und es wiedergutmachen.«

Was Claras Vater für mich bewirkt hat, geht weit über einen großen Gefallen hinaus. Er hat an mich geglaubt, hat sich vor den anderen Meistern für mich eingesetzt. Falk weiß das genau und er weiß, aus welchen Zuständen ich komme, ich habe es ihm erzählt – doch es ist ein Unterschied, davon gehört oder es am eigenen Leib erlebt zu haben. So wie ich. Ich bin froh, dass die meisten meiner Narben von Kleidung bedeckt werden.

»Ich will ihn genauso finden wie du«, spricht Falk weiter. »Aber Hals über Kopf zu handeln, hilft niemandem – nicht dir, nicht Clara und erst recht nicht Veit. Wenn du es eilig hast, mach einen Umweg.«

Ich seufze. Mit der Hand fahre ich mir durch die Haare, dann über das Gesicht, in der Hoffnung, die Geste könnte meine Gedanken beruhigen.

»Du hast recht«, sage ich. »Ich war einfach zu lange in Deutschland. Ich konnte nicht abschalten.«

Die Monate, in denen ich Clara beschattet habe – immer mit wechselnden Geschwistern an meiner Seite – habe ich in einem winzigen Zimmer an einer Hauptstraße verbracht. Der Straßenlärm hat mich wahnsinnig gemacht.

»Du weißt genau, warum ich ausgerechnet dich geschickt habe«, sagt Falk.

»Um mich zu testen«, sage ich.

Und das, obwohl so ziemlich jeder meiner Tests nach zwei Jahren in der Gilde nach hinten losgegangen ist. Immer wieder hatten Falk und Veit Vertrauen in mich, nachdem ich die Aufnahmeprüfung als Jahrgangsbester bestanden habe. Sie haben mich ständig mit neuen Aufgaben betreut, mich vor den anderen Fuma und Meistern verteidigt. Doch ich schaffe es nicht, loszulassen, egal, was ich tue, wie sehr ich meditiere, wie oft ich kämpfe oder wie oft ich es sein lasse. Nichts will helfen. Die Vergangenheit stürzt sich immer wieder wie ein hungriges Tier auf mich, wenn ich denke, es gezähmt zu haben. Allein bei dem Gedanken daran bildet sich ein Knoten in meinem Magen, sodass ich mich auf meine Atmung konzentriere, um ihn zu ignorieren.

Ich wünsche mir so sehr, nicht mehr ich zu sein. Die pechschwarzen Erinnerungen loszuwerden. Sie auszulöschen. Aber das geht nur mit Clara und ich habe keine

Ahnung, ob ich ihr Vertrauen schnell genug gewinnen kann, um den Deal durchzuführen.

Auge um Auge.

Ich liefere Clara, mir werden meine Erinnerungen genommen. Das ist der einzige Hoffnungsschimmer, der mir momentan bleibt.

»Jeder Test führt dich einen Schritt weiter«, sagt Falk.

Ich kann ihm das allerdings gerade nicht glauben. Eher laufe ich rückwärts.

»Clara wird von allem erfahren, sobald die Zeit gekommen ist«, sagt er. »Das hier ist lediglich ein weiterer Auftrag.«

»Aber kein gewöhnlicher, wenn es nach der Schrift geht«, gebe ich zu bedenken.

Die Erste – so wird sie in der Prophezeiung bezeichnet, die von den ersten Gildenmeistern verfasst und unterschrieben wurde. Kirschblütenmädchen. Sanft und voller Farbe wird es sein, steht darin.

Im Moment ist Clara allerdings kratzbürstig und aufsässig und ihr Gesicht war vor einigen Minuten noch ziemlich bleich.

»Wir behandeln ihn so gewöhnlich, wie es geht«, sagt Falk. »Du bist hier, um den Auftrag auszuführen. Das ist, wofür ihr ausgebildet wurdet: um Aufträge zu erfüllen. Lass deine Emotionen außen vor, Jarik. Sie hindern dich nur dabei. Das hier erfordert einen klaren Kopf.« Er drückt meine Schulter, nickt dann in Richtung Claras Zimmer. »Sollte irgendetwas sein, weißt du, wo du mich findest. Ansonsten sehen wir uns morgen Nachmittag. Ich komme, so schnell ich kann, ins Dorf nach. Schaffst du es allein, sie zu bringen?«

Ohne auch nur darüber nachzudenken, nicke ich. Falk lächelt und ich bin froh, wenigstens diesen kleinen Test bestanden zu haben. Ich sehe ihm nach, bis er um eine Ecke biegt.

Er hat recht, sage ich mir noch einmal. Allein der Gedanke an Veit und dass seine Tochter jetzt hier ist, bringt mich viel zu durcheinander. Ich muss diese Gefühle ignorieren. Unmöglich kann ich das hier aufs Spiel setzen, denn wenn ich das tue, werde ich vermutlich zurück nach Deutschland geschickt, und was dort auf mich wartet, ist schlimmer, als meine Emotionen unter Kontrolle zu bekommen.

Clara ist nur ein weiterer Auftrag.

KAPITEL 6

Clara

In der letzten Nacht bin ich nicht vor Müdigkeit eingeschlafen, sondern vor absoluter Erschöpfung. Drei Stunden nachdem Falk und Jarik das Zimmer verlassen hatten, habe ich mich noch gegen Schlaf gewehrt. Nur sekundenweise habe ich die Augen geschlossen, mich dann jedoch gezwungen, sie wieder zu öffnen. Aus Angst, jemand könnte an meinem Bett stehen und mich erneut betäuben. Ich habe die Müdigkeit bis zum letzten bisschen ausgereizt – aber schließlich hat sie mich überrollt.

Dumm wie ich war, dachte ich gestern Abend, es würde mir wenigstens am nächsten Morgen durch den Schlaf besser gehen, aber das Gegenteil ist der Fall. Mein Kopf hat schon geschmerzt, als mich um fünf Uhr morgens ein Hupen geweckt hat, und das tut er jetzt, zweieinhalb Stunden später, immer noch. Ich vermute, die Toilette und die Duschen sind im Flur, denn bis auf die Tür, die nach draußen führt, gibt es hier keine. Aber ich habe zuletzt beim Training mit Damien etwas getrunken und das muss über vierundzwanzig Stunden her sein. Oder länger, ich weiß es nicht, mein Kopf hämmert zu sehr, als dass ich mich auf irgendetwas konzentrieren könnte. Jedenfalls kann ich mir den Toilettengang sparen. Für eine Dusche würde ich allerdings BWL-Justus‘ nagelneuen Joop-Anzug verkaufen. Oder seinen Oldtimer-Audi.

Ein Klopfen an der Tür lässt mich vom Bett aufspringen. Ich stelle mich an die andere Seite des Zimmers, schaue mich um.

»Falls du dein Katana suchst«, erklingt Jariks Stimme dumpf hinter der Tür, »das habe ich dir nachts abgeknöpft, als du geschlafen hast.«

Verdammt.

Vor Müdigkeit habe ich keinen Gedanken mehr an das Schwert verschenkt, das offensichtlich drei Stunden auf dem Boden lag, wo Jarik es hingekickt hat, bis ich eingeschlafen bin und er es mir abgenommen hat.

»Hast du kein eigenes?«, frage ich.

»Doch, aber ich dachte, dir deins abzunehmen, schadet nicht. Erst recht nicht, weil du gestern von abgehackten Fingerkuppen gesprochen hast.«

»Ich will es wiederhaben«, sage ich.

»Es ist im Auto verstaut. Du bekommst es später zurück.«

»Ist das ein Versprechen oder hat dein Chef da noch was mitzureden?« Es folgt eine kurze Stille. »Du bist also wirklich bloß sein Handlanger«, schlussfolgere ich aus seinem Schweigen.

»Kann ich reinkommen?«, fragt er barsch und weicht mir damit aus. »Oder hast du irgendetwas als Waffe umfunktioniert, was du jetzt an mir austesten willst?«

Ich grinse, doch die Mimik jagt sofort einen stechenden Schmerz durch meine Stirn, weswegen ich meine Finger daran hebe, als könnte ich ihn so lindern.

»Also?«, fragt Jarik. »Waffe oder nicht?«

»Lass dich überraschen.«

Zögerlich, als würde er sie mit einem einzigen Finger anschieben, öffnet sich die Tür. Als sie so weit offensteht, dass er mich sehen kann und bemerkt, dass ich unbewaffnet bin, stößt er sie in einem Rutsch auf. Einander gegenüberstehend, mustern wir uns. Auch er trägt dieselbe Kleidung wie gestern: ein schwarzes Langarmshirt, aus dem oben weißer Stoff hervorlugt, und eine schwarze Jeans. In der linken Hand hält er eine Flasche Orangensaft, in der anderen ein Glas Wasser. Seine festgefahrene, unlesbare Mimik passt nicht zu den flapsigen Antworten von gerade.

»Du hast mit Sicherheit Hunger und Durst«, sagt er.

Ich weiche an die linke Seite des Zimmers, als er auf mich zukommt und den Saft und das Wasser auf meinem Nachttisch abstellt.

»Trink das«, sagt er. »Das ist nur Saft und eine Aspirin. Du guckst, als wollte ich dich vergiften.«

»Ist mir das zu verübeln?«

Er antwortet nicht, sondern läuft zurück zu Tür, in dessen Rahmen er stehenbleibt. Ähnlich akkurat wie gestern platziert er sich, die Hände vorm Bauch ineinander gefaltet, die Schuhspitzen perfekt geradeaus, seine Schultern geradegerückt. Würde er nicht blinzeln, könnte man glauben, er wäre mit offenen Augen im Stehen eingeschlafen.

Ich gehe zum Nachttisch, leere das Wasser mit der Kopfschmerztablette, nehme den Saft jedoch nur an mich.

»Wohin fahren wir gleich?«, will ich wissen.

»Yamanashi«, sagt er knapp.

»Wo ist Falk?«

»Er kommt nach.«

»Werde ich wieder betäubt oder darf ich während der Autofahrt wachbleiben?«

»Du wirst nicht mehr betäubt.«

»Kannst du das versprechen oder muss Falk auch da zustimmen?«

Jariks Finger zucken, als wollte er die Haltung lösen, tut es jedoch nicht. »Ich verspreche es.«

Zu einhundert Prozent glaube ich ihm nicht, aber es ist das einzige Wort, auf das ich gerade vertrauen kann, also überwinde ich mich und schiebe die Zweifel beiseite.

»Was ist in Yamanashi?«, frage ich.

»Das Hauptquartier der Shinobi.«

»Der Ninja?«, hake ich nach.

Jarik nickt. »Es ist eineinhalb Stunden von hier. Zwei, sollte uns der Verkehr aufhalten.« Er deutet auf die Saftflasche in meiner Hand. »Trink das«, wiederholt er. »Yuzu ist teuer. Wenn du ihn nicht willst, gib ihn mir zurück.«

Ich sehe ebenfalls auf das Getränk, von dem ich dachte, es sei Orangensaft, doch die Flüssigkeit darin ist heller und wirkt eher, wie aus Zitronen gepresst.

»Wenn du alles hast, können wir los«, sagt Jarik.

»Da du mich ohne Kleiderschrank entführt hast, habe ich alles«, antworte ich. »Wobei ... Wo ist mein Rucksack?«

»Auch im Auto.«

Mir kommen Falks Worte in den Sinn. »Wenn ich in mein Portemonnaie schaue, finde ich wahrscheinlich nichts, um mich auszuweisen, oder?«

»Richtig.«

»Hast du mir die fünfzig Euro, die drin waren, auch abgenommen?«

»Um was zu machen?«, fragt er. »Hier in Japan kann ich nirgends damit zahlen.«

Daraufhin setzt er sich in Bewegung. Einerseits bin ich froh, dass er vorausgeht und ich ihn nicht im Rücken habe, andererseits kommt es mir leichtsinnig vor, weil ich ihn überrumpeln könnte. Aber wahrscheinlich ahnt er, wie abgeschlagen ich bin – und dass ich außer dem Saft keine Waffe habe, um mich irgendwie zu wehren. Zudem ist die Flasche nicht einmal aus Glas.

Die Flure, die wir passieren, sehen alle gleich aus: Ein roter Teppich säumt sie, die Wände sind hellgrau gestrichen und mit verschiedenen Bildern in goldenen Rahmen umgrenzt. Ich erkenne Japans Skyline bei Nacht, daneben japanische Tempel sowie blühende Kirschbäume in sattem Pink oder pastellfarbenem Rosa. Hier in den Gängen ist alles geräuschlos.

»Hast du nicht gestern gesagt, ich würde nicht weit kommen, weil Geschwister im Gebäude sind?«, frage ich Jarik. »Warum höre ich sie hier nicht?«

Er sieht mich über seine Schulter hinweg an. »Sie halten im Moment draußen Wache.«

Ich verstehe sofort. »Falls ich versuche, abzuhauen.«

Jarik dreht den Kopf zurück, antwortet nicht, und so verbringen wir den Weg durch die Stockwerke schweigend, bis wir im Erdgeschoss ankommen und durch die Tür in die Halle treten. Ich habe eine pompöse Lobby erwartet, eine besetzte Rezeption, aber nichts davon ist zu sehen. Stattdessen ist die Eingangshalle keine zwölf Quadratmeter groß und alles andere als luxuriös. Die Fußleisten sind schlampig angebracht und aus angelaufenem Silber, die Lampe an der Decke hängt schief und nur noch zwei der drei Strahler haben eine funktionierende Birne.

»Tarnung«, sagt Jarik, der meinem Blick folgt. »Die Gilde will keine ungebetenen Gäste in ihren Gebäuden. Je heruntergekommener es von außen wirkt, desto unauffälliger.«

»Gebäuden? Mehrzahl? Wer bezahlt die?«

Er tritt an die Tür und hält sie mir offen.

»Die Gilde«, sagt er knapp.

Eigentlich dachte ich, draußen bräche ein Gewirr an Geräuschen über mir ein, Autos, Menschen, Sirenen, irgendwo vielleicht auch Flugzeuge. Doch bis auf die Reklametafeln an den Häuserfassaden um uns herum und den Autos und Rollern ist es fast, als würde die Stadt noch nicht wach sein. Etliche Menschen sind auf den Straßen unterwegs, aber soweit ich sehen kann, unterhält sich kaum einer von ihnen. Tokio ist viel stiller, als ich dachte.

Ich trete einen Schritt heraus. Einige Meter rechts steht ein zwei Meter breiter Mülleimer, der so überquillt, dass neben ihm schon etliche Säcke gestapelt sind. Es stinkt nach Fisch und undefinierbaren Lebensmitteln.

Jarik bleibt so dicht neben mir stehen, dass sich unsere Schultern flüchtig berühren. Während ich ihn von der Seite betrachte, hält er seinen Blick auf die Shibuya Kreuzung einige Meter vor uns.

»Ich dachte, Tokio wäre lauter«, sage ich.

»Der Lärm in Deutschland macht einen krank, oder?«

Seine Haltung hat sich noch mehr versteift, sein Körper ist angespannt.

»Du kommst mir gar nicht so vor«, rutscht es mir heraus.

Jetzt wendet er mir den Blick zu. »*So*?«

»Als würdest du die Stille suchen.«

»Sondern?« Er verschränkt die Arme vor der Brust.

»Als wärst du gern der Mittelpunkt des Geschehens«, sage ich. »Du blähst dich gern auf ...«

Er sieht mir erst in die Augen, dann verächtlich an mir herunter und schließlich zurück in mein Gesicht.

»Wie du also?«, fragt er harsch. »Als hättest du irgendein Recht, über mich zu urteilen, wenn du nicht viel besser bist und so tust, als hättest du ein Herz aus Stein.«

Für eine Sekunde fühle ich mich überfahren, mir bleibt eine Antwort im Hals stecken. Ich frage mich, wie er das in der Kürze der Zeit so exakt aus mir herauslesen konnte, und ob er nur so tut, als sei er dieser unnahbare Roboter. Ob es wie bei mir ist? Dass dieses Verhalten nicht mehr als eine selbsterbaute Mauer ist, die zu kippen droht, wenn man sie nicht ständig höher und dicker baut?

Die Ampel springt auf Grün, sodass sich gefühlt hunderte Menschen gleichzeitig in Bewegung setzen, um über die Kreuzung zu kommen.

»Ich nehme mein Versprechen zurück, dich nie wieder zu betäu-«

Mitten im Wort stockt Jarik und ich hoffe schon, dass er sich an seiner eigenen Zunge verschluckt – da stößt er mich von sich.

KAPITEL 7

Clara

Niemand nimmt im Chaos Notiz davon, wie ich nach hinten stolpere.

Oder von dem Wurfstern, der nur knapp an meinem Gesicht vorbeirauscht, während ich rücklings falle.

Mit den Armen versuche ich, mich an irgendetwas festzuhalten, doch da ist nichts, also warte ich bloß auf den Aufprall auf dem Beton. Aber stattdessen lande ich auf den Müllsäcken, woraufhin einer sofort unter der Wucht meines Gewichts aufplatzt. Um mich herum verteilen sich Verpackungs- und Essensreste. Bevor ich auch nur darüber nachdenken kann, mich zur Seite zu rollen, steht Jarik über mir gebeugt und greift grob nach meinem Oberarm. Nichts in seinem Gesicht sieht noch gefasst aus.

»Steh auf!«, zischt er.

Halb zieht er mich, halb schaffe ich selbst, mich mit zitternden Beinen hochzuhieven. Ich sehe mich um, doch alles, was ich erkenne, ist eine undurchsichtige Menschenmasse auf der Kreuzung, und Hochhäuser, deren verspiegelte Fenster keinen Blick hindurch lassen.

In dem Augenblick schnellt ein weiterer Wurfstern an uns vorbei. Jarik zieht scharf die Luft ein, während er sich so gut es geht über mich beugt, um mich abzuschirmen. Ohne ein Wort schiebt er mich vor sich her, in Richtung des Zauns am Ende des Hinterhofs.

»Duck dich!«

Ich tue, was er sagt, schlage die Hände über dem Kopf zusammen, obwohl ich nicht glaube, dass mich das schützt, wenn ein weiterer Wurfstern auf uns zufliegt. Oder etwas anderes.

Kaum höre ich einen halben Meter von uns entfernt einen Gegenstand auf dem Beton aufkommen, lasse ich die Hände sinken und visiere den Dolch, der dort liegt. Mir bleibt jedoch keine Zeit, irgendwie darauf zu reagieren, denn mit einem Tritt unterhalb des Schlüssellochs öffnet Jarik die Tür rechts von uns.

Er zerrt mich ins Innere des Hauses, in dem es so dunkel ist, dass ich kaum meine eigenen Hände erkenne, geschweige denn das, was vor uns liegt. Ich werde von Jarik mitgerissen, der seine Hand um meine geschlungen hält, sehe nicht einmal, wohin wir laufen, während er offensichtlich Augen wie eine Katze hat und weiß, in welche Richtung wir müssen. Nach mehreren Minuten des Irrens stoppt er und ich mache gerade so aus, dass er eine Tür vor uns öffnet. In einer flinken Bewegung schiebt er zuerst mich in den Raum, bevor er mir folgt. Mit einem kaum hörbaren Klicken gleitet die Tür ins Schloss.

»Du atmest zu laut«, sagt Jarik mit gedämpfter Stimme. »Konzentrier dich gefälligst.«

»Du bist ein Kotzbrocken«, raune ich, versuche jedoch, regelmäßiger und leiser zu atmen.

»Der dir gerade das Leben rettet.«

»Kotzbrocken bleibt Kotzbrocken.«

Hier drin ist es noch dunkler als draußen, ich habe keine Ahnung, wie groß der Raum ist oder ob er nur als Abstellkammer dient. Die Luft hier ist jedenfalls stickig, es riecht nach Lösungsmitteln. Während ich bewegungslos nahe der Tür verharre, gewöhnen sich meine Augen langsam an die Dunkelheit. Trotzdem suche ich aus Reflex nach einem Lichtschalter, doch Jarik stoppt mich in der Bewegung, drückt mich in die Hocke und kauert sich vor mich.

»Kein Licht, sei unauffällig«, flüstert er. »Sei wie ein Schatten.«

»Ich bin kein Ninja Turtle wie du«, flüstere ich zurück.

»Das stimmt nicht, ich habe dich beim Training gesehen.«

»Was? Wann?«

»Konzentrier dich.« Plötzlich klingt er sanfter. »Wie beim Training.«

»Wann hast du mich beim Training gesehen?«

»Clara«, haucht er, legt mir die Hände an die Oberarme und obwohl ich es in der Dunkelheit nicht genau erkenne, habe ich das Gefühl, er sieht mich eindringlich an. »Konzentrier dich auf die Umgebung. Denk an Seishin.«

Seishin Teki Kyoyo, vervollständige ich den Begriff in Gedanken. Beim Ninjutsu geht es nicht nur um den Kampf, nicht bloß um das Körperliche. Kämpfen heißt auch, den

Geist zu schärfen, hat mein Vater immer gesagt. Sich seiner selbst bewusst sein, die Umgebung wahrnehmen, die Geräusche, Gerüche, Licht und Schatten gleichermaßen.

»Das ist meine schwächste Disziplin.« Im Dunkeln ist es leichter, das zuzugeben.

»Lass mich raten« – ist das ein Grinsen auf Jariks Lippen oder will ich es nur sehen? – »am liebsten war dir der Schwertkampf? Du hast deinen Freund immer ziemlich gefordert.«

Ein Geräusch lässt mich heftig zusammenzucken, während Jarik sich bloß vorsichtig umsieht, dann zur Decke schaut. Ich folge seinem Blick, kann aber weiterhin nichts ausmachen.

»Sie sind im Haus«, sagt er.

»Wer sind *sie*?«

»Vermutlich andere Ninjas.«

Die Art, wie zögerlich diese drei Worte seinen Mund verlassen, kommen mir seltsam vor.

»Verfeindete?«

Haben dieselben meinen Vater entführt?, will ich damit eigentlich fragen.

»Ruhe«, zischt er leise.

Erneut ertönt ein Geräusch, als würden sich mehrere Personen über unseren Köpfen bewegen. Dann ist ein metallisches Schaben zu hören und ich muss nicht lange überlegen, was es ist, weil ich es selbst schon öfter wahrgenommen habe: Das ist die Klinge eines Katanas, die über den Boden streift. Ich habe es immer dann gehört, wenn

Damien unvorsichtig war und sein Schwert schweifen gelassen hat, sodass unser Trainer ihn deswegen ermahnt hat.

»Ich kann das nicht«, sage ich, mehr zu mir selbst als zu Jarik, doch der hält mich am Ärmel fest, als ich aufstehen will, und drückt mich sachte gegen die Wand.

Mein Herz schlägt mir bis zum Hals, wo die Angst mir die Kehle zuknotet. Mein Vater hat mich das erste Mal zum Training mitgeschleppt, als ich acht war. Zehn Jahre lang dachte ich, das Training sei meine größte Leidenschaft. Die Holzschwerter haben mir nicht gereicht, am liebsten habe ich mit den messerscharfen Klingen trainiert. Des Adrenalins wegen.

Aber jetzt will ich nur aus diesem Albtraum aufwachen, in dem ich in Tokio gefangen bin. Elf Stunden von zu Hause entfernt, mit Müllresten bedeckt, vor mir jemand, der mich betäubt und verschleppt hat, über uns Ninjas mit scharfen Klingen, die sie vermutlich auch gegen uns einsetzen werden.

Ich spüre Jariks Hand zart auf meiner, die im Gegensatz zu meiner warm ist und alles andere als schwitzig. Meine Augen haben sich mittlerweile so an die Dunkelheit gewöhnt, dass ich erkenne, wie er genau vor mir hockt. Nur wenige Zentimeter trennen unsere Gesichter.

»Du riechst nach verfaultem Essen«, wispert er.

»Du riechst nach Kotzbrocken.«

Einen Augenblick sehen wir uns bloß an, dann muss ich grinsen und diesmal bin ich sicher, es mir nicht einzubilden – er grinst ebenso.

»Weißt du, wie dein Vater dich immer genannt hat, wenn er von dir gesprochen hat?«, fragt er.

Der Drang, kopflos aus dem Gebäude zu stürzen, beherrscht mich mittlerweile so sehr, dass ich es kaum noch schaffe, ihn zu ignorieren. Dass Jarik jetzt meinen Vater erwähnt, macht es nicht besser, denn ich stelle mir vor, was diese Leute über uns vielleicht auch mit ihm angestellt haben oder noch anstellen werden.

Jariks Finger streichen über meine Hand und holen mich aus den Gedanken.

»Beruhig dich. Es passiert nichts.«

»Woher weißt du das?«, frage ich.

»Ich spüre es.«

Die Art, wie er nicht in Panik auszubrechen droht – anders als ich – besänftigt meinen Herzschlag tatsächlich. Im Hintergrund sind wieder Schritte zu hören, doch ich konzentriere mich mit aller Macht auf Jarik.

»Dein Vater hat dich Kada genannt«, flüstert er. »Die Mutige.«

Ich schlucke. »Ich bin nicht mutig.«

»Dann lernen wir es jetzt zusammen.«

Er sagt *wir*, dabei kommt er mir längst mutig vor.

»Lass dich nicht von der Angst ablenken«, fordert Jarik, nimmt seine Finger von meiner Hand. »Was hörst du?«

»Schritte«, antworte ich. Vergeblich versuche ich, den Kloß in meinem Hals hinunterzuschlucken. »Und ein Katana.«

»Wo?«

»Über uns.«

»Aber wo genau?«

Ich lausche in die Dunkelheit, lasse alles andere in den Hintergrund fließen, sodass nur noch die Geräusche hier im Haus existieren. Die Schritte über uns streichen wie Wind um mich herum.

»Rechts von uns«, sage ich schließlich.

»Da ist das Treppenhaus. Also ist der Weg versperrt.«

»Warum sagst du das, als wäre das was Gutes?«

»Weil es was Gutes ist, dann müssen wir nicht übers Dach.«

In seiner Hand leuchtet sein Handy auf, er tippt eine Nachricht, jedoch auf Japanisch, sodass ich sie nicht lesen kann. Auch die Antwort kommt auf Japanisch. Das Display erlischt und wir werden wieder in Dunkelheit gehüllt.

»Wir müssen in zwei Minuten am Haupteingang des Gebäudes sein.«

»Wie soll das gehen mit bewaffneten Leuten im Haus?«, frage ich.

»Indem wir uns an ihnen vorbeischleichen.«

»Hast du Waffen dabei?«

»Zwei Dolche.«

»Das wird niemals reichen, weil -«

Wieder ist das Schaben der Klinge zu hören, und zuerst will die Panik in mir erneut überhandnehmen, doch ich dränge sie zurück und lausche, woher das Geräusch kommt.

»Sie sind genau über uns«, flüstere ich. Soweit ich es erkenne, nickt Jarik.

»Ich glaube, es sind vier«, erwidert er ebenso flüsternd. »Oder hörst du mehr?«

Ich schüttle den Kopf, würde allerdings am liebsten hinzusetzen, dass ich keine verlässliche Quelle bin, doch Jarik greift bereits nach meiner Hand und zieht mich mit sich. An der Tür bleibt er zunächst stehen, hält meine Finger fest umschlungen, und lauscht drei tiefe Atemzüge lang, bevor er meine Hand drückt. Schließlich öffnet er die Tür mit der anderen.

Im Flur ist es totenstill. Ich höre keine Schritte mehr und auch das Geräusch des Katanas ist verschwunden. Jarik deutet auf seine Füße und ich erkenne, dass er sie zuerst mit den Ballen aufsetzt und dann vorsichtig nach vorne abrollt. So sind seine Schritte geräuschlos. Ich tue es ihm gleich, auch wenn ich Angst habe, zu langsam vorwärtszukommen.

Vor uns taucht das Treppenhaus auf und damit ein wenig mehr Licht, das von den oberen Etagen seinen Weg in die unterste zu uns findet. Ich werfe Jarik einen Blick zu und erst da realisiere ich, dass sein Shirt am rechten Oberarm aufgeschnitten ist. Blut verklebt den Stoff und ist an einigen Stellen bereits getrocknet.

Ich bleibe stehen, muss mich gegen die Wand lehnen und wende den Blick ab.

»Was soll das werden?«, raunt Jarik flüsternd.

Es ist mir peinlich, aber trotzdem sage ich: »Ich kann kein Blut sehen. Dein Arm ...«

»Du bist unfassbar«, haucht er.

Aus den Augenwinkeln nehme ich wahr, wie er sich in einer fließenden Bewegung den Pullover über den Kopf streift. Ich schaue zur Decke, um die Wunde nicht sehen zu müssen, und als ich zurückschaue, hat er sich den Stoff um den Arm gebunden, trägt nur noch ein weißes T-Shirt.

Zuerst deutet er auf seinen verletzten Arm, schüttelt danach den Kopf, dann zeigt er auf die Tür am Ende des Flurs, keine fünf Meter mehr entfernt.

Kümmere dich nicht um den Schnitt, wir müssen hier raus, heißt die Geste.

Wir erreichen die Tür ohne Mühe. Ohne noch irgendein Geräusch wahrzunehmen. Ohne das Schleifen des Katanas. Ohne weitere Wurfsterne oder Dolche.

Als Jarik die Tür leise öffnet und hinter uns schließt, denke ich im Freien: Das war viel zu einfach. Wir sind zu leicht davongekommen.

Auch draußen lasse ich mich von Jarik mitziehen, werfe jedoch aus einem Reflex heraus einen Blick zurück auf das Gebäude. Bevor Jarik mich um eine Ecke zerrt, erkenne ich im Fenster des Obergeschosses eine vermummte Gestalt, auf dem Rücken ein Schwert geschnallt. Nur ihre Augen liegen frei unter der schwarzen Kleidung – und sie sehen genau in meine.

KAPITEL 8

Clara

Ich habe Mühe, mit Jarik Schritt zu halten, der sich sein Handy ans Ohr presst. Mittlerweile sind wir zwei Straßen weiter gelaufen, aber noch immer werde ich die Angst nicht los, dass jeden Moment erneut ein Wurfstern- und Dolchregen auf uns niedergehen könnte.

»Wo bist du?«, fragt er die Person am anderen Ende der Leitung. »Kannst du ins Parkhaus kommen? Wir sind in zehn Minuten da.«

Wer auch immer am Telefon ist, er oder sie hat keine Zeit, eine Antwort zu formulieren, so schnell legt Jarik auf und lässt das Handy wieder in seiner Jackentasche verschwinden. Wir laufen noch etwa zehn Meter, bis er an einem nagelneuen Roller stehenbleibt. Den Schlüssel dafür holt er wie selbstverständlich aus dem Sitz, der nicht verschlossen ist. Links und rechts am Lenkrad baumelt jeweils ein Helm.

»Ich hoffe, wir klauen jetzt keinen Roller«, sage ich.

»Der ist gemietet.«

»Und er ist nicht abgeschlossen?«

Darauf antwortet er nicht.

»Wie bist du so schnell an einen Roller gekommen?«

»Robotergeheimnis.« Er steigt auf, zieht sich seinen Helm über und reicht mir den zweiten, den ich aufsetze.

»Kannst du überhaupt fahren mit der Verletzung?«

»Hab‘ schon Schlimmeres durch«, gibt er zurück. »Steig auf oder ich fahre ohne dich.«

Vermutlich sind das nichts als leere Worte, aber ich will es auch nicht drauf ankommen lassen. Also steige ich auf und klammere mich an der Halterung am hinteren Teil des Rollers fest.

Jarik startet den Motor, dreht sich jedoch noch mal zu mir herum. »Du wirst eine starke Brust zum Festhalten wollen, wir werden nicht durch den Verkehr schleichen.«

Ich rolle mit den Augen, schlinge meine Arme aber um seine Brust und verschließe meine Finger ineinander für mehr Halt. Den ich auch brauche, denn Jarik fährt in einer Geschwindigkeit los, die mich hätte hinten rüber fallen lassen, hätte ich mich nicht an ihm festgehalten. Gerade frage ich mich noch, ob der Roller getunt ist oder ob man in Japan mit so einem Ding schneller als in Deutschland fahren darf – doch in dem Moment, als Jarik in den Verkehr einschert, denke ich gar nichts mehr. Ich bin viel zu sehr damit beschäftigt, ihn nicht anzubrüllen, langsamer zu fahren, weil die Ninja-Turtle-Aktion im Haus umsonst gewesen wäre, wenn er uns jetzt unter einen LKW steuert.

»Zehn Minuten in so einer Fahrweise halte ich niemals aus!«, rufe ich ihm zu, nachdem er knapp vor einem Taxi eingeschert ist, bevor die Ampel auf Rot gesprungen ist.

»Ich auch nicht, wenn du weiter so zupackst!«, brüllt er zurück.

Ich presse meine Hände absichtlich fester zusammen, allerdings nur, um zu bemerken, wie sich seine Bauchmuskeln unter dem Shirt anspannen.

»Was war noch mal dein liebstes Roboterdetail?«, fragt er plötzlich.

»Nicht seine Bauchmuskeln.«

Er lacht auf und ich lockere die Position meiner Hände.

Nach etwa zehn Minuten wird Jarik mit einem Mal langsamer, als er um eine Ecke biegt. Er dreht den Kopf und schaut über seine Schulter, bevor er uns in einen Hinterhof bugsiert und auf eine Tiefgarage zusteuert, die einige Meter vor uns liegt. Er wirft einen letzten Blick gen Hochhäuser, erneut nach hinten, und fährt schließlich die Einfahrt hinunter.

»Stellst du dich jetzt als der Böse raus und hier wartet jemand, der mich gefangen nimmt?«, frage ich.

»Ertappt«, sagt Jarik, doch die Belustigung in seiner Stimme ist klar und deutlich rauszuhören. »Irgendwelche letzten Worte?«

»Ich habe die Mutant Teenage Ninja Turtles nie gemocht.«

»Teenage Mutant Ninja Turtles«, korrigiert er.

»Aber Besserwisser kann ich noch weniger leiden.«

»Dann wirst du nicht glücklich darüber sein, gleich zwei Stunden mit einem im Auto zu verbringen.«

Wie er das sagt, taucht mitten im Weg vor uns ein Jeep auf. Schon von Weitem sehe ich, dass die graue Lackfarbe verblasst ist. Roststellen schmücken ihn ebenso wie dreckige Reifen, als wären sie erst kürzlich durch eine Matschlandschaft gefahren.

In dem Moment, in dem Jarik den Roller in einer Parklücke abstellt, steigt auf der Fahrerseite ein Mädchen in unserem Alter aus. Sie trägt eine helle Jeans, die ihr bis zu den Knöcheln reicht, und hochgezogene Tennissocken sowie schwarze Sneaker. Der rote Oversizepullover passt zu der Farbe ihres Lippenstifts, der – das sehe ich, als Jarik und ich auf sie zutreten – perfekt aufgetragen ist.

»Das ist Ava«, stellt Jarik sie vor und ein ehrliches Lächeln macht sich auf ihren Lippen breit. »Sie ist Teil der Geschwister.«

Ava fährt sich mit der Hand über den streng gebundenen Pferdeschwanz, deutet auf mein Gesicht. »Er ist wie ein Irrer durch den Verkehr gerast, oder?«

Als ich die Finger an meine Wange hebe, spüre ich, dass sie glühend heiß sind von Jariks kopflosem Fahrstil durch Tokio.

»Sehe ich so fertig aus?«, frage ich.

»Kein Kommentar.« Ava grinst. »Komm«, sagt sie, hält mir die Tür hinter der Fahrerseite auf. »Wir müssen los.« Über das Auto hinweg sieht sie Jarik an, der im Begriff ist, auf der Beifahrerseite einzusteigen. »Falk ist schon auf dem Weg ins Dorf. Er hat von dem Angriff auf euch gehört.«

Jariks Blick schnellt zu mir und ich wundere mich darüber, warum er so panisch die Augen weitet. Mit einem leichten Schubsen an der Schulter treibt Ava mich jedoch ins Auto, sodass ich seine Mimik nicht weiter analysieren kann.

»Wie hat er davon erfahren?«, fragt Jarik, als wir alle im Inneren des Wagens sitzen. Ich habe hinter Ava Platz genommen.

Sie startet das Auto und fährt los. »Kaya und Aiko wurden von den Angreifern überrumpelt. Eigentlich sollten sie unten vorm Hotel auf euch warten.«

»Geht es ihnen gut?«, fragt Jarik.

»Sind nur betäubt worden«, antwortet Ava. »Sie haben Falk und mich informiert, dass ihr in Gefahr sein könntet, als sie zu sich kamen. Als du Haruto wegen des Rollers kontaktiert hast, hat er Falk Bescheid gegeben.«

Sie fährt den Wagen aus der Tiefgarage und während sie oben wartet, um in den Verkehr einzuscheren, wirft sie Jarik einen bedeutungsschweren Blick zu.

»Weder Kaya noch Aiko wurden verletzt«, sagt sie. »Nicht mal gefesselt – nichts.«

Jariks Schweigen nimmt den gesamten Raum im Wagen ein.

»Haben sie die Angreifer gesehen?«, fragt er.

Ava schert in den Verkehr ein, schüttelt gleichzeitig den Kopf. »Nur, dass es vier waren. Aber sie waren komplett vermummt.«

»Wir waren im Gebäude gegenüber vom Hotel«, sage ich. »Die Angreifer waren auch dort. Vielleicht gibt es irgendwelche Spuren, die man nehmen kann?«

»Wenn es Shinobi waren«, sagt Jarik, »haben sie keine Spuren hinterlassen.«

Ich warte, dass er etwas hinzufügt, aber er sieht stur geradeaus auf die Straße. Also beuge ich mich, soweit der Gurt es zulässt, in meinem Sitz vor.

»Und damit hat sich die Diskussion?«, frage ich.

»Ja«, antwortet er knapp.

»Jeder hinterlässt Spuren«, sage ich nachdrücklich. »Und wenn es nur ein Haar ist.«

Abrupt dreht mir Jarik den Kopf zu, er hat die Augen verengt. »Wir sind hier aber keine Profiler, die nach Haaren suchen.«

»Willst du die Angreifer überhaupt finden? Diese Leute haben versucht, uns umzubringen. Ist dir das egal?«

»Sie wollten uns nicht umbringen«, sagt er. Es irritiert mich, in welcher Ruhe er das ausspricht. Als sei ihm das schon länger bewusst. »Hätten sie es gewollt, säßen wir jetzt nicht hier. Die Wurfsterne und der Dolch sind nicht aus Zufall an uns vorbeigeworfen worden. Und aus Zufall sind wir auch nicht so leicht aus dem Gebäude entkommen. Das war bloß eine Warnung, nichts weiter.«

Ich verstehe nicht im Geringsten, worauf er hinauswill. »Eine Warnung wofür?«

Er dreht sich zurück, schweigt einige quälende Momente lang, sodass ich mich frage, ob ich die Antwort, die er offensichtlich zurückhält, überhaupt hören will. Dann wirft er mir erneut einen Blick über seine Schulter zu.

»Dich auszuliefern.«

KAPITEL 9

Jarik

In Yamanashi anzukommen, fühlt sich jedes Mal nach Zuhause an und trotzdem verliert die Stadt im Norden Japans nie ihre Faszination für mich. Sobald sie von Weitem zu sehen ist, präge ich mir jedes noch so kleine Detail ein, um mir ins Gedächtnis zu rufen, dass das hier echt ist.

Und falls ich doch zurück muss, um mich an diesen Ort zu erinnern, der in den letzten zwei Jahren mehr mein Zuhause war als Berlin, wo meine Familie lebt. Noch knapp zehn Kilometer, dann sind wir im Dorf der Gilde, außerhalb des Städtchens.

Yamanashi begrüßt uns mit kleinen Rebdachhäusern, weiten Feldern links und rechts, sattem Grün und im Moment den ersten Knospen der Kirschbäume. Bei ihrem Anblick kann ich nicht anders, als Clara einen vorsichtigen Blick über meine Schulter zuzuwerfen. Wie ich zuvor, sieht auch sie aus dem Fenster, wirkt ewig weit weg in Gedanken, sodass ich mir erlaube, sie einige Momente zu beobachten. Sie betrachtet die Landschaft mit großen Augen.

Wenn sie eine Ahnung hätte, wie die pinken Blüten und sie seit ihrer Geburt miteinander verwoben sind, mit der im Grunde alles begonnen hat. Aber es ist nicht meine Aufgabe, ihr das zu erzählen, und ich weiß nicht mal, ob Falk ihr in nächster Zeit davon berichten wird. Vermutlich nicht. Vermutlich wird er warten, wie sie sich im Quartier einlebt. Er wird auf Nummer sichergehen, so wie immer. Selbst beim Essen greift Falk zu denselben ihm bekannten Mahlzeiten und verzieht schon das Gesicht, wenn einer der Köche ein anderes Gewürz benutzt hat. Möglicherweise bin ich deswegen noch hier: weil ich bloß zur Gewohnheit geworden bin. Wie eine dieser uralten Vasen, die längst einen Sprung hat, aber die man beim Umzug immer und immer wieder in Zeitungspapier einrollt und in eine Kiste packt, um sie mitzuschleppen.

Clara reißt sich von der Landschaft los und schaut mir geradewegs in die Augen, als sie sich nach vorn wendet. Ich bin für einen Moment erstarrt und erwidere ihren Blick.

»Und?«, fragt sie. »Werdet ihr?«

»Werden wir was?«

Sie schluckt, befeuchtet ihre Lippen mit der Zunge. In ihren Augen erkenne ich kein Anzeichen von Unsicherheit, oder sie verbirgt sie ziemlich gut.

»Mich ausliefern?«

»Falk hat dir gestern schon gesagt, dass er das nicht will.«

»Ich weiß«, gibt sie zurück. »Aber sind in eurem Quartier alle derselben Meinung?«

»Warum sollten sie nicht?«

»Weil sie sehen, mit was für einer Warnung du zurückkommst« – sie deutet auf meinen verbundenen Oberarm – »und ich der Grund dafür bin.«

»Der Grund für die Verletzung sind die Angreifer«, wirft Ava ein.

»Die meinetwegen da waren«, setzt Clara hinzu. »Oder nicht?«

»Im Grunde schon«, sage ich.

»Sag ich doch.«

Clara dreht sich von mir weg, schaut erneut aus dem Fenster. Ich unterdrücke ein Seufzen und wende meinen Blick ebenso von ihr ab, konzentriere mich auf die Straße.

Wir lassen die Hauptstraße hinter uns, die Rebdachhäuser auch. Wie ein Mahnmal taucht nach einigen Minuten der Berg Fuji vor uns auf, seine Spitze sieht aus wie in Mehl getunkt und ragt über die anderen Berge und Hügel zwischen ihm. Die Straßen werden schmaler, die Felder weiter, bis Ava uns schließlich auf einen Feldweg bugsiert, über den wir ins Dorf gelangen. Wie ich, ist sie die Strecke schon etliche Male gefahren, kennt jedes Schlagloch, sodass sie ihnen ausweicht und wir nicht allzu sehr durchgeschüttelt werden.

Nach wenigen Augenblicken werden wir von den umliegenden Bäumen verschluckt, während Ava das »DANGER – NO TRESPASSING«-Schild passiert und in das abgelegene Waldstück fährt. Es dauert nicht lange, da geben die Bäume uns frei – und das, was sich hinter ihnen erstreckt und mich aufatmen lässt: mein Zuhause. Das Dorf der Gilde.

Eingelassen in eine schmale Bergkette liegen die Häuser wie schlafende Drachen da, umringt von einem Waldgebiet. Bauchige, große Rümpfe gebaut aus Holz, spitze anthrazitfarbenen Dächer, die wie mit Schuppen überzogen wirken. Über den Türen leuchten je zwei Lampions, die wie Augen strahlen.

Fast zehntausend Quadratmeter umfasst das Dorf – mehr als zehn Fußballfelder. Wobei die Unterkünfte für die Geschwister und Fuma, links und rechts am Rande des Waldes, nur je knapp fünfzehn Quadratmeter groß sind. Der Tempel nimmt die größte Fläche ein und thront über allem anderen. Dort haben nicht nur ein Speisesaal Platz, auch eine Bibliothek, Unterrichts- und Kampfräume sowie Krankenzimmer und die Privaträume der Gildenmeister, sofern diese sich gerade im Dorf aufhalten.

Ich lasse das Fenster herunter und lausche in den letzten Fahrminuten der Stille, die über dem Dorf liegt. Als Veit und Falk mich zum ersten Mal hergebracht haben, hat sie mich noch erdrückt, jetzt ist sie eine Salbe über einer unheilbaren Wunde. Sie verschafft mir wenigstens Linderung.

Nur Momente später zieht sich mein Magen zusammen, als ich sehe, wie Falk auf dem Parkplatz vorm Dorf wartet, auf dem Ava den Jeep parkt. Seine Miene ist wie immer undurchschaubar. Er mustert meinen Oberarm, nachdem wir ausgestiegen sind, und wirft mir einen ernsten Blick zu.

»Musst du versorgt werden?«, fragt er, als wir näherkommen.

Ich schüttle den Kopf. »Der Schnitt ist nicht tief.«

Noch einmal betrachtet er meinen Arm, diesmal von Nahem. Er wickelt den Pullover darüber ab und ich verkneife es mir, die Luft scharf einzuziehen, weil mich ein stechender Schmerz durchfährt, als er meine Haut berührt.

»Ich will mir das gleich ansehen. Ava«, wendet er sich an sie. »Bitte bring Clara in ihre Unterkunft. Wartet da auf mich.«

»Heißt ›Wartet da auf mich‹ eigentlich ›Sperr die Entführte ein‹?«, fragt Clara. Ihr Blick ist herausfordernd auf Falk gerichtet, der ihm natürlich standhält. Wahrscheinlich trainiert er das heimlich vorm Spiegel: anderen Leuten intensiv in die Augen sehen.

»Eigentlich nicht, nein«, sagt er.

»Und uneigentlich?«

»Du wirst nicht eingesperrt«, stellt Falk klar.

»Also kann ich jetzt gleich zurück nach Potsdam?«

»Das leider nicht.«

»Dann ist deine Definition von Eingesperrtsein eine andere als meine.«

»Kada, bitte, ich -«

»Ich heiße Clara«, unterbricht sie ihn. »Der Einzige, der mich so nennen darf, ist ...«

Sie stockt. Sofort bemerke ich, wie sich etwas in ihrem Blick verändert. Wahrscheinlich glaubt sie, es schnell unter Kontrolle zu haben, doch die Art, wie glasig ihre Augen werden, dauert mehrere Sekunden an, bevor sie sich wieder fasst.

»Ich heiße Clara«, wiederholt sie.

»Es tut mir leid«, erwidert Falk ehrlich. »Du hast recht.«

»Ich würde gern in meine Unterkunft«, sagt sie abweisend. »Auch wenn ich dort wahrscheinlich nicht allein bin, sondern bewacht werde, richtig?«

Falk weicht ihrem Blick nicht aus. »Richtig. Das tut mir ebenfalls leid, selbst wenn du es mir nicht glaubst. Aber du bist hier mehr in Sicherheit als irgendwo sonst, dafür sorgen wir.«

»Stimmt«, sagt sie. »Ich glaube dir nicht.«

Damit wendet sie sich ab, kehrt uns den Rücken zu und folgt Ava, die ihr vorausgeht. Ich sehe den beiden noch hinterher, bis sie die Stufen zum Weg an den Wohnhäusern hochsteigen und schließlich in einem davon verschwinden.

KAPITEL 10

Jarik

»Komm, ich sehe mir deinen Arm an«, sagt Falk zu mir und berührt meinen unverletzten Oberarm, schiebt mich sachte vom Parkplatz in Richtung des Tempels.

Vor zwei Jahren, als ich ihn zum ersten Mal betreten habe, hatte ich prunkvolle Räume erwartet, doch das von außen hummerrote Gebäude ist innen schmucklos. Nicht heruntergekommen jedoch, im Gegenteil. Alle Häuser im Quartier werden regelmäßig renoviert, aber sie sind bescheiden gehalten. Der Boden der Tempeleingangshalle besteht aus sandfarbenem Stein, die Säulen, die die Decken stützen, strahlen in demselben Rot wie die Fassade. Der gesamte Gang ist von bodentiefen Fenstern gesäumt, durch die man vorne einen Blick auf die Unterkünfte hat, nach hinten blickt man auf das Waldgebiet. Darauf und auf den riesigen Shinobi-Kirschbaum, der im Hof steht, und der seit achtzehn Jahren ununterbrochen blüht. Der einzige auf der gesamten Welt, der das tut.

Falk und ich nehmen die Steintreppe in die obere Etage, wo sich die Krankenräume auf der linken und die Trainingsräume auf der rechten Seite befinden. Im Notfall hat man es nicht weit, wenn man sich beim Training verletzt. Falk ist der einzige Arzt hier, aber einige Geschwister haben ebenfalls eine medizinische Ausbildung. Allerdings kommt es weniger zu Verletzungen, als man es in einem Dorf, das bis zum Rand mit Waffen gefüllt ist, vermutet. Wir trainieren immerhin nicht, um uns gegenseitig zu verletzen.

Außer uns ist niemand im Inneren des Tempels, die meisten Geschwister sind entweder beim Training oder beim Unterricht mit den Fuma. Hauptsächlich ist das Dorf eine Ausbildungsstätte, nur wenige Geschwister wie ich haben hier ihren festen Wohnsitz. Es ist wie überall: Die meisten zieht es in die Großstädte, fernab vom Land. Als würde dort mehr als Straßenlärm, Hochhäuser und Neonlichter auf sie warten. Als sei das Wort »Großstadt« ein Synonym für »Hip sein« geworden.

Als Falk die schwarze Holztür zu einem der drei Behandlungsräume aufdrückt, mich anweist, auf der Liege am Fenster Platz zu nehmen, und die Tür hinter sich schließt, weiß ich, welches Gespräch nun folgt. Das letzte Mal war es ähnlich. Als ich zu weit gegangen bin, während ich allein trainiert habe. Als ich zu wütend war. Als ich mich nicht unter Kontrolle hatte.

Meine Erinnerungen genauso wenig.

Genau hier haben wir gesessen und auch wie vor einigen Wochen hat Falk den runden weißen Rollhocker in meine Richtung geschoben und sich vor mich gesetzt. Er hat damals ebenso eine Wunde an mir begutachtet, allerdings am Oberschenkel, wo das Katana mich während eines unvorsichtigen Moments im Training gestreift hat. Falk musste den Vorfall den anderen Fuma melden, ich bin ihm auch jetzt noch nicht böse deswegen, obwohl ich Trainingsverbot habe. Ich weiß, es war meine eigene Schuld.

Er legt meinen blutverschmierten Pullover beiseite, zieht sich Handschuhe über und schiebt den Ärmel meines T-Shirts weiter nach oben, um den Schnitt besser begutachten zu können. Mit den Fingern tastet er vorsichtig die Haut darum ab.

»Hast du Schmerzen?«, fragt er.

Wenn er so im Arzt-Modus ist, kommt er mir nicht vor, als sei er sechsunddreißig, sondern mindestens Mitte fünfzig.

»Du lässt schon wieder den alten Chefarzt raushängen«, versuche ich, die Situation aufzulockern. Doch Falk hebt nur eine Braue, fährt dann mit dem Rollhocker zum Schrank links von ihm, aus dem er eine Nierenschale, eine Salbe, Verbandszeug, Tupfer und ein Fläschchen holt, um damit zu mir zurückzufahren.

»Irgendwelche Schmerzen?«, fragt er erneut.

»Nur ein leichtes Pochen«, antworte ich, diesmal ohne Scherze. »Und ein Kribbeln.«

Falk nickt. Er desinfiziert die Wunde und ich beiße die Zähne aufeinander, weil es deutlich mehr brennt, als ich erwartet habe.

»Die Wunde sieht aus, als sei die Waffe mit etwas eingerieben worden«, sagt er.

Er drückt einen Streifen der Salbe auf seinen rechten Zeige- und Mittelfinger und streicht sie auf die Wunde.

Sofort habe ich das Gefühl, das Kribbeln lässt nach, über dem Schnitt breitet sich eine angenehme Kühle aus.

»Ich vermute Wiesenbärenklau, zumindest sieht der Ausschlag danach aus. Du musst den Verband täglich wechseln und Salbe auf die Wunde streichen, aber es dürfte in ein paar Tagen verheilt sein.«

»Es tut mir leid, Falk«, rutscht es mir mit einem Mal heraus.

Gerade dabei, den Verband anzusetzen, stockt er in der Bewegung und sieht mit zusammengeschobenen Brauen zu mir auf.

»Was tut dir leid?«

Ich beiße mir auf die Innenseite meiner Wange. »Dich ständig zu enttäuschen.«

Die Falte zwischen seinen Brauen verschwindet, die schmale Linie, die gerade noch seine Lippen war, ebenso. Seine Augen wandern für einen Moment über mein Gesicht und ich komme wie immer nicht dahinter, was er denkt.

Manchmal wünschte ich, ich könnte ihm ein Teil meiner Emotionen abgeben, damit ich ihn besser einschätzen kann. Die ganze Zeit ist er nüchtern und lässt sich von seinem Gegenüber nicht ein einziges Gefühl vom Gesicht ablesen. Auch deswegen ist er mittlerweile der angesehenste Fuma innerhalb der Gilde. Seine Emotionen scheinen ihn nie zu überrollen, weder die positiven noch die negativen. Als Veit verschwunden ist, habe ich ihm die Abwesenheit seines besten Freundes nicht einmal angesehen. Stattdessen behält er in jeder ausweglosen Situation einen kühlen Kopf.

Doch manchmal ist genau das so kompliziert zwischen ihm und mir.

Falk legt den Verband neben mich auf die Liege und sieht mich fest an.

»Wie kommst du darauf?«, fragt er.

»Ich sollte auf Clara aufpassen und habe es vermasselt«, antworte ich. »Wir sind nur knapp entkommen.«

»Aber ihr seid entkommen. Das ist alles, was zählt.«

»Ich hätte vorsichtiger sein müssen. Ich hätte die Umgebung auskundschaften sollen, bevor ich mit Clara -«

»Du hast das perfekt gemeistert, Jarik«, unterbricht mich Falk. »Es gibt keinen Grund, das kleinzureden. Du hast Clara unverletzt hergebracht. Wenn ich raten müsste, würde ich sagen, du hast diese Verletzung« - mit einem Kopfnicken deutet er darauf - »für sie in Kauf genommen. Richtig?«

»Der Wurfstern hätte sie getroffen, wäre ich nicht dazwischen gegangen.«

Auf Falks Lippen legt sich ein väterliches Lächeln. »Was lässt dich dann denken, ich könnte enttäuscht von dir sein?«

Wenn ich jetzt darüber nachdenke, weiß ich es selbst nicht mehr. Ich antworte nicht.

»Gib dir nicht die Schuld für Dinge, für die du nichts kannst, das ist verschwendete Zeit.« Falk nimmt den Verband erneut an sich und legt ihn mir um.

»Nicht meine stärkste Disziplin«, sage ich.

Flüchtig schaut Falk mich aus den Augenwinkeln an, bevor er meinen Arm weiter verbindet und den Stoff mit zwei Klammern befestigt. Während er mit dem Rollhocker ein Stück zurückfährt, zieht er sich dabei die Handschuhe aus und wirft sie hinter sich in den Mülleimer. Die Arme in seinem Schoß verschränkt, sieht er mir geradewegs in die Augen.

»Du glaubst immer noch nicht, dass du es verdient hast, hier zu sein, oder?«, fragt er.

»Nein«, sage ich ehrlich.

Wenn Falk ahnen würde, auf welchen Deal ich mich eingelassen habe, würde er mir diese Frage gar nicht erst stellen. Er wüsste, ich hätte es nicht verdient, hier zu sein, und würde mich zurück nach Deutschland schicken. Aber genau das versuche ich, zu verhindern.

»Bekämpf die Vergangenheit nicht«, sagt er. »Sie gehört zu dir. Sie zu bekämpfen, führt nur dazu, dass sie dich erst recht nicht loslässt.«

Das ist nicht das erste Mal, dass er das zu mir sagt, und es ist nicht das erste Mal, dass mich das wütend macht. Denn er weiß genau, dass es nicht so einfach ist, wie er sich das vorstellt. Nicht wenn diese finsteren Gedanken mich weder abends gut einschlafen noch morgens gut aufwachen lassen. Selbst an guten Tagen pochen sie in meinem Hinterkopf.

Ich stehe auf, nehme meinen blutigen Pullover an mich und ziehe den Ärmel meines T-Shirts halb über den Verband.

»Danke fürs Verarzten«, sage ich und bin schon an der Tür, um den Raum zu verlassen, da spricht Falk mich noch einmal an.

»Wenn du etwas zu sagen hast, musst du reden. Anders kann ich dir nicht helfen.«

Den Türgriff umklammernd, denke ich: Das kannst du sowieso nicht. Das kann nur der Deal, den ich eingegangen bin.

Ich presse die Kiefer aufeinander und drehe mich zu ihm um. Er steht mittlerweile gegen den Schreibtisch gelehnt. Auch jetzt ist sein Gesichtsausdruck undurchsichtig.

»Lass es raus. Es sind nur du und ich hier und niemand erfährt von diesem Gespräch, versprochen.«

Wahrscheinlich ist das einer dieser Tests, in denen ich beweisen soll, wie gefasst ich bin, wie gut ich mich unter Kontrolle haben, wie rational ich sein kann. Aber wenn er mich so auffordert, werde ich der Forderung nachgeben.

»Die Vergangenheit nicht zu bekämpfen, ist nicht so leicht, wie du denkst«, sage ich und habe Mühe, nicht zu grob dabei zu klingen. »Wenn ich sie nicht bekämpfe, wirst du den anderen Fuma wieder Bescheid geben, wie wenig kontrolliert ich selbst nach zwei Jahren bin. Obwohl ich der Beste hier bin, und das weißt du. Ich habe alle Tests mit Bestnote bestanden – alle!«

Das ist der Punkt, an dem mir meine Stimme entgleitet, und es mir egal ist, dass sie zittert und ich laut werde.

»Aber du verstehst nicht, dass ich das alles nicht aus Spaß bekämpfe! Wenn ich es nicht tue, läuft es nicht bloß auf ein Trainingsverbot hinaus, sondern darauf, dass ihr mich in ein Flugzeug setzt und zurück in den Dreck schickt, aus dem ihr mich geholt habt! Von dem ihr versprochen habt, dass ich nicht zu ihm zurückmuss! Und jetzt soll ich auch noch einen kühlen Kopf bewahren, obwohl Veit verschwunden ist und wir seine Tochter hergebracht haben?«

Für einige Momente mustern Falk und ich uns bloß. Während mein Atem stoßweise geht, weil ich mich so in Rage geredet habe, steht er unverändert da, schaut mich lediglich an. Ob er dabei überlegt, mich sofort nach Deutschland zu schicken, oder wortlos an mir vorbeistürmen will, kann ich in seinem Gesicht nicht ablesen.

»Bevor ich selbst herkam, war ich drei Monate als Arzt in Syrien stationiert«, sagt er. Im ersten Moment verstehe ich nicht, was er mir damit sagen will, doch dann spricht er weiter: »Als ich danach in die Gilde gekommen bin, habe ich gedacht, ich müsste mich zusammenreißen. Waren ja nur drei Monate. Was soll mich da schon so geprägt haben? Aber ...«

Noch nie in zwei Jahren habe ich Falk nach Worten ringen sehen. Seine Schultern fallen etwas ein, sein zuvor so glasklarer Blick wird trüb, als würden sich Bilder vor seine Augen schieben, die eigentlich hätten versteckt bleiben sollen.

»Ich weiß, wie das mit schlechten Erinnerungen ist«, sagt er schließlich. »Derjenige, der damals an mich geglaubt hat, war Veit. Ich habe irgendwann aufgehört, zu zählen, wie oft man mich nach Hause schicken wollte, aber das hier war mein Zuhause.«

Ich schlucke, brauche allerdings noch einen Moment, um mein Atem und mein Herz zu beruhigen. »Und wie hast du alle anderen überzeugt, dass du hierbleiben kannst?«, frage ich schließlich.

»Gar nicht«, antwortet Falk und ich will schon ansetzen, etwas darauf zu erwidern, da stoppt er mich mit einer Handbewegung. »Ich habe erst mich selbst überzeugt. Ob man es weinend oder lachend verbringt, ein Leben bleibt ein Leben«, zitiert er ein japanisches Sprichwort. »Du entscheidest, wie du es lebst. Niemand sonst.«

Er kommt auf mich zu und legt mir die Hand an den unverletzten Oberarm.

»Du kommst nicht an deiner Vergangenheit vorbei, aber darum geht es auch gar nicht.«

»Worum dann?«, frage ich mit trockenem Mund.

»Sie zu akzeptieren. Immerhin bist du ihretwegen hier. Und das hier ist dein Platz.«

Falks Hand wandert von meinem Oberarm an meine Schulter, die er drückt, bevor er schließlich das Zimmer verlässt und mich mit den Worten allein lässt.

KAPITEL 11

Clara

Das Zimmer, in das Ava mich vor einer halben Stunde gebracht hat, ist um einiges wohnlicher als das in Tokio. Der komplette Raum ist mit dünnen Bambusmatten ausgelegt, die Wände in einem Pastellgrün gestrichen. Auf einem Podest rechts an der Wand steht ein Holzbett, neben ihm im selben Holz ein Nachtschränkchen. Außerdem ist in einem separaten Raum links ein Badezimmer. Zwar klein, sodass man sich gerade um die eigene Achse drehen kann, mit einer Dusche auf einem schmalen Absatz, aber es dürfte reichen. Eigentlich ist es mir sogar egal, dass es klein ist, ich habe nämlich nicht vor, hierzubleiben.

Am Kopfende des Raums erstreckt sich eine bodentiefe Fensterfront, von der aus man den angrenzenden Wald im Blick hat. Daran angebaut ist ein Balkon, nicht einsehbar von den übrigen Häusern aus. In der offenen Balkontür stehend, werfe ich einen letzten Blick über meine Schulter. Hinter der Eingangstür wartet Ava. Sie hat sich zwar verabschiedet, als wollte sie mich allein lassen, nachdem sie mir das Zimmer gezeigt hat, aber Falk hat vorhin deutlich gemacht, dass ich bewacht werde. Zudem habe ich nicht gehört, wie sie sich entfernt hat. Jarik war gestern mein Wachhund in Tokio, Ava ist es heute hier. Und ich habe keine Lust auf Wachhunde.

Auf Zehenspitzen laufe ich bis zum Rand des Balkons und sehe über das Geländer. Einen Meter geht es in die Tiefe, keine Unmöglichkeit, wenn es etwas gäbe, mit dem ich mich abseilen könnte. Doch die Bettlaken zusammenzuknoten, braucht zu viel Zeit, von der ich nicht weiß, ob ich sie habe. Falk hat gesagt, wir sollen auf ihn warten, und er ist schon über eine halbe Stunde verschwunden. Lange wird er nicht mehr für Jariks Wunde brauchen, da bin ich mir sicher.

Also muss ich es über den Ast versuchen, der über dem Balkongeländer hängt. Stabil sieht der Ahorn zumindest aus. Außerdem habe ich es hundert Mal zuvor schon gemacht – wenn auch mit Sicherung. Oft genug habe ich Damien bei seinem Nebenjob im Kletterpark besucht und den Parkour gemeistert. So viel anders kann das hier nicht sein.

Vorsichtig steige ich auf das Geländer und greife nach dem schmalen Ende des Astes über dem dickeren, der sich mir beinahe dankend entgegenstreckt. Es kostet mich Überwindung, doch schließlich klettere ich auf den ausladenden und festen Ast, fokussiert darauf, mein Gleichgewicht zu halten. Einige Sekunden verharre ich so, um zu testen, ob er mich hält, aber vermutlich steht er seit Jahrhunderten hier und hat schon etlichen Stürmen getrotzt. Ich bin ein feiner Windhauch dagegen.

Einen tiefen Atemzug nehmend, konzentriere ich mich auf den Weg über den Ast. Schritt um Schritt balanciere ich auf die Mitte des Stammes zu, an dessen Holz sich weitere breite Äste auffächern. Einer davon biegt sich sanft in Richtung Boden, sodass ich mühelos an ihm hinabgehen kann.

Als ich am Stamm angekommen bin, umklammere ich ihn und trete auf den Ast eine Fußlänge weiter, der mich nach unten bringen wird. Vorsichtig setze ich erst einen Fuß darauf, teste, wie stabil er ist, und als ich mir sicher bin, dass er mich trägt, gehe ich schließlich an ihm herunter. Als der Boden unter mir weniger als einen halben Meter entfernt ist, springe ich mit einem Satz vom Ast und lande weich auf Blättern und Moos.

Dort angekommen, werfe ich einen Blick zurück zum Balkon.

»Auf Nimmerwiedersehen«, flüstere ich mir selbst zu.

»Ziemlich beeindruckend.«

Ich erschrecke so sehr, dass ich aufkeuche und rücklings stolpere. Gerade so kann ich mich an einem tiefhängenden Ast festhalten, um nicht hintenüber zu fallen. So schnell ich kann, rapple ich mich wieder auf, nehme Haltung an und sehe in die Richtung, aus der die mir bekannte Stimme gekommen ist.

Falk lehnt mit verschränkten Armen an einem Baum, etwa zehn Schritte entfernt. Ich hatte recht im Hotel: Er verschmilzt quasi mit dem Schatten, den der Ahorn spendet. Nicht nur das, er scheint der Schatten selbst zu sein. Weder von oben noch von hier unten habe ich ihn gesehen.

»Du hast gesagt, ich bin keine Gefangene«, sage ich betont mutig, doch wenn ich ehrlich bin, strahlt Falk eine Autorität aus, die mich einschüchtert. Obwohl er plötzlich nicht mehr ganz so steinhart wirkt, trotz verschränkter Arme. Auf seinen Lippen liegt ein zartes Lächeln und soweit ich das erkenne, sind seine Muskeln nicht angespannt. Außerdem trägt er keine Waffen, was mich zusätzlich beruhigt. Was mich jedoch noch mehr beruhigt hätte: wenn ich zumindest eine Waffe hätte.

Falk stößt sich in einer fließenden Bewegung vom Baum, lässt seine Arme sinken und kommt genau fünf Schritte auf mich zu. Im Gegensatz zu gestern trägt er kein komplett schwarzes Outfit, sondern einen dunkelgrünen Pullover, der am Saum schon ausgewaschen wirkt. Weil sein Ärmel einige Zentimeter hochgerutscht ist, sehe ich zum ersten Mal die silberne Gliederkette um sein Handgelenk.

»Wo hast du so klettern gelernt?«, fragt er, lenkt meine Aufmerksamkeit damit wieder in sein Gesicht.

»Fragst du das, weil du mein Vertrauen willst und glaubst, ich erzähle dir eine persönliche Geschichte?«, gebe ich zurück. »Aber eigentlich weißt du genau, woher ich es kann?«

»Ich weiß nicht annähernd so viel über dich, wie du glaubst, Clara.«

Wenigstens hat er sich gemerkt, dass ich von niemandem hier mit Kada angesprochen werden will.

»Ich bin bloß beeindruckt, wie selbstverständlich du nach unten gelangt bist«, setzt er hinzu.

»Wie lange stehst du hier schon und beobachtest mich?«, frage ich.

»Seitdem du auf den Balkon getreten bist.«

Ich unterdrücke den Drang, mein Gesicht in die Hände fallenzulassen und zu seufzen, bemerke aber, wie mir Hitze in die Wangen steigt. Dennoch wende ich meinen Blick nicht von Falk ab.

»Mein …«

Mein bester Freund Damien, will ich eigentlich sagen, stoppe mich zum Glück jedoch noch rechtzeitig. Um nichts in der Welt will ich ihn hier mit reinziehen. Sollte Falk nicht von ihm wissen, will ich ihnen nicht die geringste Info über ihn preisgeben.

»Ein Freund von mir arbeitet in einem Kletterpark«, sage ich schließlich. »Ich besuche ihn manchmal und mache den Parkour.«

»Veit hat dich zum ersten Mal dorthin gebracht, oder?«

Ich stutze.

»Und er hat deinem Freund Damien auch den Job besorgt«, setzt er hinzu, formuliert es nun allerdings nicht als Frage.

Mein Herz verkrampft sich und ich weiß nicht, ob ich mich diesmal unter Kontrolle habe und man es mir nicht ansieht, dass mich die Tatsache so mitnimmt, dass er Damien längst kennt.

»Wenn ihr Damien irgendwie hier mit reinzieht …«, warne ich.

»Wir beschützen deinen Freund genauso, wie wir dich beschützen.«

Ich schnappe nach Luft. »Ist Damien in Gefahr?«

»Wir haben nur vorsorglich Geschwister in seine Nähe geschickt«, sagt Falk kopfschüttelnd.

»Vorsorglich? Das heißt, ihr glaubt, er könnte bald in Gefahr sein?«

Darauf hat Falk keine Antwort, nur einen starren Blick.

Mir dreht sich der Magen, ähnlich wie mein Kopf, sodass ich mich am Baum neben mir abstützen muss. Was auch immer diese Leute hier mit mir vorhaben, ist mir in diesem Moment egal – ich will nur, dass Damien sicher ist. Er ist der Einzige, der in den letzten Monaten mein Fundament war, er hat mich nie gedrängt, er war einfach da, noch mehr als in den vorherigen Jahren sowieso schon. Mir vorzustellen, ihm könnten dieselben Leute auflauern wie mir und Jarik vor einigen Stunden ...

Mit den Fingern kralle ich mich in die Baumrinde, lehne die Stirn an den Stamm, weil der Schwindel mich komplett einzunehmen droht. Als ich plötzlich eine Hand auf meiner Schulter spüre, weiche ich ruckartig zurück, doch Falk hält mich am Oberarm. Ich habe keine Ahnung, wie er das macht, aber sein Griff ist fest und rücksichtsvoll zugleich.

»Wann hast du zuletzt gegessen?«, fragt er.

»So richtig mit Hinsetzen und Besteck? Oder meinst du einen furchtbaren Saft im Stehen, den Jarik mir mitgebracht hat?«

»Mit Hinsetzen und Besteck«, antwortet Falk. Da ist zwar eine Falte zwischen seinen Brauen, die Besorgnis ausdrückt, doch auch ein leichtes Lächeln auf seinen Lippen, als würde er sich über meine Antwort amüsieren.

In Gedanken rechne ich kurz durch. Zum letzten Mal habe ich vor dem Training mit Damien gegessen, zwar schnell, weil ich kaum noch Zeit hatte, aber ich saß dabei am Tisch und habe Besteck benutzt.

»Vor ungefähr siebzehn Stunden«, sage ich schließlich.

»Dann gehen wir jetzt etwas essen.«

»Bin ich dabei eine Gefangene?«

»Nein«, sagt Falk sofort. »Du bist mein Gast.«

KAPITEL 12

Clara

Ich dachte, er bringt mich irgendwo hin, wo wir allein wären, doch stattdessen führt Falk mich in eine Art Speisesaal in der unteren Etage des Tempels. Wobei es mehr eine Halle ist, in der Tischreihen stehen, alle davon so platziert, dass man aus der offenen Fensterfront auf den Kirschbaum im Innenhof schaut.

Der Boden ist hell gefliest, Wände gibt es nicht, der Raum ist nur von Säulen gesäumt, die den Essbereich einrahmen. Links neben der letzten der zehn Tischreihen ist eine Essensausgabe, die hochmodern, dafür aber irgendwie deplatziert in der sonst eher traditionell eingerichteten Halle wirkt.

Schon als wir eingetreten sind, habe ich etliche Blicke der Anwesenden auf mir gespürt, doch jetzt, wo Falk mich an eine der nicht besetzten Tischreihen führt, fühle ich mich erst recht beobachtet. Hier und da drehen Leute sogar ihre Köpfe, um uns anzusehen. Falk scheint ein ziemlich hohes Ansehen hier zu genießen, wenn er diese Wirkung auf die Menschen hat.

»Setz dich«, sagt er höflich, als wir am Tisch angekommen sind. »Ich hole uns was zu essen und zu trinken.«

Erst als er weg ist, bemerke ich, dass er nicht der Grund für die Köpfe war, die sich uns zugewandt haben. Ich bin es. Denn noch immer schauen Leute zu mir herüber, während sie Falk ignorieren.

Ich nehme auf der Bank Platz und versuche, mich nicht von den Blicken und dem Getuschel verunsichern zu lassen, sondern sie selbstbewusst zu erwidern, um ihnen keine Angriffsfläche zu geben. Da entdecke ich Jarik.

Er sitzt zwei Tische weiter und schaut genau zu mir herüber, die Finger um eine Tasse geschlossen, auf der sein Zeigefinger ununterbrochen trommelt. Weil er ein T-Shirt trägt, fällt mir sofort der Verband ins Auge, der um seinen Arm geschlungen ist.

Plötzlich schüttelt er kaum merklich den Kopf, sieht einen Moment zum Kirschbaum und steht dann auf, samt Tasse in der Hand, um in der entgegensetzten Richtung die Halle zu verlassen. Er dreht sich nicht noch einmal um, sondern verschwindet irgendwann hinter einer Ecke.

Zeit, um über dieses Verhalten nachzudenken, bleibt mir nicht, denn Falk kommt zurück und stellt einen Teller mit dampfendem Reis und Gemüse vor mir ab, über das etwas gegossen ist, das wie Sojasauce aussieht und riecht.

»So richtig mit Hinsetzen und Besteck«, sagt er und reicht mir Letzteres – zwei Holzstäbchen – mit einem Grinsen.

Sich selbst hat er das gleiche Essen mitgebracht und stellt es mir gegenüber, wo er sich hinsetzt. Die zwei

Wasserflaschen, die unter seinen Armen klemmen, platziert er zwischen uns.

Falk nimmt das Besteck in die Hände, ich tue es ihm gleich, stocke jedoch, woraufhin er eine Braue hebt. »Das Essen ist nicht vergiftet, falls du das fragen willst. Es ist bloß Reis mit Gemüse in Sojasauce.«

Erwischt.

»Guten Appetit«, sagt er und beginnt, das Gemüse mit dem Reis zu vermengen.

Wir essen schweigend, wobei Falk deutlich schneller mit seiner Portion fertig ist als ich mit meiner, denn ich will meinen leeren Magen nicht überfordern, sodass ich mir Zeit lasse. Etwas von dem Reis und dem Gemüse bleibt am Ende auch übrig, das Wasser hingegen habe ich bis zum letzten Schluck ausgetrunken.

Während ich hinter Falk durch die Halle sehe, bemerke ich, dass uns kaum noch jemand mustert. Die meisten haben sie bereits verlassen, nur vereinzelnd sitzen Leute weiterhin an Tischen.

»Besser?«, fragt Falk, nachdem ich meine Stäbchen neben den Teller lege.

Ich nicke. Der Schwindel lässt tatsächlich nach und auch das Gefühl, mein Magen würde sich drehen, ebbt ab. Nur eine Sache vergiftet mir noch immer die Gedanken.

»Glaubst du, Damien könnte in Gefahr sein?«, frage ich Falk offen. Ich wünschte, meine Stimme würde nicht so sehr zittern, wie sie es tut.

»Ich weiß es nicht«, sagt er ehrlich. »Aber da wir noch nicht wissen, mit wem wir es zu tun haben, habe ich die

Fuma gebeten, einige Geschwister nach ihm sehen zu lassen. Ähnlich wie bei deiner Mutter und ihrem Freund.«

Den Kloß in meinem Hals schlucke ich genauso runter wie meinen Stolz und sage: »Danke.«

Falk lehnt die Unterarme auf den Tisch und verschränkt sie, sieht mich geradeheraus an. »Gern geschehen, Clara.«

»Das heißt aber nicht, dass ich dir vertraue«, sage ich. »Oder Jarik. Oder wem auch immer, der hier noch so geheimnisvoll tut wie ihr.«

»Dass wir geheimnisvoll tun, ist keine böse Absicht.«

»Nicht? Ich habe das Gefühl, du genießt es, dass ich nicht die geringste Ahnung von all dem hier habe.«

»Tue ich nicht«, antwortet Falk. »Ich kann dir bloß nicht all die Antworten auf deine Fragen geben, die du vermutlich hast.«

»Wieso nicht?«

»Weil ich nicht dazu befugt bin«, sagt er simpel. »Ich rekrutiere Geschwister, über alle anderen Angelegenheiten entscheiden die Gildenmeister.«

»Angelegenheit? Ist das alles, was ich bin? Die Angelegenheit aus Deutschland?«

»Das habe ich damit nicht gemeint.«

»Was dann?«

Falk weicht mir aus: »Die Meister sind für morgen einberufen. Beim Treffen mit ihnen wirst du deine Antworten bekommen.«

»Du meinst, dort wird die Angelegenheit geklärt?«

Darauf erwidert er nichts.

Ich setze mich gerade hin, straffe meine Schultern und halte Falks Blick. Auch wenn es in meinem Magen brodelt und ich in diesem Moment nirgends lieber wäre, als in Potsdam, bei Damien, wo ich nicht nur eine Angelegenheit wäre – ich unterdrücke die Gefühle.

»Schon gut«, sage ich nüchtern, weil Falk weiterhin schweigt. »Ich will nur meinen Vater finden, mir ist egal, wie du oder wer auch immer mich sieht. Eure Meister eingeschlossen.«

Zum ersten Mal, seitdem ich Falk begegnet bin, weicht er meinem Blick aus und schaut stattdessen nach rechts in den Innenhof, wo der Kirschbaum in voller Blüte steht. Es ist mit Abstand der größte, den ich je gesehen habe. Der Stamm ist mindestens zwei Meter dick, etliche Äste haben sich wie Fächer zu allen Seiten ausgebreitet. Sie wirken wie eine nicht gezähmte Frisur. Und trotzdem liegt da diese Sanftheit zwischen den Ästen, als hätte sich mit den pinken Blüten ein Teppich darüber gelegt, der auf den ersten Blick zerbrechlich scheint, aber den Baum umhüllt und schützt.

Riku hat mir immerzu von der Kirschblüte in Japan erzählt, die Zeit, in der die Menschen während der zehn Tage Feste feiern, in denen die Bäume ihrer Gegend in ihrer Blüte stehen. Sogar ein japanisches Volkslied wurde der Kirschblüte gewidmet. In Japan endet die Kirschblütenzeit Anfang Mai. Sie wandert Mitte März von Kyūshū nach Hokkaidō und blüht kaum länger als sechs Wochen. Jedes Jahr habe ich Riku angesehen, wie sehr er diese Zeit in seiner Heimat vermisst hat. Jedes Jahr hat er mir von der Blüte erzählt, sodass ich manchmal das Gefühl hatte, selbst dabei gewesen zu sein.

Plötzlich stutze ich.

»Wieso blüht der Baum schon?«, frage ich, beinahe zu mir selbst. »Wir haben erst Anfang März ...«

Falk fängt meinen Blick auf, sieht dann zurück zum Baum. Doch eine Antwort bleibt er mir schuldig. Stattdessen erhebt er sich, seinen Teller in der Hand.

»Willst du noch Nachschlag?«, fragt er.

Ich schüttle bloß den Kopf, sehe ihm einen Moment lang hinterher, kann aber nicht verhindern, dass mein Blick erneut am Kirschbaum hängenbleibt.

KAPITEL 13

Jarik

Diese Kleidung fühlt sich fremd an, jedes Mal auf Neue, wenn ich sie tragen muss. Das schwarze, kragenlose Hemd mit der seidenen Leiste, die die Knöpfe verdeckt, passt zwar perfekt, da es maßgefertigt wurde, doch der Leinenstoff kratzt auf der Haut. Zum Glück tut es die Hose nicht, denn sie ist aus Baumwolle und Elastan und schmiegt sich dadurch eher wie eine Jogginghose an. Eigentlich ist das Outfit so konzipiert, dass wir Geschwister darin jederzeit bereit sein sollen, zu kämpfen. Was Unsinn ist, es ist nichts weiter als eine Verkleidung, denn wir tragen es lediglich bei den Treffen mit den Gildenmeistern – und dabei kämpft niemand von uns. Dort sitzen wir nur und haben die Ehre, den Meistern zu lauschen, wie sie vermeintlich wichtige Dinge besprechen. Was ebenso Unsinn ist. Die wirklich wichtigen Dinge besprechen sie ohne uns, das wissen wir alle.

Allerdings hoffe ich, sie besprechen heute, wann ich wieder trainieren darf, wenn sie schon mal hier sind. Aber große Hoffnung mache ich mir nicht. Immerhin sind sie nicht meinetwegen hier, sondern wegen Clara.

Ein Blick auf meine Uhr verrät mir, dass die Meister längst in Yamanashi sein sollten und vermutlich gerade im Besprechungsraum ankommen. Clara und ich haben noch zehn Minuten, um dort zu sein, also klopfe ich energisch an ihre Tür, um sie, wie von Falk beauftragt, abzuholen und zum Tempel zu bringen.

Es vergehen mehrere Momente, doch aus dem Inneren ist kein Geräusch zu hören. Gerade will ich erneut zu einem Klopfen ansetzen, als sie die Tür öffnet.

Sofort fällt mir ihr Outfit auf.

»Wo ist dein Kimono?«, frage ich.

»Hallo Jannik«, begrüßt sie mich ironisch. »Holst du mich zu dem Treffen ab, zu dem Falk gestern nur kryptische Erklärungen hatte?«

Sie hält mir die Tür auf und ich trete über die Schwelle. Genau wie alle anderen Zimmer der Geschwister besteht ihres aus einem großen Raum mit einem Podest, auf dem sich ihr Bett befindet. Darauf liegt auch der schwarze Kimono mit dem Zeichen der Gilde auf Brusthöhe gestickt, den sie eigentlich anziehen sollte. Jedenfalls hat Ava mir vorhin versichert, sie hätte ihn Clara gebracht und ihr genau das gesagt. Stattdessen steht sie in einem dunkelblauen Rollkragenpullover vor mir, dessen Ärmel ein Stück zu lang sind, und Jeans, die sie ebenfalls umgekrempelt hat. Ich vermute, beides hat sie ebenso von der einen halben Kopf größeren Ava.

Während ich mitten im Raum stehengeblieben bin, ist Clara zur Fensterfront gelaufen und sieht mich von da aus an.

»Der Kimono ist Pflicht bei den Gildentreffen«, sage ich.

»Nicht für mich«, sagt sie. »Ich gehöre nicht zur Gilde.«

»Es hat mit Respekt den Meistern gegenüber zu tun, ihn als Gast zu tragen.«

Ihre Gesichtszüge verhärten sich. »So wie es mit Respekt mir gegenüber zu tun hat, mich unter Drogen zu setzen und zu entführen? Werden eure Gäste immer mit solchem *Respekt* behandelt?«

Wenn ich mit Clara bei dem Treffen auftauche, ohne dass sie sich umgezogen hat, werde ich erneut der Junge sein, der Dinge auf Teufel komm raus nicht auf die Reihe bekommt.

»Was glaubst du, würde dein Vater denken, wenn du beim Treffen seiner Brüder nicht mal den Anstand hast, Traditionen zu wahren?«, frage ich also.

Ich will diese Karte eigentlich nicht spielen, aber ich weiß nicht, wie ich Clara sonst dazu bringen soll, den Kimono zu tragen.

Ihr Ausdruck verändert sich. Sie presst nicht nur die Kiefer aufeinander, sondern ballt die rechte Hand außerdem zur Faust.

»Er wäre stolz, dass ich mich irgendwelchen selbsternannten Meistern nicht durch Kleidung unterwerfe«, sagt sie fest.

»Es ist lediglich eine Tradition«, gebe ich zurück. »Du unterwirfst dich niemandem.«

Aus dem Nichts heraus deutet sie mit dem Finger auf meine Brust. »Juckt das Hemd eigentlich?«

Ich streiche es glatt, obwohl es keinerlei Falten wirft, weil ich es gebügelt habe. »Es juckt nicht.«

»Okay«, sagt sie und läuft nun an mir vorbei, öffnet die Tür und dreht sich noch einmal zu mir herum. »Es sieht allerdings nicht danach aus, so oft wie du dich in den letzten Minuten gekratzt hast. Wäre schön, was Bequemes zu tragen, mit dem man sich niemandem unterwirft, oder?«

Wie vermutet, spüre ich Falks Blick deutlich auf mir, als Clara und ich den Saal durch die Flügeltüren betreten. Die neun anderen Fuma sitzen links und rechts von der Tafel, hinter der die Gildenmeister ihre Plätze haben. Insgesamt sind sechs von ihnen anwesend, für jeden Kontinent einer. Veits Platz für Europa, rechts außen, ist leer.

Ich schließe die Tür hinter Clara und mir und ignoriere die Blicke der übrigen Menschen im Raum. Neben den Fuma und den Meistern haben sich etliche Geschwister versammelt. Hauptsächlich aus Japan, jedoch sind auch einige aus anderen Ländern angereist, um der Sitzung beizuwohnen, wie Falk mir gestern Abend erzählt hat. Die Stuhlreihen für die Geschwister neben den Flügeltüren sind auf vierzig Personen ausgelegt und jeder einzelne Platz ist heute besetzt.

Während sie – wie ich – komplett in einheitlichem Schwarz gekleidet sind, tragen die Gildenmeister weiße Budos. Ein wenig erinnern sie an Kimonos, bestehen jedoch aus einer weiten Hose und einem Oberteil, die durch einen Stoffgürtel getrennt werden. Auf Brusthöhe ihrer Oberteile ist jeweils unser Erkennungszeichen eingestickt: zwei sich überkreuzende Katana. In der Mitte vor den Meistern stehen drei leere Stühle.

Ausnahmslos jedes einzelne Augenpaar im Raum ist auf Clara und mich gerichtet. Als sie forsch hineinlaufen will, halte ich sie am Arm zurück und handle mir einen bösen Blick ein.

»Sie fordern uns auf«, flüstere ich ihr zu.

»Warum hast du mir das nicht vorher gesagt?«, raunt sie.

»Du hast nicht gefragt.«

»Ich hoffe, du bekommst Ausschlag von deinem juckenden Hemd.«

»Meinst du, du kannst mich dann eincremen?«

Clara seufzt tief und gibt sich nicht einmal Mühe, es leise zu tun. Beinahe hätte ich gegrinst.

Aus den Augenwinkeln betrachtet sie die Geschwister neben uns, dann schaut sie zu den Meistern. Haru, der Asien vertritt, ist der Erste, der zunächst Falk anweist, auf einem der Stühle in der Mitte Platz zu nehmen. Er folgt der Anweisung.

Sonnenschein – das bedeutet Haru, doch ich habe immerzu das Gefühl, der Meister sieht eher nach einem Gewitter aus. Aber eigentlich sehen sie das alle. Kiano aus Kapstadt lässt ebenso wenig zu, dass man Emotionen in seinem Gesicht herauslesen kann wie Akai, der indianische Wurzeln hat. Auch Augstin, Berater des chilenischen Präsidenten, Eirik aus Dänemark, der die Antarktika vertritt, sowie William aus Australien lassen sich nie in die Karten sehen.

Der Einzige der sieben, der wenigstens einen Funken Emotionen gezeigt hat, war immer Veit. Dass er jetzt fehlt, schraubt die Temperatur im Raum gefühlt herunter.

Harus Augen fallen genau auf mich und mit einer Handbewegung deutet er mir an, dass Clara und ich uns setzen können. Als wir an den Stühlen angekommen sind, mustert Falk erst Clara, dann wirft er mir erneut einen Blick zu, aber jetzt ist nicht die Zeit, ihm zu erklären, dass sie zu stur für den Kimono war.

»Danke, dass du Clara hergebracht hast, Jarik«, sagt Haru mit einem Nicken, das ich erwidere.

Während ich mich neben Falk setze, bleibt Clara vor ihrem Stuhl stehen und sieht zu den Gildemeistern hinter dem Tisch.

»Gibt es ein geheimes Zeichen, auf das ich erst warten muss, oder darf ich mich freiwillig setzen?«, fragt sie forsch.

Noch nie habe ich ein Tuscheln in diesem Saal vernommen, in diesem Raum herrscht immer ehrfürchtige Stille, wenn die Meister anwesend sind. Aber jetzt höre ich das Raunen der Geschwister hinter uns. Flüchtig schaue ich zu Falk und frage mich, warum er aussieht, als würde er sich ein Lächeln verkneifen.

»Du bist keine Gefangene«, antwortet Haru. »Falls du das implizierst.«

»Das habe ich in den letzten zwei Tagen oft gehört«, sagt sie. »Aber ehrlich gesagt frage ich mich, warum ich dann nicht zurück nach Deutschland darf.«

»Weil du hier sicherer bist«, wirft Kiano ein.

»Sagen diejenigen, die mich entführt und keinerlei Antworten darauf haben, warum, oder wo mein Vater ist.«

»Dieses Treffen dient dazu, dir Antworten zu geben«, sagt Haru. Er beugt sich ein wenig vor, als könnte man ihn so besser verstehen, dabei ist seine Stimme durchdringend genug. »Bitte setz dich, Clara.«

Ihre Brust hebt und senkt sich schnell, als würde sie die nächste wütende Antwort abwehren, schließlich gibt sie nach und setzt sich.

»Fühl dich frei, Fragen zu stellen«, weist Haru sie an.

»Stimmt es, dass ihr nicht wisst, wo mein Vater ist?«

Jetzt unterdrücke ich ebenso ein Lächeln wie Falk gerade, weil ich es ihr nicht verübeln kann, dass sie ausgerechnet diese Antwort verlangt, und somit klarstellt, mir mit dieser Information nicht zu trauen.

»Das ist wahr, ja«, antwortet Haru. »Aber wir haben mittlerweile eine Ahnung, von wem er entführt wurde.«

Zwar habe ich gestern Abend noch mit Falk gesprochen, doch von diesen neuen Informationen hat er mir nichts erzählt. Im Augenwinkel sehe ich allerdings, dass er genauso überrascht über diese Aussage scheint wie ich. Hat man es ihm auch verschwiegen?

»Von wem?«, fragt Clara aufgeregt.

»Es ist möglich, dass es die gleichen Leute sind, von denen ihr« – Haru schaut zwischen Clara und mir hin und her – »in Tokio angegriffen wurdet.«

»Was sind das für Leute?«

»Ishikawa«, sagt er. »Sie sind untreue Shinobi.«

»Was heißt untreu?«, hakt Clara nach.

»Sie haben sich von unserer Gilde abgewandt.«

»Woher wollt ihr wissen, dass sie es sind?«

»Wir haben einen ihrer Wurfsterne vor dem Hotel gefunden, ihr Zeichen war eingraviert«, erklärt Haru.

Eirik, der am äußeren Rand des Tisches sitzt, gibt einen Gegenstand an Haru weiter, der ihn anschließend hochhält. Es ist ein silberner Wurfstern, in dessen Mitte ein Unendlichkeitssymbol prangt. Das Zeichen der Ishikawa.

Haru lässt den Wurfstern sinken. »Die Urgroßväter der heutigen Ishikawa-Generation waren Geschwister der Nacht, haben sich jedoch für den abtrünnigen Weg entschieden.«

»Wieso sollten sie das tun?«, fragt Clara.

»Je höher der Baum, desto neidischer der Wind«, sagt Haru. »Diese Gilde wurde nach dem Krieg gegen die Samurai gegründet. Zusammen mit den verbliebenen Shinobi-Gilden entstand diese große. Als Einheit und für den Zusammenhalt. Niemand sollte zurückgelassen werden. Die Ishikawa haben sich dagegen ausgesprochen und versucht, Shinobi auf ihre Seite zu ziehen. Daraufhin wurden sie verstoßen.«

»Weil sie frei sein wollten?«, fragt Clara ungläubig.

Es ist seltsam. In der Ausbildung hat man uns allen über die Ishikawa berichtet. Aber nie habe ich jemanden so offen in Frage stellen hören, was falsch daran war, dass sie verstoßen wurden.

»Die Shinobi waren durch einen jahrelangen, erbitterten Krieg geschwächt«, sagt Haru und klingt fast, als sei Clara ein Kind, dem er zum wiederholten Mal erklärt, wie man das Besteck richtig hält. »Zusammenhalt war und ist das höchste Gut. Wir arbeiten miteinander, nicht gegeneinander.«

»Wieso haben sie meinen Vater?«, will Clara wissen.

»Darauf haben wir noch keine Antwort«, sagt Haru.

»Das glaube ich euch nicht.«

Harus Augen verengen sich gerade so viel, dass ich es aus der Distanz bemerke. Clara rückt auf ihrem Stuhl etwas vor, als würde sie bloß darauf warten, ihn anzugreifen. Hätte sie ihr Schwert, ich bin mir sicher, sie würde es versuchen.

»Uns ist bewusst, dass du deinen Vater finden möchtest«, sagt er, »aber uns Misstrauen zu unterstellen, hilft weder dir noch uns.«

»Ich will bei der Suche nach ihm helfen«, sagt sie bestimmend.

»Das können wir nicht erlauben.«

»Warum nicht? Ich bin nicht dumm und habe jahrelange Kampfsporterfahrung. Mein Vater hat mich lange selbst trainiert. Ich bin mir sicher, das wisst ihr.«

»Wir können nicht zulassen, dass dir etwas passiert.«

»Ich will meinen Vater finden«, sagt sie erneut, wird diesmal lauter dabei. Ihre Stimme schwankt jedoch.

Haru hingegen bleibt ruhig. »Tut mir leid, das geht nicht.«

Clara schnauft. »Dann ist alles, was ich tun kann, hier zu warten, bis ihr herausfindet, was irgendwelche verfeindeten Ninjas mit mir und meinem Vater zu tun haben? Er ist seit sechs Monaten verschwunden und was ihr vorzuweisen habt, ist nichts. Wie wollt ihr das ändern?«

»Du wirst uns vertrauen müssen«, sagt Haru.

»Werde ich nicht«, erwidert sie scharf. Sie erhebt sich von ihrem Stuhl, sieht sich einmal im Raum um. »Ich vertraue niemandem von euch. Wenn ihr mir nicht sagen könnt, wieso ich keine Gefangene bin, obwohl ihr mich wie eine behandelt, haben wir hier keine weiteren *Angelegenheiten* zu klären.«

Bei dem Wort ›Angelegenheiten‹ wirft sie Falk einen Blick zu, bevor sie auf dem Absatz kehrtmacht, um den Raum zu verlassen.

KAPITEL 14

Clara

Du bist keine Gefangene. Vier Worte und eine glatte Lüge.

Wäre ich keine Gefangene, hätte man mich in den letzten drei Tagen nicht in meiner Unterkunft eingesperrt. Und man hätte unter meinem Balkon auch keine Wachen aufgestellt.

Dreimal am Tag bringt Ava mir Essen und Wasser und jedes Mal lächelt sie und versucht, mich in ein Gespräch an der Tür zu verwickeln. Aber ich will erst gar nicht damit beginnen, mich mit ihr zu beschäftigen oder mehr über sie zu erfahren.

Ich will ihr nicht vertrauen, genauso wenig wie allen anderen. Also ziehe ich die Tür zu, ohne etwas auf ihre Worte zu erwidern.

Was ich will, ist, meinen Vater zu finden und mit ihm zurück nach Potsdam zu gehen. Auch wenn diese Vorstellung von Tag zu Tag verblasst. Sollte ich es schaffen, hier irgendwie wegzukommen und ihn zu finden, ist es nur eine weitere Lüge, mir einzureden, in Potsdam könnte danach alles so werden wie zuvor.

Aber mich lässt diese Vorstellung nicht los, denn im Moment ist sie das Einzige, an das ich mich klammere. Egal, wie unverstanden ich mich in den letzten Wochen von meiner Mutter gefühlt habe, wie sehr ich meine Gefühle vor Damien unterdrückt habe, obwohl ich sie ihm mitteilen wollte – jetzt wünschte ich, ich könnte bei ihnen sein. Etwas Vertrautes haben, das ich ansteuern kann, statt fortzutreiben. Seit einer Woche werde ich im offenen Meer von viel zu hohen Wellen davongeschwemmt und meine Kraft reicht gerade noch aus, um mich über Wasser zu halten.

Aber mit jedem Tag, an dem ich von ihnen getrennt bin, werden meine Arme und Füße bleierner, immer öfter drücken die Wellen mich in die Tiefe, statt mich zu tragen. Immer öfter kann ich erst im letzten Moment durch die Oberfläche brechen, um Luft zu holen – doch ich habe Angst, dass es bald zu spät ist. Dass ich ersticke ohne sie. Wenn ich die Augen schließe, um zu schlafen, tanzen Bilder hinter meinen Lidern, die sie beide zeigen, wie sie von vermummten Gestalten mit Messern bedroht werden. In den vergangenen Nächten habe ich kaum mehr als jeweils vier Stunden geschlafen.

Da ich sowieso in meinem Zimmer feststecke, habe ich mich vor einer Stunde ins Bett gelegt, um den versäumten Schlaf nachzuholen, doch bereits eine Viertelstunde später bin ich aufgeschreckt. Durch die geöffnete Balkontür weht etwas Luft ins Zimmer, doch auch die klärt meine Gedanken nicht. Aus diesem Grund beschließe ich, eine Dusche zu nehmen, nach der ich mich hoffentlich besser fühle.

Und sie hilft tatsächlich. Als ich danach in saubere Kleidung schlüpfe, die Ava mir vorgestern gebracht hat, sind meine Gedanken etwas geklärt, auch wenn sich mein Körper weiterhin müde und erschlagen fühlt.

Ich trete aus dem Bad und will auf den Balkon, um wenigstens einen Augenblick frische Luft zu schnappen, da bleibt mein Blick am Bett hängen – und an meinem Schwert und Rucksack, die darauf liegen. Sofort durchwühle ich ihn und kann die Tränen, die mir seit Tagen die Kehle zuschnüren, endgültig nicht mehr unterdrücken, als ich mein Handy darin finde.

»Leider ist der Akku alle«, höre ich hinter mir.

Erschrocken drehe ich mich um und wische mir im selben Moment die Tränen weg, aber Jarik steht nur einige Schritte von mir entfernt in der Balkontür, er muss sie bemerken. Jedoch sagt er weder etwas dazu, noch schaut er mich komisch an.

»Ich habe dir allerdings das mitgebracht.«

Er hält ein Ladekabel in die Höhe. Scheinbar bemerkt er mein Zögern, nicht auf ihn zugehen zu wollen, denn er wirft es in meine Richtung und ich fange es auf.

Ohne Zeit zu verlieren, schiebe ich das Kabel in die Steckdose und schließe mein Handy daran an. Danach drehe ich mich wieder zu Jarik herum, deute auf mein Schwert, das noch unberührt auf dem Bett liegt.

»Weiß Falk, dass du das hergebracht hast?«, frage ich.

Er hebt ahnungslos die Hände, verschränkt sie dann vor der Brust und lehnt sich in den Türrahmen. Das Schmunzeln auf seinen Lippen wirkt ehrlich.

»Ich habe gar nichts hergebracht«, sagt er. »Oder hast du irgendwas gesehen, was das Gegenteil beweisen könnte?«

»Also hat Falk dich nicht hergeschickt?«

»Ich habe dein Zimmer ganz allein gefunden. Ich bin schon groß.«

»Wenn dich die Wachen gesehen haben, die unten Patrouille halten, wird Falk vermutlich erfahren, dass du hier warst.«

»Die haben mich nicht gesehen. Ich weiß, wie man sich unbemerkt in die Zimmer der Mädchen schleicht.«

Ich rolle mit den Augen. »Um ihnen ihr Schwert, Rucksack und Ladekabel zu bringen?«

»Auch Kotzbrocken haben gute Tage.«

»Ich dachte, das gilt nicht für Roboter-Kotzbrocken mit Stock im Hintern.«

Er legt den Kopf etwas schief. »Wahrscheinlich bist du Fake News auf den Leim gegangen.«

»Aber du weißt, dass ich mit dem Schwert umgehen kann, und du mir gerade eine Waffe gebracht hast?«, frage ich.

»Deswegen bin ich hier«, antwortet er. Ich muss verwirrt aussehen, denn er setzt hinzu: »Du hast gesagt, du willst bei der Suche nach deinem Vater helfen.«

»Die Gildenmeister haben es verboten«, erinnere ich ihn.

»Ich weiß.« Zwischen uns entsteht ein Moment der Stille. »Aber sie sind heute Morgen abgereist, die meisten Geschwister und Fuma ebenso.«

»Bitte in verständlicher Nicht-Roboter-Sprache.«

Er tut mir den Gefallen und spricht es offen aus: »Willst du lernen, dich zu verteidigen, falls du doch bei der Suche helfen darfst?«

»Das heißt, du setzt dich über ihre Entscheidung hinweg, um mit mir zu trainieren?«

Jariks Gesichtszüge sind die meiste Zeit so festgefahren, dass er, sobald er grinst, deutlich jünger wirkt. So auch jetzt. »Ist das ein Ja?«

»Was ist mit den Traditionen?«, frage ich. »Vor drei Tagen hast du mit mir wegen eines Kimonos diskutiert.«

»Das ist was anderes. Von unserem Training wird keiner erfahren.«

»Woher weißt du, dass ich niemandem davon erzähle?«, frage ich.

»Tue ich nicht«, antwortet er. »Aber ich vermute, du kannst Ablenkung gebrauchen, und wenn dir das Training nur halb so wichtig ist, wie ich in Potsdam gesehen habe, wirst du nicht riskieren, jemandem davon zu erzählen.«

Er hat schon mal so eine Bemerkung fallen lassen, erinnere ich mich. Als wir uns vor den Angreifern versteckt haben, hat er gesagt, er hätte mich beim Training gesehen.

»Hast du mich beschattet, bevor du mich hergebracht hast?«, will ich wissen. »So, wie ihr jetzt auch meine Mutter und Damien beschatten lasst?«

»Das beantworte ich dir erst nach dem Training.« Er stößt sich vom Türrahmen ab und tritt einen Schritt auf den Balkon.

Ich folge ihm, nehme im Vorbeigehen am Bett mein Schwert an mich. »Warum?«

Wir stehen nun nebeneinander, auch wenn zwei Meter Platz zwischen uns sind. Während ich ihn offen anschaue, zögert er, meinen Blick zu erwidern.

»Weil ich dich nicht gut einschätzen kann«, sagt er schließlich.

Dann sind wir schon zwei, denke ich.

»Keine Ahnung, ob du vorher mit deinem Schwert auf mich losgehst.«

»Ich kann auch danach mit dem Schwert auf dich losgehen, wenn du willst«, sage ich.

Zwar schüttelt Jarik ungläubig den Kopf, doch bevor er mir vorausgeht zum Ast, über den auch ich schon nach unten gelangt bin, sehe ich das Grinsen genau, das seine Lippen umspielt.

KAPITEL 15

Clara

Waren die anderen Räume, die ich bis jetzt im Dorf zu Gesicht bekommen habe, gepflegt und trotz traditioneller Einrichtung modern, passt dieser hier überhaupt nicht ins Bild.

Schon der Weg kam mir seltsam vor, denn Jarik hat mich in die entgegengesetzte Richtung des Tempels geführt, nachdem wir zehn Minuten darauf gewartet haben, dass die Wachen hinter meiner Unterkunft ihre Runde zum vorderen Teil des Hauses gedreht haben. Wir sind einige Minuten über einen Weg im angrenzenden Wald gelaufen, bis Jarik davon abgekommen ist und mich in eine Hütte inmitten von Bäumen geführt hat. Schon die mit Schlingpflanzen bewachsene Fassade hat mich stutzig gemacht. Hier im Inneren ist es zwar nicht so heruntergekommen, wie ich von außen vermutet hatte, aber alles andere als modern oder gepflegt.

Der Holzboden knarrt nicht nur unter jedem unserer Schritte, sondern ist so abgenutzt, dass er wie ein schlecht geflickter Teppich wirkt. Auch die Wände und Decken sind aus Holz, jedoch dunkler als der Boden. An der Wand vor uns baumeln etliche Schwerter, Wurfsterne und Dolche, alle in verrosteten Halterungen. Manche hängen schief, als hätte man sie so schnell wie möglich an der Wand angebracht.

»Das ist euer Trainingsraum?«, frage ich.

»Der inoffizielle«, sagt Jarik.

»Und wer weiß davon?«

»Ava und ich.«

»Warum trainiert ihr nicht in den offiziellen Räumen?«

Während er zur Waffenwand läuft, sieht er mich über seine Schulter hinweg an, sagt allerdings nichts. Er nimmt sich das Katana von der Wand, dreht sich damit zu mir herum, bleibt jedoch an seinem Platz stehen und fixiert mich aus den etwa zehn Metern, die uns trennen.

»Warum schleichst du dich seit Wochen mit deinem Freund zum Training?«, stellt Jarik eine Gegenfrage.

Damit ist es mir klar: Er muss mich in den letzten Wochen in Potsdam beobachtet haben.

»Das weißt du genau, wenn du mich beschattet hast«, sage ich.

Er zuckt die Schultern. »Vielleicht nicht und ich will aus deinem Mund hören, was passiert ist.«

Den Gefallen tue ich ihm. »Ich habe einem Kotzbrocken mit zwei Wurfsternen eine Lektion erteilt und seitdem Trainingsverbot«, sage ich.

»Hast du ihn verletzt?«, fragt Jarik.

»Nein.«

»Na ja, du weißt ja, was man sagt«, kommentiert er und grinst großspurig. »Übung macht den Meister, richtig?«

»Meister*in*«, korrigiere ich. »Und ich habe ihn absichtlich verfehlt. Außerdem kennst du die Regeln im Ninjutsu wahrscheinlich – schütze deinen Gegner, um dir selbst eine reine Weste zu bewahren. Aber«, füge ich hinzu, »beim nächsten Kotzbrocken könnte ich mir vorstellen, diese Regel zu brechen.«

Ohne mich aus den Augen zu lassen, schwingt Jarik sein Schwert sachte hin und her. Eine federleichte Bewegung, aber trotzdem steht darin die pure Herausforderung.

»Jetzt sofort?«, fragt er.

»Wenn du bereit bist«, antworte ich.

Er nickt bloß und wir laufen beide in die Mitte der Hütte, bleiben voreinander stehen. Jarik streckt die Hand zuerst aus, die ich greife und schüttle. Der Blick, den wir dabei austauschen, ist bodenlos. Im Raum verdichtet sich die Luft wie bei einem Feuer. Sein Händedruck ist nicht so fest, wie ich dachte, nicht so bestimmend, wie es sein Auftreten sonst ist.

Wir machen einen Schritt zurück, verbeugen uns und gehen dann, beinahe synchron, in Angriffsposition. Ich zähle in Gedanken von zehn runter und rufe mir ins Gedächtnis, worauf es beim Kampf ankommt. Wie immer klingt dabei die Stimme meines Vaters in meinem Kopf, der mir als erster diese Dinge eingeschärft hat: »Nichts auf dieser Welt existiert außer dem Kampf. Halte den Körperschwerpunkt tief. Erst im letzten Moment wird die Kraft des Schlags abgegeben. Bleib in Bewegung und atme gleichmäßig. Und ganz wichtig: Behalte den Gegner im Auge.«

Als die letzten Worte in mir verhallen, setzt Jarik zum Schlag auf mich an, als hätte er meinen gedanklichen Startschuss gehört.

Es ist zu spät, um ihm auszuweichen, also hebe ich meine Klinge und halte seinen Schlag aus, indem ich sachte in die Knie gehe und ihn so abfedere.

»Du musst nicht absichtlich leicht schlagen«, sage ich, während unsere Blicke sich ineinander verhaken.

Er sagt nichts, grinst bloß und die Luft zwischen uns ist mit einem Mal statisch aufgeladen. Mir stellen sich nicht nur die Nackenhärchen, sondern auch die an den Armen auf.

Plötzlich jagt Jarik weiter auf mich zu.

Schon als er den ersten Schritt auf mich zumacht, erkenne ich, dass ich zu langsam bin. Seine Klinge verfehlt nur knapp meine Wange. Die Vibration des Schwerts durchfährt mich wie einen Paukenschlag. Gerade so ducke ich mich weg, halte aber nicht an, denn er läuft weiter auf mich zu. In der Hütte gibt es kaum Ausweichmöglichkeiten. Er taktiert mich mit Schlägen, die nichts mit den Kämpfen zu tun haben, die Damien und ich die letzten Jahre geführt haben. Jarik ist schneller als Damien, roher und trotzdem so präzise, als könnte er jeden meiner Schritte vorhersehen und sich ihnen unmittelbar anpassen.

Ich hatte recht, als ich ihn das erste Mal gesehen habe: Er ist ein Krieger.

Als ich die Wand im Rücken spüre, wehre ich erneut einen Schlag ab, meine Hand zittert unter seiner Wucht. Zimperlich ist Jarik jetzt nicht mehr, doch er macht einen

Fehler – er ist sich zu sicher. Ich erkenne es an der Art, wie seine Augen vor Überheblichkeit strahlen, weil er glaubt, mich in die Enge getrieben zu haben. Er denkt, ich bin seine Beute.

Er mag ein Krieger sein – doch ich bin eine Kriegerin.

Bevor er seine Klinge an meine Brust drücken kann, weiche ich nach unten davor zurück, sodass sein Schwert ins Leere stößt. Über meine Schulter rolle ich mich ab, an ihm vorbei, und komme in geduckter Haltung und auf einem Knie hinter ihm zum Stehen. Er ist noch dabei, sich zu mir herumzudrehen, da habe ich mich längst aufgerichtet.

Als er sich mir zuwendet, hebe ich die Klinge genau zwischen seine Brauen. Die geschärfte Spitze ist nur Millimeter von seiner Haut entfernt. Diesmal grinse ich.

»Kotzbrocken: null, Clara: eins«, sage ich. Ich habe Mühe, meinen Atem unter Kontrolle zu bekommen, so sehr hat mich unser kurzer Kampf gefordert.

»Anfängerglück«, sagt Jarik.

»Wie lange trainierst du schon?«, frage ich.

»Zwei Jahre.«

Die Überraschung darüber lasse ich mir auf keinen Fall anmerken. Still und heimlich denke ich, wie viel besser Jarik als Damien ist, obwohl der seit sechs Jahren trainiert. Kontrolliert – so kämpft mein bester Freund. Aber ihm fehlen die Emotionen. Manchmal frustriert es mich, dass Damien dieses Feuer fehlt, das den Kampf erst interessant macht, denn so kämpfen wir seit sechs Jahren immer nur mit einer Flamme, die unter der Oberfläche lodert, aber nie hindurchbricht.

Dass Jarik genau dieses Feuer hat und erst seit zwei Jahren trainiert, überrascht mich ehrlich gesagt nicht nur, es fasziniert mich. Selbst wenn ich in den vergangenen Jahren mal nicht mit Damien, sondern einem anderen Partner trainiert habe, das Gefühl, mir stünde jemand gegenüber, der mir ebenbürtig ist, blieb aus.

Bis jetzt.

Ich schiebe Jarik die Klinge entgegen und er weicht so weit zurück, dass nun er die Wand im Rücken hat, lege die Spitze des Schwerts an die Stelle über seinem Herz. Keinen Moment unterbreche ich unseren Blickkontakt, er ebenso wenig. Mittlerweile hat er sein Schwert sinken lassen.

»Also?«, frage ich.

»Also was?«

»Hast du mich in Deutschland beschattet?«

»Lässt du die Klinge vor oder nach meiner Antwort sinken?«

»Kommt drauf an, was du antwortest.«

Jarik erwidert nichts, stattdessen wandert sein Blick von meinem Gesicht zum Fenster der Hütte, wo er einen Moment verharrt. Ich bekomme das Gefühl, dass eine Auseinandersetzung in seinem Kopf stattfindet, der er entweder versucht, nachzugeben oder sie zu unterdrücken. Seine Gesichtszüge verhärten sich zunächst, ehe sie sich wieder glätten und er zurück zu mir schaut.

»Kann ich dich mit einem Ausblick besänftigen, bevor ich antworte?«, fragt er plötzlich.

Ich weiß nicht, was es ist, das in seinem Kopf vorgeht, aber seine Stimme klingt mit einem Mal weicher, also lasse ich mein Schwert sinken. Weil unser Kampf damit beendet scheint, trete ich einen Schritt von ihm weg und verbeuge mich kurz. Jarik tut es mir gleich.

Während ich mein Schwert bei mir behalte, hängt er seins zurück in die Verankerung an der Wand. Zuerst denke ich, er läuft einfach an mir vorbei zur Tür und geht mir voraus, um mich zu dem Ausblick zu führen, den er mir versprochen hat. Doch vor mir bleibt er stehen. Nur ein kleines Stück muss ich zu ihm aufsehen, wir sind beinahe gleichgroß. Seine Wangen sind gerötet vom Kampf.

»Nur, dass das klar ist – ich bin nicht der zweite Kotzbrocken, dem du eine Lektion erteilt hast«, sagt er ernst.

Doch bevor er sich abwendet, kann er ein Lächeln nicht verstecken.

KAPITEL 16

Jarik

Ich rede mir ein, dass der Platz, zu dem ich Clara führe, nicht geheim ist. Es ist bloß eine Lichtung, keine fünf Minuten von der Hütte entfernt. Ein einsamer Hügel, umrandet von Ahornbäumen. Mehr nicht. Jeder im Quartier könnte ihn finden, er ist nicht abgesperrt oder sonst irgendwie gesichert. Mitten im Wald liegt er einfach da und wartet darauf, gefunden zu werden, bloß ist er bis jetzt nur von mir gefunden worden.

Dass er doch so etwas wie geheim ist, zeigt mir die Tatsache, wie aufgeregt ich mit einem Mal bin, ihn Clara zu zeigen. Denn nicht einmal Ava weiß von ihm, obwohl ich von allen Geschwistern die meiste Zeit mit ihr verbringe.

Ich will bloß Claras Vertrauen, sage ich mir, während die Lichtung nur noch einige Meter entfernt ist. Ich *brauche* ihr Vertrauen. Ansonsten schaffe ich es unmöglich, sie auszuliefern. Dabei ist das alles, was zählt – sie gegen meine Erinnerungen. Das war der Deal und mir bleiben sechs Wochen, um ihn durchzuführen.

Also spiele ich heute ausnahmsweise mal nicht den Kotzbrocken und es scheint tatsächlich zu funktionieren.

Als wir auf der Lichtung ankommen, weiten sich Claras Augen. Sie tritt so nah an den Rand des Hügels, dass ich aus Reflex nach ihrem Oberarm greife. Erschrocken wendet sie mir den Blick zu. Ihre Haut unter meinen Fingern ist warm, der Kampf hat offensichtlich nicht nur meinen Körper mit Adrenalin und Feuer geflutet.

Schnell schüttle ich den Gedanken ab, ziehe sie sachte vom Rand zurück und deute hinunter.

»Von hier aus erkennt man es nicht gut, aber es geht ziemlich tief in einen Graben«, sage ich, lasse ihren Arm nun los. »Da willst du nicht reinfallen.«

»Danke«, sagt Clara.

Ich nicke bloß, halte ihren Blick mit meinem jedoch noch eine Sekunde, bevor ich ihn zurück auf das Panorama schweifen lasse.

Vor uns erstreckt sich das Dorf, in dem vor allem der Tempel wie ein Mahnmal thront. Ich hocke mich im Schneidersitz auf die trockene Erde, woraufhin mich Clara fragend anschaut.

»Setz dich«, sage ich. »Oder willst du schon zurück in dein Gefängnis?«

Ausnahmsweise erwidert sie nichts, sondern tut, was ich sage. Zwischen uns lässt sie fast zwei Meter Platz und ich muss grinsen.

»Hast du plötzlich Berührungsängste?«, frage ich.

»Ich vertraue dir einfach nicht«, sagt sie.

»Kannst du aber.«

Sie lacht trocken auf. »Bis jetzt hast mir nicht das Gegenteil bewiesen. Ihr alle nicht.«

»Ich habe mit dir in einer Hütte im Wald trainiert, von der niemand weiß«, erinnere ich sie.

»Was hast du eigentlich verbrochen, dass du das tust?«, fragt sie. Sie lehnt sich zurück, stützt sich dabei auf ihre Handinnenflächen.

»Ich hatte meine Emotionen nicht unter Kontrolle«, sage ich. »Was keine gute Eigenschaft für einen Shinobi ist«, füge ich hinzu, weil sie verwirrt die Brauen zusammenschiebt. »Ich darf bis auf Weiteres nicht an den Trainingsstunden teilnehmen, weil ich heimlich trainiert und mich dabei verletzt habe.«

»Warum hast du heimlich trainiert?«

»Um Wut loszuwerden.«

»Ich dachte, Emotionen rauszulassen ist menschlich.«

»Ich bin ein Teil der Geschwister und führe Aufträge der Meister aus. Gefühle haben da keinen Platz, sie behindern den Blick aufs Wesentliche.«

»Hast du das auswendig gelernt?«

»Es wurde uns hier beigebracht«, antworte ich. »Unsere Emotionen zu steuern, ist Teil der Ausbildung. Was meinst du, wie wir es sonst aus dem Haus in Tokio geschafft hätten, wenn ich so durchgedreht wäre wie du?«

Clara scheint tatsächlich einen Moment darüber nachzudenken, oder sie ist vom Kämpfen nur zu müde, um auf diesen Seitenhieb zu antworten.

»Vielleicht verstehst du nicht, was es heißt, Teil eines Ganzen zu sein und sich an Regeln zu halten«, sage ich.

»Vielleicht hast du recht«, erwidert sie simpel. Ihr Blick legt sich auf mich. »Ich kann jedenfalls nicht nachvollziehen, weshalb man juckende Hemden trägt und lediglich Befehlen folgt, ohne sie zu hinterfragen.«

»Ich habe nie gesagt, dass ich sie nicht hinterfrage«, sage ich.

»Hast du mich deswegen hergebracht und mit mir gekämpft? Weil du dich auch Regeln widersetzt?«

»Vielleicht.«

»Und weil du mein Vertrauen willst, richtig?«

»Ist das was Schlechtes?«

Ich lehne mich ebenso zurück wie sie, doch sie weicht der Geste aus und richtet sich auf, streicht sich die schmutzigen Handflächen an der Hose ab.

»Du hast mir immer noch nicht gesagt, ob du mich beschattet hast«, sagt sie.

»Kurz nachdem dein Vater verschwunden ist, ja. Du warst mein erster großer Auftrag.«

»Hat er sich gelohnt?«, fragt sie mit einem Lächeln, das jedoch wirkt, als hätte sie in eine Zitrone gebissen.

»Weiß ich noch nicht«, lüge ich.

Einen Moment sehen wir einander bloß an.

»Weswegen musstest du mich beschatten?«, fragt Clara.

»Die Meister und die Fuma dachten, du seist nicht in Sicherheit«, antworte ich. »Also haben sie mich und weitere Geschwister geschickt, damit dir nichts passiert.«

»Schöne Umschreibung für ›beobachten lassen‹«, gibt Clara zurück. »Wart ihr täglich in meiner Nähe?« Ich nicke. »Das heißt ...« Sie stockt, sieht bloß aus den Augenwinkeln zu mir herüber. »Die Geschwister passen jetzt auch auf meine Mutter und Damien auf? Täglich?«

Ich richte mich wieder auf und diesmal weicht Clara nicht zurück, stattdessen steht in ihren Augen ein Konflikt, von der ich sicher bin, dass sie ihn gern verbergen würde. Zumindest sagt das ihre zur Faust geballte Hand, als würde sie mit aller Macht dagegen ankämpfen.

»Die Geschwister bei deiner Mutter und deinem Freund haben den Auftrag, sie zu beschützen, komme, was wolle«, sage ich mit fester Stimme. »Sie sind ihre Bodyguards – nur eben heimlich.«

Ich zwinkere, was ihr ein halbes Lächeln entlockt und mir ein Flattern im Magen.

»Wie lautet euer Auftrag bezüglich der Suche meines Vaters?«, fragt sie dann.

»Den kenne ich noch nicht«, erwidere ich. »Ich denke, die Meister unterrichten die Fuma bald darüber. Danach werden wir vermutlich unsere Aufträge erhalten.«

»Wie laufen diese Aufträge ab?«, hakt sie nach.

»Die Fuma weisen uns Gruppen zu. Manchmal müssen wir Personen beschatten, manchmal suchen wir nur nach Informationen, befragen Leute, sind in Bibliotheken oder Tempeln.«

Nun wendet sich Clara mir komplett zu, in ihren Augen keine Spur von Unsicherheit mehr.

»Ich will dabei helfen.«

»Das geht nicht, du hast die Meister gehört.«

Clara rückt ein Stück auf mich zu und drückt den Rücken durch.

»Du hast mich sechs Monate beschattet, du hast mich dabei kämpfen sehen, so wie gerade.« Mit dem Kopf nickt sie in die Richtung, in der die Hütte steht. »Ich bin keine Anfängerin.«

»Aber du bist nicht annähernd trainiert genug«, sage ich. »Soll ich dich noch mal an unser Versteckspiel in Tokio erinnern?«

»Dann bring es mir bei.«

»Keine Chance.«

Vehement schüttle ich den Kopf und stehe auf, doch sie folgt mir auf dem Fuße, als ich zurück auf den Weg gehe, der uns zum Dorf führt.

Clara taucht neben mir auf. »Warum nicht? Ich schleuse mich dann bei euren Aufträgen rein.«

»Und wie willst du das den anderen Geschwistern erklären? Du fliegst sofort auf.«

»Ich verspreche, eine lernbereite Schülerin zu sein.«

»Ich bin nicht befugt, dich irgendwie auszubilden.« Mit Mühe und Not unterdrücke ich ein Augenrollen.

»Dafür führst du dich aber auf, als seist du Jahrgangsbester gewesen und könntest Leuten durchaus was beibringen.«

»Ich *war* Jahrgangsbester.«

»Ein Grund mehr, mich auszubilden.«

Ich bleibe stehen und sie mit mir. Weil sie auf einer Wurzel steht, sehen wir uns auf Augenhöhe an.

»Nur die Fuma bilden die Geschwister aus. Ich begehe damit einen Verstoß.«

»Und warum schleppst du mich hier in dieses abgelegene Waldstück, um mit mir zu trainieren?«, fragt sie. »Du trainierst heimlich, weil du offiziell nicht mehr darfst, und brichst die Regeln – warum hilfst du mir dann nicht, wenn ich meinen Vater finden will?«

Weil du zu wichtig bist, denke ich. *Weil die Einsätze nicht immer so harmlos sind. Weil ich dich brauche, für meinen inneren Frieden. Um zu vergessen und um endlich abzuschließen. Wenn dir etwas passiert, werde ich ewig mit diesen Erinnerungen leben müssen, die mich verfolgen.*

Doch nichts davon spreche ich laut aus.

»Weil das die Regeln sind«, sage ich stattdessen. Die Härte in meiner Stimme ist Absicht. »Die Meister entscheiden, wann du ausgebildet wirst und helfen darfst, deinen Vater zu finden.«

Clara steigt von der Wurzel und tritt einen Schritt auf mich zu, sodass sie nun zu mir aufschauen muss.

»Weißt du, wie sich das anfühlt, seinen Vater zu verlieren?«

Wieder denke ich die Antwort nur: *Nicht, wie du es glaubst, aber auf eine andere Art und Weise weiß ich es.*

»Weißt du, was schlimmer ist?« Claras Augen schimmern glasig. »Nur dazusitzen und nichts zu tun, während Kotzbrocken wie du meinen, mir Hilfe zu verweigern.«

Ihre Worte sind wie eine Ohrfeige und ich bin mir sicher, genauso hat sie sie auch gemeint.

»Ich kann nicht«, sage ich. »Tut mir leid.«

Sie dreht sich um und läuft mir vorweg, sieht sich den gesamten Weg nicht zu mir um. Ich folge ihr bis zu ihrer Unterkunft, warte jedoch einige Meter entfernt und beobachte, wie sie den Ahornbaum leichtfüßig hochklettert und über den Balkon in ihre Bleibe verschwindet.

KAPITEL 17

Clara

Jarik verlässt den Platz unter meinem Balkon erst zehn Minuten, nachdem ich ins Zimmer verschwunden bin. Ich überprüfe durch die Fensterluke im Badezimmer, ob er zwischen den Bäumen verschwindet, und erst als er es tut, greife ich nach meinem Handy, fahre es hoch und gebe den Pin ein. Schon beim Entsperren stutze ich, weil auch von Damien keine einzige Nachricht, geschweige denn ein Anruf auf dem Display ist. Trotzdem wähle ich seine Nummer und warte, auf dem Bett sitzend, mit heftig klopfendem Herzen, ob er dran geht.

Nach dem sechsten Läuten tut er es.

»Hey!«, begrüßt er mich.

Kein »Wo bist du?«, kein »Wie geht es dir?« und auch kein »Warum hast du dich anderthalb Wochen nicht gemeldet?«. Doch trotzdem versetzt mir seine so vertraute Stimme einen schlimmen Stich in der Brust und ich brauche einen Augenblick, bis ich überhaupt einen Ton herausbekomme. Meine Kehle ist wie zugeschnürt.

»Damien«, bringe ich schließlich bloß hervor.

»So heiße ich, ja«, sagt er lachend.

Warum klingt er nicht besorgt?

»Wie geht's dir da drüben?«, fragt er. »Alles okay?«

»Da drüben?«, wiederhole ich verwirrt.

Erneut lacht er, ich höre einen Schlüssel klimpern, dann, wie eine Tür aufgeschlossen wird. Mit einem Blick auf die Uhr über der Tür rechne ich aus, dass er gerade vom Training kommen muss.

»In England«, antwortet er. »Oder bist du da gar nicht mehr und hast das Praktikum nur vorgeschoben, um aus Potsdam rauszukommen, und tingelst nun um die Welt?«

Der Kloß in meinem Hals schwillt auf die doppelte Größe an, als mir bewusst wird, wieso er sich nicht sorgt.

»Riku hat sie hypnotisiert«, hat Jarik in Tokio gesagt, als ich mit meiner Mutter telefonieren wollte. *»Er hat deiner Mutter mit Sicherheit eine plausible Erklärung geliefert, warum du nicht mehr da bist und sie sich keine Sorgen machen muss.«*

Riku, von dem ich dachte, ihm vertrauen zu können, hat nicht nur das Gedächtnis meiner Mutter manipuliert, sondern auch das meines besten Freundes. Niemand ahnt, warum ich in Japan bin. Oder dass ich überhaupt hier bin.

Die Gewissheit, hier vollkommen allein zu sein, begräbt mich lebendig.

»Nein«, stoße ich hervor, versuche, nicht dabei zu weinen, sondern zwinge mich zu einem Lächeln, auch wenn Damien das nicht sieht. »Ich bin noch in England.«

Damien lässt seinen Schlüssel auf den Esstisch in der Küche fallen, so wie er es immer tut.

»Du klingst erkältet«, sagt er. »Ist alles in Ordnung?«

»Ja«, sage ich hastig. »Ja, alles bestens. Englisches Wetter, viel Regen, ziemlich kalt ... Vielleicht habe ich mich wirklich erkältet.«

Um meine Lüge möglichst gut zu unterstreichen, ziehe ich die Nase hoch und schiebe ein Husten nach.

»Ist bei dir alles okay?«, frage ich dann.

»Keine besonderen Vorfälle, du kennst mein Leben.«

»Geht es deinen Eltern gut?«

»Meinen Eltern?«, hakt Damien verdutzt nach. »Ja, die sitzen vorm Fernseher, glaube ich.«

»Kannst du sie von mir grüßen?«

»Sicher.«

»Jetzt.«

»Jetzt?« Eine kurze Stille tritt ein. »Ist wirklich alles in Ordnung, Clara? Wenn du Heimweh hast oder so, dann -«

»Alles okay, ja«, unterbreche ich ihn mit Nachdruck. »Ich will einfach nur, dass du deine Eltern von mir grüßt.«

»Na gut«, sagt er langgezogen.

Ich höre seine Schritte und verfolge in Gedanken seinen Weg durchs Haus, den Flur entlang am Gästebadezimmer vorbei, ins Wohnzimmer mit der knallroten Couch und der Blumentapete, die seine Mutter liebt und sein Vater hasst, aber sie seiner Frau zuliebe vor zwei Jahren eigenhändig tapeziert hat.

»Mama? Papa? Könnt ihr kurz Hallo für Clara rufen? Sie vermisst euch in England offensichtlich.«

Von seinen Eltern ist ein synchrones und fröhliches »Hallo Clara« zu hören, was mein Herz um einige Kilos erleichtert, mich aber gleichzeitig traurig macht.

»Zufrieden?«, fragt Damien.

»Danke«, antworte ich ihm, und obwohl es mir schwerfällt, setze ich hinzu: »Ich muss auch wieder los. Die Arbeit ruft ... wichtige Dinge und sowas ...«

»Kein Problem«, sagt mein bester Freund. »Aber das nächste Mal meldest du dich eher. Ich habe mir schon langsam Sorgen gemacht, aber du hast ja zu tun da hinten.«

»Mache ich«, verspreche ich heiser. »Damien?«

»Ja, Clara?«

»Pass auf dich auf.«

»Ehrenwort. Du weißt doch, dass ich mich verteidigen kann, wenn es drauf ankommt.«

Allerdings nicht gegen diese Leute, denke ich mit schwerem Herzen.

»Grüß London von mir! Ich muss jetzt dringend unter die Dusche. Melde dich, wenn du Zeit hast.«

Ich verspreche ihm auch das und lege schließlich auf, wähle jedoch gleich darauf die Nummer meiner Mutter. Anders als Damien geht sie sofort nach dem zweiten Klingeln ran.

»Hallo Große.«

Ich atme tief ein.

»Hallo Mama«, begrüße ich sie. Diesmal halte ich meine Stimme unter Kontrolle, nicht wie bei Damien. »Ich dachte, ich melde mich aus ... London.«

»Das ist schön«, sagt meine Mutter. »Du hattest viel zu tun, oder? Ich wollte dich nicht stören während deiner Arbeit.«

»Ja … Viel zu tun.« Mein Blick gleitet aus dem vorderen Fenster, durch das ich einen Teil des Tempels erkenne. »Geht es dir gut?«

»Sehr gut«, antwortet sie.

»Markus auch?«, erkundige ich mich nach ihrem Freund.

Egal, wie schlecht ich in den letzten Monaten über ihn gedacht habe – ich würde es nicht ertragen, dass ihm etwas passieren könnte und es meine Schuld ist. Und ich weiß, dass er meiner Mutter wichtig ist, selbst wenn ich sie mehr als einmal dafür verflucht habe.

All das ist so weit in den Hintergrund gerückt, dass ich das Gefühl habe, ein neues Leben begonnen zu haben, ohne wirklich Teil davon zu sein. Ich würde alles geben, sie und Markus in diesem Moment bei mir zu haben. All die vergangenen Streitigkeiten sind egal.

»Alles bestens«, sagt meine Mutter. »Wichtiger ist allerdings, wie es dir geht. Gefällt dir London?«

Auch ihr erzähle ich, womit ich schon Damien belogen habe: »Es regnet viel, aber das ist okay.«

»Du klingst nicht begeistert«, wirft meine Mutter ein.

Ich zwinge den Kloß in meinem Hals hinunter. »Ich vermisse euch. Dich und Damien … und Papa.«

»Clara …«

Meine Mutter seufzt schwer, so wie sie es hin und wieder schon getan hat, als ich über meinen Vater reden wollte. Nach seinem Verschwinden hatten wir die stumme Übereinkunft, nach vorn zu sehen, nicht über ihn zu sprechen. Weiterzumachen.

Nur manchmal hatte ich das Gefühl, vor Sorge überzuquellen, doch meine Mutter hat jeglichen Versuch abgewehrt, über meinen Vater zu reden. Ich dachte, weil es für sie genauso schwer war, ihren Mann zu verlieren wie für mich meinen Vater – aber dass sie so kurz nach seinem Verschwinden Markus mit nach Hause gebracht und als ihren neuen Freund vorgestellt hat, hat mir diese Gedanken abhandenkommen lassen.

»Ich weiß«, sage ich. »Es ist nur ...«

Ich weiß so viel, was du nicht weißt, denke ich. *Und ich wünschte, ich könnte dir erzählen, wer Papa wirklich ist. Ich wünschte, ich könnte dir erzählen, dass ich vorhabe, ihn zu uns zurückzuholen.*

Keiner der Sätze findet seinen Weg über meine Lippen. Stattdessen wische ich mir mit dem Handrücken über die Augen, dort, wo mir Tränen die Sicht verschleiern.

»Ist wirklich alles in Ordnung, Große?«, fragt meine Mutter und weicht damit wieder dem Thema aus. So wie in den letzten Monaten auch schon.

Sie ist gut darin geworden, Dinge unter den Teppich zu kehren.

»Ich habe bloß Heimweh«, sage ich schließlich.

»Vielleicht kannst du dir Urlaub nehmen und für einige Tage nach Hause kommen?«, fragt sie. »Ein bisschen Abstand von der Arbeit tut dir bestimmt gut.«

Selbst wenn das ginge, Abstand von dieser fremden Welt, in der ich feststecke, werde ich niemals bekommen. Dafür weiß ich längst zu viel. Ich glaube nicht, dass ich das vergessen kann.

»Gute Idee«, sage ich jedoch, um meine Mutter zu beruhigen. »Ich werde mal nachfragen. Allerdings muss ich jetzt wieder los, tut mir leid.«

»Kein Problem«, sagt meine Mutter. »Versprich mir, dich nicht zu sehr in die Arbeit zu stürzen.«

»Versprochen«, sage ich und lege auf, nachdem meine Mutter und ich uns verabschiedet haben.

Erneut gleitet mein Blick zum Tempel. Erneut wünschte ich, es wäre nur ein Praktikum, das mir Sorgen bereitet, und nicht eine japanische Shinobi-Gilde, die mich entführt und meine Familie belogen hat, wo ich mich aufhalte.

KAPITEL 18

Clara

Einen Tag nach dem Gespräch mit Damien und meiner Mutter, steht mittags plötzlich die Tür zu meiner Unterkunft offen, als ich vom Balkon ins Innere komme. Aus Reflex will ich schon nach meinem Katana greifen, das ich unterm Bett verstaut habe, da taucht Ava mit einem Grinsen in der Tür auf.

»Ich hole dich zum Mittagessen, falls du Lust hast«, sagt sie und ich höre deutlich die Frage, die in der Aussage mitschwingt.

Heute hat sie kein Tablett mit Essen darauf in der Hand, anders als in den letzten Tagen, in denen ich hier eingesperrt war.

»Ist das eine Falle?«, will ich wissen.

»Nein, nur eine Einladung zum Essen.«

»Von wem?«

»Jarik, wenn man's genau nimmt«, antwortet Ava.

»Warum ist er nicht hier?«

»Weil er wahrscheinlich nicht will, dass du davon weißt.« Sie streicht sich den schwarzen Sweater mit der

Aufschrift ›Harvard‹ darauf glatt. »Aber er hat Falk überredet, dich nicht einzusperren. Und weil Falk der ranghöchste Fuma hier ist, kannst du dich nun frei bewegen. Wie klingt das?«

»Zu gut, um wahr zu sein«, erwidere ich. Und danach, als wollte Jarik bloß sein schlechtes Gewissen beruhigen, weil er mich nicht trainieren will.

»Also wenn du Lust hast«, sagt Ava, »die Mensa hat noch eine Stunde geöffnet. Komm einfach runter. Falk hat sie dir schon gezeigt, oder?«

Ich nicke.

»Dann sehen wir uns gleich?«

»Vielleicht«, sage ich.

Wenn Ava enttäuscht sein sollte, lässt sie sich nichts davon anmerken, ihr Lächeln ist jedenfalls so offen wie jeden Tag.

»*Vielleicht* bis gleich«, erwidert sie. »Ich halte dir einen Platz frei.«

Eine Antwort erwartet sie offensichtlich nicht, denn sie dreht sich um und verschwindet aus der Tür. Ich trete ebenfalls heraus und sehe ihr nach, wie sie den Weg an den anderen Unterkünften vorbei nimmt, auf den Tempel zu.

Kurz überlege ich, mich weiterhin in meinem Zimmer zu verkriechen, doch die Angst, morgen wieder eingesperrt sein zu können, sollte Falk es verlangen, lässt mich schließlich ins Freie treten.

Selbst wenn ich mich nicht mehr an den Weg zum Tempel erinnern könnte, er ist unverkennbar. Lediglich ein

Weg führt von den Unterkünften ab – und der führt direkt in den Tempel. Im Inneren muss ich nur den Stimmen folgen, die links von mir zu vernehmen sind, und stehe zwei Minuten später bereits am Eingang des Essenssaals, in den Falk mich vor Tagen schon mal geführt hat. Bis auf wenige Tische ist jeder im Raum besetzt, und ich bin froh, dass heute im Gedrängel offensichtlich kaum jemand Notiz von mir nimmt.

Beim Reingehen in den Saal versuche ich, mir nicht anmerken zu lassen, wie sehr mein Magen flattert beim Anblick der Fremden, wie gern ich umdrehen möchte. Doch mein Magen flattert nicht nur, mittlerweile rebelliert er auch, und zwar vor Hunger. Seit der Reissuppe und dem Apfel, die Ava mir gestern Abend gebracht hat, habe ich bis auf Wasser nichts mehr zu mir genommen. Daher ist es der Hunger, der mich nun immer näher an die Essensausgabe treibt. Zum Glück gibt es nur eine und man kann lediglich aus drei Gerichten auswählen. Ich entscheide mich für die Nudelsuppe mit Rindfleisch.

Zwar hat Ava gesagt, sie würde mir einen Platz freihalten, aber zwischen all den Menschen sehe ich sie nicht, sodass ich mich für einen freien Tisch in der Nähe der Essensausgabe entscheide.

Ich sitze keine dreißig Sekunden und will gerade mit dem Essen beginnen, als sich mir plötzlich jemand gegenüberstellt.

»Die berühmte Kada.«

Drei Wörter und der Junge – nicht älter als ich – ist mir sofort unsympathischer als Fußpilz. Er beugt sich vor, stützt dabei die Handinnenflächen auf den Tisch, nur Zentimeter von meiner Schüssel entfernt, und stiert mich mit einem schmierigen Grinsen an. Sein schwarzes, kragenloses Hemd sitzt wie maßgeschneidert, seine dunklen Haare hat er mit Gel in Form gebracht und die Frisur wirkt so perfekt, als hätte er eine halbe Stunde dafür vorm Spiegel verbracht. Jede einzelne Strähne liegt an ihrem Platz.

»Lass mich raten«, sage ich. »Du und Jarik, ihr streitet euch regelmäßig um den ersten Platz für den unausstehlichsten Kotzbrocken hier?«

»Er bestreitet diese Wettkämpfe allein«, sagt der Dunkelhaarige. »Aber mir war klar, dass du keine Ahnung hast, wer ich bin. Muss einsam sein, wenn man den ganzen Tag eingesperrt wird.«

»Schützt mich allerdings davor, Idioten wie dich zu treffen.« Ich lächle scheinheilig. »Aber da du meinen Namen ja offensichtlich auch nicht kennst ... Ich bin Clara, und du bist?«

»Bent.«

»Freut mich nicht, Bent. Daher entschuldige mich bitte, ich würde gern in Ruhe essen.«

Ich schnappe mir meine Schüssel und den Löffel darin, stehe bereits, um mir einen anderen Platz zu suchen, da hält Bent mich zurück, indem er den Ärmel meines Pullovers zu fassen bekommt. Aus der Schüssel schwappt Suppe auf den Tisch, weil ich sie einen Ticken zu hart abstelle und Bents Hand beiseiteschlage.

»Finger weg«, zische ich.

»Du hast mir rein gar nichts zu sagen, Kada.«

Er spuckt mir diesen Spitznamen wie einen Kirschkern entgegen. Wie übles Beiwerk. Ich presse die Zähne aufeinander, klammere mich mit den Händen an die Tischkante.

»Wenn du mich noch mal ungefragt anfasst, muss ich dir aus Selbstverteidigungsgründen die Finger brechen.«

»Hey Benny!«

Bevor ich überhaupt reagieren oder herumwirbeln kann, steht Jarik neben mir, ohne mich jedoch eines Blickes zu würdigen. Den wirft er stattdessen Bent zu.

»Hey Jannik.«

Jarik presst die Kiefer aufeinander. Offensichtlich ist er nicht der Einzige, der nicht gern bei einem bestimmten Namen genannt wird. Sofort überkommt mich ein schlechtes Gewissen, weil ich ihn auch ein paar Mal mit Jannik angesprochen habe.

»Wir führen hier gerade ein wichtiges Gespräch«, sagt Bent. »Zu zweit.«

Jariks Blick liegt auf mir, aber ich erwidere ihn nur kurz, stiere dann Bent in die Augen.

»Ist das dein Ding?«, frage ich. »Fühlst du dich cool damit?«

»Womit?«, erwidert er schnippisch.

»Frauen bei *wichtigen Gesprächen*« – bei den letzten zwei Worten deute ich mit Zeige- und Mittelfinger beider Hände Anführungszeichen an – »ungefragt an den Ärmel zu grapschen?«

Neben mir ballt Jarik die Hände zu Fäusten. »Verschwinde, Bent.«

»Das hast du nicht zu entscheiden«, sagt der. »Clara und ich haben erst noch etwas zu klären.«

»Wie viele Medaillen für Wichtigtuerei über deinem Bett hängen?«, will ich wissen.

Seine Augen verengen sich, doch seine Mundwinkel zucken, und nur Sekunden später erscheint ein großspuriges Lächeln auf seinen Lippen.

»Ob du bei der Suche nach deinem Vater helfen willst«, sagt er.

Quälende Augenblicke ist es still zwischen ihm, Jarik und mir. In Bents Gesicht versuche ich, Anzeichen dafür zu finden, ob er es ernst meint oder mich nur hinhält, aber ich kann dieses arrogante Grinsen nicht deuten.

Oder mein Kopf will es nicht, weil er nur das hört: Du kannst deinem Vater helfen.

»Er verarscht dich«, sagt Jarik.

»Ich habe während meiner Ausbildung hier gelernt, nicht zu lügen«, sagt Bent.

»Etwas gelernt zu haben und es umzusetzen, sind zwei Paar Schuhe.«

Bents Blick gleitet von Jarik zu mir. Er stützt sich wieder mit den Handinnenflächen auf den Tisch zwischen uns und beugt sich so ein wenig vor.

»Ich habe zufällig von den kommenden Einsätzen bezüglich deines Vaters gehört«, sagt er. »Eigentlich sind sie natürlich streng geheim, aber na ja ...«

Aus Jariks Richtung nehme ich sein verächtliches Schnauben wahr, doch ich ignoriere es und konzentriere mich stattdessen weiterhin auf Bent.

»In zehn Tagen werden die ersten Geschwister losgeschickt«, sagt dieser, tut ebenfalls, als hätte er Jarik nicht gehört. »Vielleicht könnten wir dich einschleusen, was meinst du? Willst du immer noch helfen, wie du es beim Treffen mit den Meistern behauptet hast?«

»Auf keinen Fall«, wirft Jarik ein.

»Unter welchen Bedingungen?«, frage ich.

»Du wirst nicht mit zu Aufträgen kommen«, sagt er deutlich, doch weder Bent noch ich beachten ihn.

»Keine Bedingungen«, sagt dieser. Ich glaube ihm kein Wort. »Also wenn du dir ein paar Tipps von den Großen abholen willst – wir legen im Moment abends in den Hallen ein Extratraining ein. Du bist herzlich eingeladen, 22 Uhr, rechter Trainingssaal. Mal sehen, wie gut dein Vater dich trainiert hat.«

Ich balle die Hand zur Faust und drücke meine Fingernägel in die Haut.

»Wahrscheinlich besser, als dein Vater dir Manieren beigebracht hat«, sage ich.

Bent verlässt die vorgebeugte Position, grinst spöttisch. »Ich hoffe, wir sehen uns später, Kada.«

Alles in mir schreit danach, ihm hier und jetzt an die Gurgel zu gehen, so sehr widert es mich an, mit welcher Verachtung er diesen Spitznamen ausspricht. Doch als er sich umdreht und verschwindet, denke ich: *Die Wut hebe ich mir für später auf.*

KAPITEL 19

Clara

»Er will dich bloß provozieren.«

Jarik, der neben mir Schritt hält, während ich den Essenssaal verlasse, sieht mich eindringlich von der Seite an.

»Bent will nichts weiter, als dich in Schwierigkeiten bringen«, setzt er hinzu.

»Soll er doch«, sage ich. »Ich will nur meinen Vater finden, ob ich hier in Schwierigkeiten bin, ist mir egal. Ich werde sowieso nicht hierbleiben, wenn ich ihn gefunden habe, das ist nicht mein Zuhause.«

Plötzlich huscht Jarik an mir vorbei, um mich abzubremsen und sich genau vor mir aufzubauen. Anders als Bent ist er jedoch nicht so aufdringlich und lässt anderthalb Meter Platz zwischen uns.

»Er würde dich nicht in diese Aufträge schleusen«, sagt er, »wenn er nicht wüsste, dass sie gefährlich sind.«

»Was hat er davon, mich in Gefahr zu bringen?«

Jarik zuckt die Schultern. »Sein Ego ist riesig, er will nicht, dass du ausgebildet werden könntest. Vor allem, weil du eine Frau bist. Er will dich loswerden – such dir was aus.«

»Du hast behauptet, bei manchen Aufträgen beschattet ihr die Leute lediglich«, sage ich. »Was ist daran gefährlich?«

»Du bist die Gefahr«, gibt er ohne zu zögern zurück.

»Ich habe dir gesagt, mein Vater hat mich jahrelang trainiert und ich kann -«

»Das habe ich verstanden«, unterbricht er mich trocken. »Aber es ist gefährlich, weil sie dich sowieso schon suchen.«

Sie. Die verfeindeten Ninja.

»Und wenn du zu Aufträgen mitkommst, präsentieren wir dich ihnen auf dem Silbertablett. Was denkst du, wie sie reagieren, sollten sie dich sehen? Meinst du, sie kommen zum Kaffeekränzchen und wollen nur reden?« Er schürzt die Lippen. »Oder denkst du, sie beenden ihren Auftrag diesmal und ihre Wurfsterne gehen nicht daneben?«

Mich überwältigt dasselbe Gefühl wie in dem Gebäude, in dem Jarik und ich erst vor kurzem ausgeharrt haben. Wie die Panik sich in mir breitgemacht und eingenistet hat, obwohl ich versucht habe, sie zurückzuhalten. Aber sie war stärker.

Plötzlich schiebt Jarik den linken Ärmel seines Shirts hoch, wodurch sein Oberarm freiliegt. Seine Muskeln stehen unter Spannung, so wie er selbst ständig unter Strom zu sein scheint, vor allem in meiner Nähe, habe ich das Gefühl. Er dreht seinen Oberarm etwas nach rechts, sodass mein Blick auf seinen Trizeps fällt – und da bemerke ich die Verletzung.

Die Wunde sieht nicht mehr frisch aus, aber sie schimmert noch immer in einem hellen Rot, auch wenn sie schon verschlossen und kein Blut darauf zu erkennen ist. Sie hat einen Wundrand, der wirkt, als hätte jemand mit verdünnter Wasserfarbe filigrane Linien auf Jariks Haut gezeichnet.

»Das ist nur die Verletzung von unserem kleinen Abenteuer«, sagt er.

Ich hebe den Blick in sein Gesicht.

»Die Klinge hat mich bloß gestreift. Aber sie war mit einem giftigen Kraut eingerieben. Kannst du dir vorstellen, was passiert, sollten sie ihre Dolche mit Schlimmerem einreiben und dich an nicht so harmlosen Stellen wie deinem Arm treffen? Was glaubst du, wie das enden könnte?« Er zieht seinen Ärmel zurück in Position.

»Was kümmert es dich?«, frage ich. »Du kannst mich nicht mal leiden.«

So wie ich dich nicht leiden kann, will ich hinzufügen, doch der Kloß in meinem Hals verhindert es. Vielleicht bewahrt er mich auch vor einer Lüge.

Als hätte ich mit den Worten einen Schalter in Jarik umgelegt, glätten sich seine Gesichtszüge. Beide Hände in die Taschen geschoben, schluckt er, sieht flüchtig an mir vorbei, bevor seine braunen Augen meine finden.

»Das stimmt nicht. Ich kann dich sehr wohl leiden. Zumindest, wenn du mal nicht die Unnahbare mimst. Das brauchst du vor mir nämlich nicht.«

»Weil du mich beschattet hast und glaubst, mich zu kennen?«

Die anderthalb Meter zwischen uns schrumpfen auf ein Minimum, als sei die Distanz plötzlich verpufft. Gerade als ich den Gedanken zu Ende gedacht habe, tritt Jarik tatsächlich einen Schritt auf mich zu und verringert den Abstand. Sein Blick ist so tief in meinem vergraben wie ein Anker im Meeresboden.

»Ich will bloß nicht, dass dir etwas passiert, Mio.«

Mio – das hat er schon mal gesagt. Und warum steht bei dem Wort auch jetzt diese Verzweiflung in seinem Gesicht?

Welche Geheimnisse hält er unter Verschluss?

»Wieso nennst du mich so?«, frage ich.

Seine Lippen öffnen sich, als wollte er mir eine Antwort geben, nur ein Stück allerdings, bevor sie sich wieder schließen.

»Lass dich nicht von Bent provozieren«, weicht er mir stattdessen aus. »Und lass dich nicht auf das Training mit ihm ein.«

Ich rücke die Schultern zurecht. »Glaubst du, ich bin dem nicht gewachsen?«

»Ich glaube sogar, du trittst ihm in den Arsch.« Ein Grinsen huscht über Jariks Mund. »Er ist miserabel im Schwertkampf. Aber sein Vater ist einer der Meister und Bent hat ein schlimmes Egoproblem. Wenn du nicht aufpasst, macht er dir das Leben zur Hölle.«

Provokativ schaue ich zu Jarik auf, trete noch näher auf ihn zu. Die Muskeln auf seinen Unterarmen spannen sich an, als würde es ihn Kraft kosten, diese Nähe auszuhalten. Sie zuzulassen.

»Mehr noch als du?«, frage ich grinsend.

Doch Jarik erwidert die Mimik nicht. »Ich meine es ernst.«

»Ich auch«, gebe ich zurück. »Ich will mich nicht verstecken, nur weil der Typ sich etwas auf den Rang seines Vaters einbildet. Und überhaupt – mein Urgroßvater hat die Gilde mitbegründet, richtig?«

»Clara …«

»Würdest du mich stattdessen trainieren?«, frage ich nun unverhohlen.

Jarik wirkt, als würde er sich auf die Wangeninnenseite beißen, er legt den Kopf leicht schief. »Ich habe dir gesagt, das geht nicht.«

»Dann nehme ich, was ich kriegen kann. Ich trete Bent von dir in den Arsch, wenn du willst. Oder sonst wo hin.«

Jariks Kieferknochen treten hervor. Von dem warmen Ausdruck in seinem Gesicht ist nichts mehr übrig.

»Das ist ein Fehler«, sagt er.

»Ich sitze hier nicht tatenlos herum«, erwidere ich.

Und ich werde unmöglich Rücksicht auf Jarik nehmen, nicht, wenn ich irgendwie die Chance habe, die Suche nach meinem Vater zu unterstützen. Ihn zu finden, ist alles, was ich will. Das und anschließend zurück mit ihm nach Deutschland gehen, all das hinter mir zu lassen. Nie wieder einen Gedanken an Japan zu verschwenden.

Ich will Damien und meine Mutter in die Arme schließen, auch wenn ich weiß, dass in Potsdam zig Baustellen in meinem Leben warten. Aber wenigstens kenne ich sie. Wenigstens habe ich dort die Kontrolle, während ich sie hier abgeben muss.

»Wir sehen uns«, sage ich zu Jarik, doch er erwidert die Verabschiedung nicht, tritt stattdessen wortlos vor mir zurück und stapft an mir vorbei.

KAPITEL 20

Clara

Sobald es über dem Dorf zu dämmern beginnt, nehme ich mein Katana und schleiche mich zum Balkon. Seitdem die Meister abgereist sind, warten dort keine Wachen mehr, um mich zu kontrollieren. Wer auch immer dafür gesorgt hat, dass ich mich weniger wie eine Gefangene fühle, hat einen Fehler gemacht, den ich jetzt ausnutze. Im schummrigen Licht brauche ich länger, um den Baum hinunterzusteigen, aber ich schaffe es. Unten angekommen halte ich mich dicht an die angrenzenden Bäume, husche von Stamm zu Stamm, bis ich den Weg erreicht habe, der zum Tempel führt, in dem Bent vermutlich schon trainiert.

In einigen Unterkünften brennt noch Licht, weshalb ich umso vorsichtiger bin, nicht gesehen zu werden, und möglichst nah an den Hauswänden entlanggehe.

Eventuelle Geheimeingänge zum Tempel kenne ich nicht, weswegen ich den Haupteingang nehmen muss. Ich verstecke mich hinter einer der großen roten Säulen in der Nähe der Flügeltür, die auch jetzt offensteht und einen Blick in den Innenhof preisgibt. Bei Tag habe ich es nie bemerkt, aber in der aufkeimenden Dunkelheit sind die im Boden eingelassenen Spots nicht zu übersehen, die den Kirschbaum anstrahlen. Er ist die einzige Lichtquelle im Umkreis, ansonsten ist der Tempel in Dunkelheit gewickelt.

Ich weiß nicht, wieso, aber plötzlich komme ich mir vor wie eine Motte, die das Licht sucht. Der Anblick des Kirschbaums sendet ein Flattern in meinen Magen, ein Kribbeln in meine Fingerspitzen. Irgendetwas zieht mich zu ihm, irgendetwas entfacht den Drang in mir, den Stamm zu berühren und die rosafarbenen Blüten ebenso.

Das Geräusch von zwei aufeinandertreffenden Klingen reißt mich aus der Trance und lenkt meine Aufmerksamkeit in die obere Etage, aus der es kommt.

Obwohl niemand mehr im Tempel zu sehen ist, pirsche ich mich nur langsam vorwärts, husche die ausladende Steintreppe hinauf und folge den Geräuschen, bis sie lauter werden. Vor der angelehnten Tür zum Kampfsaal bleibe ich stehen, atme einmal tief durch, straffe die Schultern und betrete ihn dann mit gehobenem Kinn, mein Katana fest in der rechten Hand umschlungen.

Insgesamt sind drei Leute im Raum, zwei Jungen und ein Mädchen, und alle Augenpaare richten sich auf mich, als ich durch die Tür trete und sie hinter mir schließe. Doch nur Bents Blick halte ich.

»Kada!«

Ich unterdrücke einen Schrei und das übermächtige Bedürfnis, sofort mit dem Katana auf ihn loszugehen.

»Benny«, sage ich, betont gleichgültig, während ich einige Schritte in den Saal laufe.

Er erstreckt sich über die Größe eines Tennisfeldes, hat mindestens sechs Meter hohe Decken, an denen in gleichmäßigen Abständen blutrote Lampions hängen. Sie tauchen den Raum in ein dämmriges Licht. Der Boden ist aus Stein, in den rechteckige große Fliesen eingesetzt sind. In jeder ihrer Mitte prangt ein japanisches Schriftzeichen.

Am anderen Ende, mir gegenüber und hinter Bent und den anderen, sind Schiebetüren in die Wand eingelassen, eine davon steht offen und gibt den Inhalt dahinter preis: Akkurat aufgereihte Katana und diverse unterschiedliche Schwerter. Vermutlich sind auch die Wandschränke daneben voll mit Waffen.

»Schön, dass du es geschafft hast«, sagt Bent mit einem unechten Lächeln. Er lässt sein Katana hin und her schwingen. »Du hast dich also entschieden, von den Besten zu lernen.«

Nachdem ich auf die Holzbank links an der Wand zugegangen bin, ziehe ich mein Schwert aus der Halterung und lege sie auf die Bank. Bents Blick halte ich dabei die gesamte Zeit über. *Niemals den Gegner außer Acht lassen*, höre ich meinen Vater in Gedanken.

»Für den Besten hältst du dein Schwert ziemlich stümperhaft«, sage ich und deute auf seine Finger, die den Griff wie ein Bierglas umklammern. Ich hebe mein eigenes Schwert hoch, umschlinge den Griff mit vier Fingern, den Daumen lasse ich am Tsuba liegen, der Platte, die Griff und Klinge voneinander trennt.

»Willst du rausfinden, wie stümperhaft ich kämpfe?«, fragt er mit einem provokativen Blitzen in den Augen.

»Ich dachte, dafür bin ich hier?«

Uns trennen knapp sechs Meter, doch trotzdem sind unsere Blicke wie an einem Faden gespannt aufeinander gerichtet.

Mit einer Handbewegung zückt Bent in der nächsten Sekunde einen Dolch und wirft ihn genau in meine Richtung. Mir bleibt keine Zeit auszuweichen, stattdessen rauscht das Messer an meinem Ohr vorbei und hinterlässt nicht nur das Geräusch einer vorbeihuschenden Windböe, sondern auch ein Stolpern in meiner Brust.

Mit einem dumpfen Tock bleibt die Klinge irgendwo hinter mir stecken. Mit der Hand mein Ohr zu befühlen, spare ich mir, weil ich weiß, dass Bent mich nicht verletzt hat. Das war lediglich eine Warnung.

»Bent«, warnt der Junge neben ihm, während das blonde Mädchen ihre Sachen zusammenpackt, die am Rand stehen.

»Was?«, murrt Angesprochener, ohne mich aus den Augen zu lassen.

»Bring dich nicht in Schwierigkeiten.« Flüchtig streift der Blick des Jungen mit den kurzgeschorenen Haaren meinen.

»Hindere mich doch daran.«

Die Blonde verdreht die Augen, während der Junge seufzt. Ohne ein weiteres Wort entfernen sie sich von Bent, laufen an mir vorbei und schließlich aus dem Raum.

»Du hältst also nicht nur dein Schwert stümperhaft, sondern brichst auch noch die Kampfregeln«, sage ich zu ihm, als wir allein sind. Mit dem Daumen der freien Hand deute ich über meine Schulter, dorthin, wo ich das Messer vermute. »Oder hatten wir uns schon ein Zeichen gegeben, dass wir -«

Mitten im Satz muss ich abbrechen, denn Bent kommt mit riesigen Schritten auf mich zu, sein Katana mit der Spitze in Richtung meines Bauchs gerichtet. Im letzten Moment springe ich zur Seite, bin jedoch so überrascht von seinem Verhalten, dass ich beinahe über meine eigenen Füße stolpere.

Da ist er schon wieder vor mir.

Ich reiße mein Schwert in die Höhe, halte es ihm entgegen und federe seinen Schlag gerade so ab. Doch Bent trifft mich mit voller Wucht, als würde er sein gesamtes Gewicht hineinlegen. Mein Rücken biegt durch, weil ich versuche, dem Druck standzuhalten, den er mit seinem Schwert auf meinem ausübt. Bent grinst, als er die Bewegung bemerkt und beugt sich weiter runter.

Meine Hand zittert mittlerweile und ich weiß, diese vertrackte Position kann ich nicht lange durchhalten, in einigen Sekunden wird er mich am Boden haben.

Es sei denn, ich komme ihm damit zuvor.

Lautstark hole ich Luft und stoße Bent beim Ausatmen mein Katana mit letzter Kraft entgegen. Es klappt, er scheint kurz zurückgeworfen von der Bewegung, sodass ich mich links unter seinem Schwert hinwegducke und mit einer Rolle kopfüber an ihm vorbeikomme.

Als ich mich herumdrehe und in der Hocke aufrichte, wirbelt Bent zu mir herum und ich mache mich auf einen Angriff mit seinem Katana gefasst – da zückt er mit der freien Hand etwas an seinem Gürtel und ich bemerke zu spät, was es ist. Erst als die silberglänzende Klinge eines weiteren Dolches an meinem Ohr vorbeisaust, reagiere ich. Allerdings bin ich so erschrocken darüber, wie unfair Bent kämpft, dass ich zur Seite strebe und gerade noch sehe, wie er sein Katana auf mich heruntersausen lässt. Unmöglich könnte ich den Schlag abwehren, zu nah ist mir die Klinge bereits, also husche ich überstürzt einen Schritt zurück.

Zu überstürzt, denn ich stolpere nach hinten und falle rücklings auf den harten Steinboden. Die Luft in meiner Lunge verlässt schmerzhaft und in einem gepressten Stöhnen meinen Mund, während sich in meinem Rücken ein Ziehen ausbreitet und etliche Nadelstiche meine Wirbelsäule entlangkriechen. Nur mein Schwert umklammere ich, so fest ich kann, jedoch nützt mir auch das nichts, denn Bent steht schon über mir. Er gleitet mit der Spitze des Katanas neben meinem Kopf entlang, extrem nah an meinem Ohr, dann meiner Wange, dass das kühle Metall mir eine Gänsehaut beschert. Mit dunklem Blick stiert er zu mir herunter, lässt mich keine Sekunde aus den Augen.

»Du bist bei Weitem nicht so gut, wie du denkst«, sagt er.

Die Klinge fährt weiter bis zu meiner Schulter, umrahmt mich bis hin zu meiner Taille, an der ich plötzlich einen scharfen Schmerz verspüre. Er hat mich verletzt – mit Absicht.

»Wenigstens kämpfe ich nicht wie ein Nashorn auf Speed.«

Das entlockt ihm ein Lachen, auch wenn es nicht ernst gemeint klingt.

»Du bist wie dein Vater. Wundert mich nicht, dass keiner der Geschwister Bock hat, sich für ihn bei Aufträgen in Gefahr zu bringen.«

In mir legt sich ein Schalter um und ich lasse ihn, versuche erst gar nicht, ihn wieder in die andere Richtung zu drücken. Stattdessen gebe ich mich der Wut hin, die wie ein Vulkan zunächst zu beben beginnt, bevor sie schließlich ausbricht.

Den Schrei, den ich ausstoße, während ich mein Katana hochreiße, hat mir schon viel zu lange die Kehle verstopft. Zu meiner Genugtuung zuckt Bent nicht nur zusammen, sondern hebt sein Schwert zur Verteidigung, wodurch ich mich aus seinem Griff befreie. Ich komme auf die Füße und trete ihm im selben Moment mit dem rechten gegen sein Schienbein, sodass er zurückstolpert. Meine Wut steuert auch den nächsten Schlag, den Bent zwar abwehren kann, aber ich spüre genau, wie wenig Kraft noch darin steckt. Er weicht zurück, ich ihm hinterher, taxiere jeden seiner halbherzigen Schläge, hämmere wieder und wieder auf sein Schwert ein. Beim siebten Stoß bin ich völlig außer Atem, doch der Ärger schießt pfeilartig so viel Adrenalin durch mich hindurch, dass ich glaube, noch Stunden kämpfen zu können.

Als ich den achten Schlag auf Bent niederregnen lasse, habe ich ihn so weit, dass er unvorsichtig wird und stolpert, wie ich wenige Minuten zuvor. Diesmal stehe ich über ihm und ich richte meine Klinge genau auf seine Kehle. Als er sein Schwert erneut anheben will, trete ich ihm auf die Finger, sodass er aufjault und das Katana loslässt, das ich mit dem Fuß von uns wegstoße.

»Wenn du noch mal kämpfen willst, halt dich wenigstens an Regeln«, zische ich.

»Du bist vorlaut und prollig«, speit er mir entgegen. »Was kümmern dich die Regeln hier? Wenn du nur einen Funken von deinem Vater hast, sind dir Regeln sowieso scheißegal, weil -«

Ich unterbreche ihn nicht mit Worten, sondern indem ich die Klinge nun über seinen Lippen schweben lassen. Das vulkanartige Brodeln in meinem Inneren schwappt in Richtung meines Herzens. Ich hoffe, es verbrennt im Feuer, damit das letzte bisschen Mitleid, das ich für Bent empfinde, ausgelöscht wird.

Da reißt mich eine Stimme aus der Wut.

»Schluss jetzt!«

Mein Schwert wieder an Bents Kehle, der unter mir stoßweise ein- und ausatmet, funkle ich Jarik im Türrahmen an und er mich. In diesem Moment hätte ich gern einen Dolch, den ich wie Bent aus meinem Gürtel ziehen könnte. Dann würde ich Jarik mit mehr als meinem Blick zu verstehen geben, dass er verschwinden soll. Ich müsste nur genau zielen und die Klinge würde als Warnung direkt neben seinem Ohr in der Wand steckenbleiben.

»Schluss jetzt«, wiederholt Jarik, der nun einige Schritte auf uns zukommt. Seine Stimme ist plötzlich sanfter, sein Blick ebenso.

»Er hat sich nicht an die Regeln gehalten«, sage ich.

»Erzähl mir was Neues, das tut er so gut wie nie«, sagt Jarik, als er neben mir zum Stehen kommt und auf Bent hinuntersieht. Der hat die Augen zusammengekniffen und stiert ihm entgegen. »Aber dein Gegner wird sich in den seltensten Fällen an Regeln halten. Es geht nicht um ihn, es geht um dich.«

Jarik streckt die Hand aus, legt seine Finger auf meine, die das Katana so fest umklammern, dass die Knöchel weiß hervortreten.

Eigentlich hätte ich erwartet, dass Jarik einiges an Kraft aufbringen muss, um mir das Schwert abzunehmen. Aber er beginnt bloß, zart mit den Fingerkuppen über meinen Handrücken zu streichen und diese Berührung ist wie ein Schlüssel zu einem Schloss, das geklemmt hat. Plötzlich öffnet es sich.

Er nimmt das Katana mit einer Hand an sich, aber hält mit der anderen noch einen Augenblick meine. Bewahrt mich damit, dem Zorn nachzugeben, der in den letzten Minuten des Kampfs bis in meine Kehle emporgewachsen ist.

Bent rollt sich zur Seite, kommt mit einer federleichten Bewegung auf die Beine und baut sich vor uns auf.

Irgendetwas muss Jarik in seinem Gesicht gelesen haben, was ich nicht wahrgenommen habe, denn er sagt: »Lass gut sein, Bent. Verschwinde einfach.«

»Du bist nicht mutig«, sagt dieser jedoch an mich gerichtet. Da ist Mitleid in seinem Blick, ebenso Demütigung, doch allem voran Wut. »Dein Vater hat dich zwar Kada genannt, aber du hast dich nicht unter Kontrolle, das ist alles. Du bist nichts als eine Fassade.«

Mir schnürt sich die Kehle zu, weil er recht hat. Ich will es nicht wahrhaben, allerdings stimmt es.

»Kein Wunder, dass ihr euch so gut versteht.« Bent sieht von mir zu Jarik.

»Verpiss dich«, faucht dieser und Bent hebt sein Schwert auf und tut ihm den Gefallen.

KAPITEL 21

Jarik

»Ich will mein Schwert«, sagt Clara scharf, nachdem Bent den Raum verlassen hat, und streckt den Arm nach dem Katana aus, das ich ihr gerade abgenommen habe und noch immer in den Händen halte.

»Schlechte Idee.«

»Gute Idee, weil es mein Schwert ist«, antwortet sie. »Ich will es mit in meine Unterkunft nehmen.«

»Schlechte Idee«, wiederhole ich.

»Hör auf, mich zu bevormunden.«

»Tue ich nicht, ich weiß, dass du keinen Bewacher brauchst. Wir müssen nur erst deine Wunde versorgen.«

Mir war klar, dass sie sofort nach unten schauen will, um zu sehen, was ich damit meine. Doch ich komme ihr zuvor und schnipse mit den Fingern, sodass sie mit einem Zucken wieder in meine Richtung sieht.

»Du darfst mich ausnahmsweise mal ganz offen mustern«, sage ich.

»Großzügig – wie komme ich zu der Ehre?«, erwidert sie.

»Weil du blutest.«

Ihr Gesicht verliert an Farbe. »Hör auf, mich so anzugrinsen«, murmelt sie.

»Meinst du, du schaffst es einen Raum weiter? Ich gehe voraus und du konzentrierst dich nicht auf deine Verletzung, sondern auf das Teil unterhalb meiner Hüfte? Ist das ein Deal?«

Claras Mundwinkel zucken verräterisch. »Du bist ein Arsch.«

»Genau den meine ich«, sage ich zwinkernd.

Als wir uns in Bewegung setzen, bleibe ich jedoch an ihrer Seite, statt vorauszugehen. Während ich Clara aus den Augenwinkeln mustere, muss ich beinahe lachen, so stur geradeaus schaut sie, um den Blick bloß nicht an sich herunterwandern zu lassen.

Ich halte ihr die Tür zum Krankenzimmer auf, schließe sie, als Clara hineintritt, laufe ein Stück in das Zimmer, um die Stehlampe neben der Liege anzuknipsen.

»Setz dich«, sage ich und deute mit einem Nicken auf das weiß gepolsterte Möbelstück.

»Willst du nicht Falk holen?«, fragt sie, nachdem sie Platz genommen hat. Ihre Füße baumeln über dem Boden und plötzlich macht sie einen verletzlichen Eindruck. Ihr Gesicht ist fahl, ihr Körper wirkt abgekämpft, sie lässt die Schultern hängen.

»So schlimm ist die Wunde nicht.«

Aus großen Augen starrt sie mich an.

»Hör auf, mich wie ein angeschossenes Reh anzustarren.«

»Kotzbrocken.«

»Wirklich schlecht kann es dir ja nicht gehen, wenn du schon wieder mit Beleidigungen um dich wirfst.«

Ich wende mich von ihr ab und dem kleinen Medizinschrank zu, der über der Kommode hängt und etwas Verbandszeug und Wunddesinfektionsmittel beinhaltet. Beides greife ich und gehe damit zu Clara. Als ich mir den Rollhocker an die Liege ziehe und mich vor ihr darauf platziere, erinnert mich die Situation an all die Male, die Falk mich verarztet hat. Nur dass ich es dieses Mal nicht bin, der auf der Liege sitzt. Stattdessen ist es Clara, die ihren Blick über mich gleiten lässt.

»Kannst du das Shirt ausziehen?«, frage ich.

Ihre rechte Braue hebt sich, worauf ich schmunzle.

»Ich muss an den Schnitt kommen«, sage ich. »Und mit so viel Stoff darüber wird das schwierig.«

Ich wende den Blick ab und lege mir stattdessen Verband, Tupfer und Kompresse neben Clara zurecht, um ihr Zeit und wenigstens etwas Privatsphäre zu geben, sich das Shirt auszuziehen. Als sie sich räuspert, tue ich noch einen Moment, als hätte ich zu tun, und sehe dann erst zu ihr zurück. Sie hat das Shirt lediglich über ihren rechten Arm gehoben, nicht vollständig ausgezogen. Ihre Bauchmuskeln sind definiert, ebenso die an ihren Oberarmen, und zusammen mit der Art, sich nie etwas sagen zu lassen, wirkt sie dadurch nur noch härter. Unerschütterlich.

Ich frage mich, was darunter steckt – unter all der Stärke und Strenge. Ob schon mal irgendjemand diese Mauer vollständig eingerissen hat und Clara weich geworden ist. Oder ob es wie bei mir ist: Hin und wieder kratzt jemand an der

Oberfläche der Steine, aber niemand dringt durch das Mauerwerk hindurch. Weil ich immer Spachtelmasse mit mir herumtrage, um den Putz zu kitten.

Claras linke Seite liegt frei und auch ihr schwarzer BH ist zu erkennen, an ihrer Taille prangt ein blauer Fleck, der vermutlich ebenfalls vom Kampf mit Bent stammt. Am liebsten würde ich die Hände zu Fäusten ballen, so wütend bin ich auf ihn, aber ich will nicht, dass Clara es bemerkt.

Das hier ist nur ein Auftrag, ermahne ich mich. Ich muss meine Emotionen unter Kontrolle bekommen. Clara ist nur eine Mission, nichts weiter.

»Hast du sonst noch irgendwo Schmerzen?« Dass mein möglichst professionell wirkender Ton nur Schein ist, bemerke hoffentlich nur ich.

Sie schüttelt den Kopf.

»Hast du das Sprechen verlernt?«

»Keine Schmerzen«, sagt sie. »Aber ich wusste nicht, dass du auch Arzt bist.«

»Bin ich nicht, ich kann bloß kleinere Wunden versorgen, und Falk muss hiervon ja nichts erfahren.«

»Dann ist der Schnitt nur halb so wild?«

»Der wird in den nächsten Tagen verheilen.«

»Hast du dir das mit dem Verarzten bei Falk abgeschaut?«

Mein Herz verhärtet sich. *Nicht ganz*, schießt es mir durch den Kopf. Ich musste es mir selbst beibringen. Das erste Mal vor sechs Jahren, als es nicht mehr nur blaue Flecken waren, die mein Vater mir zugefügt, sondern eine leere Bierflasche, die er nach mir geworfen hat.

»Ja«, lüge ich. »Also vertrau mir einfach.« Weil sie wieder nicht antwortet, frage ich: »Nimmst du mir die Entführung immer noch übel und kannst mir deswegen nicht vertrauen?«

»Vielleicht«, erwidert sie.

»Und was hindert dich außerdem, mir zu vertrauen?«

Darauf reagiert sie sofort, als hätten die Worte ihr schon länger unter der Zunge gelegen: »Dass du Kotzbrocken an einem Tag und das Gegenteil an einem anderen bist.«

Es gelingt mir nicht, sie anzuschauen, aus Angst, sie könnte in meinem Gesicht lesen, was sich hinter diesem Verhalten verbirgt: dass ich sie brauche. Dass sie der Ausweg aus meinen Erinnerungen ist, dass ich ihr das nicht sagen kann, weil ich ihr Vertrauen erlangen muss. Aber dass sie mich wahnsinnig macht mit ihrer sturen Art.

Doch dass mich genau das in gleichem Maße reizt, und dass ich das nicht erwartet hätte, als ich sie aus der Entfernung beschattet habe.

»Was ist denn das Gegenteil von Kotzbrocken?«, frage ich, um die Stille zwischen uns zu brechen.

»Das hier.«

Als ich jetzt aufsehe, deutet sie mit einer Handbewegung an mir hoch und runter. Ich befeuchte den Tupfer mit etwas Wunddesinfektionsmittel, um mich von ihrem durchdringenden Blick abzuwenden, und zucke mit den Schultern.

»Ich verarzte dich, das ist alles«, sage ich.

»Du könntest es auch lassen – Bent würde es mit Sicherheit lassen.«

»Ich bin aber nicht Bent. Dann bin ich lieber ein Kotzbrocken.«

Nun lächelt sie dezent. »Deal.«

»Jetzt lass mich den Schnitt ansehen«, weiche ich aus, »sonst sitzen wir morgen früh noch hier.«

Ich beuge mich etwas vor, während sie ihren Arm automatisch ein Stück anhebt. Bent hat ihr eine schmale Wunde neben ihrer Brust verpasst, etwa so lang wie meine Handfläche, die jedoch nicht besonders tief scheint.

Aber sind das nicht die schmerzhaftesten Wunden – diejenigen, die nur oberflächlich scheinen? Die man immer wieder aufkratzt, weil man sie längst vergessen hat?

Sind das nicht die Wunden, die viel zu schwer heilen?

Aus den Augenwinkeln bemerke ich, wie Clara den Blick auf die Verletzung gleiten lassen will. Sachte schiebe ich meinen Zeige- und Mittelfinger unter ihr Kinn, damit sie stattdessen mich anschaut. Im ersten Moment presst sie die Kiefer aufeinander, die Muskeln an ihren Oberarmen spannen sich an. Unglaublich, wie viel Energie noch in ihr steckt, obwohl sie gerade nicht so gewirkt hat. Bent hat sie minutenlang taktiert, ich habe beide von der Tür aus beobachtet, und trotzdem wirkt Clara nun, als könnte sie einen weiteren Kampf hinter sich bringen. Wäre sie nicht verletzt, würde ich das mit dem Kämpfen übernehmen. Unser Training vor ein paar Tagen ist mir im Gedächtnis geblieben.

Mit niemandem habe ich, ohne geübt zu haben, je so routiniert trainieren können.

Sie hält meinen Blick, ohne zu blinzeln.

»Nicht auf die Wunde schauen«, ermahne ich sie.

»Wieso nicht?« Ihre Stimme ist heiser.

»Weil sie immer noch blutig ist und du gesagt hast, du kannst kein Blut sehen«, erinnere ich sie.

»Warum kümmert es dich, wie ich mich fühle?«

Gerade so widerstehe ich dem Drang, meine Finger über ihre Wange gleiten zu lassen.

»Wenn du ohnmächtig wirst, muss ich dich über meine Schulter werfen und zurück in deine Unterkunft tragen.«

»Ich wurde noch nie von einem Roboter-Kotzbrocken über die Schulter geworfen.«

Auf ihren Lippen erscheint ein Schmunzeln und ich kann mir ebenfalls keins verkneifen.

Clara zieht scharf die Luft ein, als ich beginne, die Wunde zu säubern. Danach gibt sie kein Geräusch mehr von sich und ich ebenso wenig, auch wenn die Stille sich wie Qualm im Raum ausbreitet und immer dichter wird.

»Das war's schon«, sage ich nach etwa fünf Minuten, als ich eine Kompresse und Verbandszeug über der Wunde befestigt habe. Ich rolle mit dem Hocker ein Stück zurück, nehme das übrig gebliebene Verbandszeug und werfe es in den Mülleimer neben dem Medizinschrank. Als ich mich wieder herumdrehe, hat Clara ihr Shirt zwar vollständig angezogen, macht aber keine Anstalten, aufzustehen.

»Muss ich dich doch tragen? Du siehst blass aus«, sage ich.

»Bent hat mich als vorlaut und prollig bezeichnet«, sagt sie zögernd. »Und er hat gesagt ...« Sie stockt. »Er hat gesagt, keiner von euch Geschwistern will sich bei Aufträgen für meinen Vater in Gefahr bringen.«

Ich lehne mich mit dem Rücken gegen die Tischkante, stütze die Hände nach hinten auf der Platte ab. »Und das glaubst du ihm?«

»Wieso sollte er lügen?«

»Um dich noch weiter aufzuhetzen«, antworte ich. »Dass du alles und jeden hier ablehnst, dafür muss man kein Hellseher sein. Deine Körpersprache und deine Mimik verraten dich. Bent ist Eiriks Sohn, er wird also in absehbarer Zeit zum Meister ernannt. Er will dich nicht hier haben.«

Als hätte ich etwas Falsches gesagt, kneift Clara die Brauen zusammen. »So wird das Amt der Meister übertragen? Über Verwandtschaft?«

»Immer schon.«

»Moment ...« Sie steht auf, kommt aber nicht auf mich zu. »Versucht ihr deswegen, mir das hier schmackhaft zu machen? Damit ich die Nachfolgerin meines Vaters werde?«

Verdammt, denke ich zuerst, und direkt danach: Falk wird mich umbringen, weil ich unvorsichtig war. Obwohl er mir erst in Tokio gesagt hat, dass sie von allem erfährt, wenn es so weit ist. Nicht früher.

»Ich habe dir schon zu viel verraten«, erwidere ich schließlich.

Plötzlich sieht sie nicht mehr entsetzt aus, stattdessen blitzt ein Flehen in ihren Augen auf.

»Mir sind die Ämter hier egal. Ich will nicht seine Nachfolgerin werden«, sagt sie.

Wenn das nur so einfach wäre, denke ich.

»Ich will nur meinen Vater finden, sonst nichts.«

Vor einigen Tagen hat sie das schon mal gesagt, aber da hat ihre Stimme fest geklungen, entschlossen und voller Ärger, überschäumend vor Wut. Ein Cocktail aus so vielen starken Emotionen. Jetzt hingegen wirkt sie geschwächt und beinahe brüchig, selbst wenn sie sich Mühe gibt, es nicht allzu sehr zuzulassen.

Ich kenne das, auch in meiner Brust schlagen zwei Herzen: Das eine schlägt im Takt der Gilde, es schlägt nur hier im Dorf so gleichmäßig und ruhig, weit weg aus Deutschland. Es schlägt nur stetig, wenn ich mich an Regeln halten und kämpfen kann und so Teil der Gemeinschaft bin.

Aber das zweite Herz bringt das erste immer wieder mit demselben heftigen Schlag aus dem Takt: Vergessen.

Es erinnert mich immerzu daran, dass unter der Oberfläche diese alten, düsteren Erinnerungen an Beschimpfungen und Gewalt in mir brodeln, die ich lediglich loswerde, indem ich Claras Vertrauen gewinne – und sie ausliefere.

»Ich glaube, es ist ein Test, dich nicht helfen zu lassen«, sage ich.

Der skeptische Ausdruck kehrt auf ihr Gesicht zurück. »Von Falk?«

»Nein«, sage ich kopfschüttelnd. »Den Meistern. Sie testen, wie loyal du bist und ob sie dir unsere Geheimnisse anvertrauen können. Aber gerade ...«

Sie beendet meinen Satz, als ich es nicht kann: »Sieht es nicht gut aus, weil ich mich querstelle.«

Diesmal bekommt sie kein Kopfschütteln, sondern ein Nicken von mir. Clara zieht sich den Saum des Shirts zurecht, dann den Kragen.

»Was muss ich tun, um kooperativ zu wirken?«, fragt sie und fügt gleich das hinzu: »Und kannst du mir dabei helfen?«

KAPITEL 22

Jarik

Meine Nacht war kurz. Immer wenn ich gedacht habe, einschlafen zu können, haben mich die Gedanken an Clara überrollt. Auch jetzt, während ich auf der Bettkante sitze und aus der offenen Balkontür starre, als könnten mir die Bäume davor irgendeine Antwort geben.

Zumindest hat Clara diesmal nicht mit Drohungen über das Abhacken meiner Finger reagiert, als ich ihr gesagt habe, dass ich darüber nachdenken muss, ihr zu helfen. Was nicht einmal gelogen war – aber auch nach einer schlaflosen Nacht, bin ich zu keinem Ergebnis gekommen.

Wir müssten extrem vorsichtig sein. Ich darf es mir mit der Gilde nicht verspielen, unmöglich kann ich zurück nach Deutschland. Aber würde ich ihr helfen, könnte ich ihr Vertrauen schneller gewinnen und es wäre ein Leichtes, sie unbemerkt von der Gilde fortzubringen, um -

Es klopft an der Tür und ich reiße den Kopf herum, so sehr werde ich von dem Geräusch aus den Gedanken gerissen. Als ich aufstehe und öffne, steht Falk vor mir. Er ist leger gekleidet, trägt ein weißes Langarmshirt und eine dunkle Leinenhose, an den Füßen Nikes, ebenso in schwarz.

»Guten Morgen«, begrüßt er mich und fügt gleich im selben Atemzug hinzu: »Ich brauche deine Anwesenheit bei einem Termin.«

Es muss wichtig sein, denn er lächelt nicht, sondern steht gerade da, sieht mich ernsthaft an.

»Sind die Meister zurück?«, frage ich.

Er schüttelt den Kopf, deutet dann mit einem Nicken auf meine Schuhe rechts neben der Tür. »Ich will mit dir und Clara reden.«

Scheiße. Deswegen sieht er mich wie ein Vater an, der gerade Zigarettenstummel im Zimmer seines Sohns gefunden und eine Standpauke vorbereitet hat. Er weiß garantiert, dass Clara und ich heimlich trainiert haben. Nur hoffe ich, dass er von Claras und Bents Kampf nichts ahnt, denn Letzteren noch mit reinzuziehen, legt mir schon jetzt einen Stein in den Magen. Ich will nicht wissen, wie sehr er Clara das Leben schwermacht, wenn Falk den Meistern oder den Fuma über das heimliche Training Bescheid gegeben hat.

Wortlos streife ich mir meine Schuhe über und folge Falk, der einen Schritt vorausläuft, in Richtung Claras Unterkunft. Zum Glück dauert der Weg keine zwei Minuten, Falks Rücken und seine Schultern so angespannt zu sehen, lässt mein Herz mit jedem Schritt weiter in meine Füße rutschen.

Ich bleibe hinter ihm, als er an Claras Tür klopft und sie nur kurze Zeit später öffnet. Ihr überraschter Blick fällt erst auf Falk, dann auf mich und ich versuche, so neutral wie möglich zu schauen.

»Wir müssen reden«, sagt Falk. »Zieh dir Schuhe an.«

Dass Clara zum ersten Mal keine Widerworte gibt, sondern tatsächlich sofort tut, was er anweist, zeigt mir umso mehr, dass es ernst ist. Aber das ist mir schon bei Falks Tonfall mehr als klar. So eisig war seine Stimme zuletzt, als er mich bei den Meistern erneut rausgeboxt und mich danach zur Seite genommen hat, um mir zu sagen, dass das meine letzte Chance gewesen ist.

Die ich mir jetzt offensichtlich wieder verbaut habe.

Während Clara und ich hinter Falk hertrotten, werfen wir uns einen Blick zu. Ihrer fragt mich, was es mit Falks Verhalten auf sich hat, doch ich kann ihr keine Antwort darauf geben, weil ich keine habe. Deswegen zucke ich nur die Schultern. Falk führt uns in dem Tempel und als er nach oben geht und schließlich auf das Krankenzimmer zu, tauschen Clara und ich erneut einen Blick aus. Diesmal sind wir uns stumm einig, was sein Verhalten zu bedeuten hat.

»Weniger skeptisch gucken, mehr gehen.« Falk hält die Tür auf und bedeutet uns mit einem Nicken, das Zimmer zu betreten.

Clara und ich folgen seinem Aufruf sofort, bleiben beide an der Krankenliege stehen. Nachdem er die Tür geschlossen hat, stellt sich Falk uns gegenüber, verschränkt die Arme vor der Brust und betrachtet uns einen Augenblick. So als müsste er überlegen, ob er uns anschreien will oder sich doch zurückhält.

Noch nie habe ich Falk laut werden hören, er hat sich immer unter Kontrolle. Fast bin ich gespannt, ob er sie nun verliert.

»Was wäre euch lieber?«, fragt er jedoch vollkommen ruhig. »Die gute oder die schlechte Nachricht zuerst?«

»Beinhaltet die gute Nachricht, dass ein Flugzeug unterwegs ist, um mich abzuholen, damit ich zurück nach Deutschland kann?«, fragt Clara. Sie ahmt Falks Bewegung nach, verschränkt ihre Arme ebenso.

Am liebsten würde ich ihr mit dem Ellenbogen in die Rippen stoßen, weil Falks Gesichtsausdruck nur noch härter wird bei ihrer provozierenden Frage.

»Tut die Wunde weh?«, fragt er, hält ihren Blick eisern.

Clara blinzelt einmal zu viel. Sie muss unbedingt lernen, sich nicht in die Karten schauen zu lassen.

»Welche Wunde?«

»Ich vermute, sie ist nicht tief«, sagt Falk unbeirrt. »Vielleicht so lang wie meine Hand, bestimmt bei einem Kampf mit einem Schwert passiert. Was seltsam ist, weil dir nicht erlaubt wurde zu kämpfen.«

Falk stößt sich von der Tischkante ab, geht zum Mülleimer und mit einem Tritt auf dessen Fuß öffnet er den Deckel. Aus einem Reflex heraus drehe ich Claras Kopf an ihrem Kinn sachte in die entgegengesetzte Richtung, damit sie den Inhalt nicht bemerkt.

»Was -«

»Blutige Tupfer«, unterbreche ich sie, während Falk zwischen uns hin und her sieht. »Clara kann kein Blut sehen«, erkläre ich ihm.

»Dann war es ja gut, dass du bei ihr warst«, erwidert dieser und schließt den Mülleimer, um wieder auf uns zuzukommen. »Wenn ihr schon heimlich trainiert, verwischt wenigstens eure

Spuren.« Er zieht sich den Rollhocker heran, setzt sich darauf und bleibt vor Clara sitzen, sein gerade noch unerschütterlicher Gesichtsausdruck wird weicher. »Zeig mir die Verletzung. Ich will sie mir ansehen.«

Vorsichtig schiebt sie das Shirt hoch und präsentiert Falk den Verband, den ich darum gewickelt habe. Sich nach hinten beugend, fischt Falk zwei Einmalhandschuhe aus einer Packung auf dem Schreibtisch, zieht sie über und löst dann den Mull, um einen Blick auf die Wunde zu werfen.

»Hast du sie verarztet?«, fragt er mich, woraufhin ich nicke. Falks Lippen verziehen sich zu einer Linie. »Sehr ordentlich.«

Sein Blick hängt sich einen Moment zu lange an meinen, sodass ich ihm schließlich ausweiche. Er weiß genau, dass ich damals ständig meine eigenen Wunden versorgt habe, doch ich will nicht daran erinnert werden.

Er schaut zu Clara auf. »Katana?«

Sie nickt.

In den nächsten Minuten säubert Falk noch einmal die Wunde und verbindet sie erneut. Nachdem er fertig ist, entsorgt er das gebrauchte Verbandszeug und die Handschuhe im Mülleimer und kommt mit dem Rollhocker wieder auf uns zu. Clara und ich haben uns mittlerweile nebeneinander auf die Liege gesetzt.

»Woher stammt die Verletzung?«, fragt Falk und sieht zwischen uns hin und her.

»Von einem Kampf«, sagt Clara.

Mit seinem Zeigefinger deutet er wie im Takt eines Metronoms auf sie und mich. »Ihr beide habt gekämpft?«

»Ja«, sage ich.

Er faltet seine Hände und legt sie in den Schoß. »Wie ist es zu dieser Verletzung gekommen?«, fragt er nun offen an mich gerichtet.

»Es war meine Schuld«, erwidert Clara sofort.

Diesmal blinzelt sie nicht, sie verzieht keine Miene, während Falks Aufmerksamkeit jetzt ihr gilt. Vielleicht ist sie doch besser darin, ihre Gefühle zu verbergen, als ich dachte.

»Ich habe ihn provoziert und angestachelt«, lügt sie. »Ich wollte kämpfen und habe ihn überredet. Er hatte sich beim Kampf immer unter Kontrolle – aber ich mich nicht. Ich habe ihn kopflos taktiert und die Klinge abbekommen. Jarik hat sich sofort um mich gekümmert.«

Stille erfüllt für einen Moment den Raum. Falk atmet tief ein und aus, mustert uns, knetet seine Hände kaum merklich und nickt dann leicht. Sein Blick gleitet plötzlich zu mir.

»Gut gemacht«, sagt er. Vermutlich schaue ich ihn mit riesigen Augen an, denn er setzt hinzu: »Die Wunde war bestens versorgt.«

»Aber«, sage ich langgezogen, »jetzt kommen die Konsequenzen dafür, dass wir heimlich trainiert haben?«

»Nein. Das sind die guten Nachrichten. Ich habe vorgestern mit den Meistern gesprochen und sie sind sich einig, dass du wieder am Training teilnehmen darfst. Und bevor du glaubst, das hättest du mir zu verdanken – hast du nicht.« Falk sieht mich geradewegs an und ich traue mich diesmal nicht, den Blickkontakt zu brechen. »Sie sind auf mich zugekommen und haben deinen Mut belohnt, weil du Clara in Tokio beschützt hast.«

Nun lächelt Falk und mir stiehlt sich ebenso ein Lächeln auf die Lippen. Vor Erleichterung. Und vor Vorfreude, denn ich muss endlich nicht mehr heimlich trainieren.

»Hör auf zu zweifeln, Jarik«, sagt Falk. »Es gibt keinen Grund dazu. Und du, Clara ...« Mit dem Rollhocker fährt er weiter nach links in ihre Richtung. »Die Meister haben entschieden, dass du bei der Suche nach Veit helfen wirst, wenn du das noch willst.«

Ihre Augen werden groß, sie öffnet den Mund, um etwas zu sagen, schluckt dann jedoch und hält einen Moment inne. Ihre Augen schimmern glasig. »Das will ich«, sagt sie.

»Gut.« Falk schenkt auch ihr ein Lächeln. »Wir haben in anderthalb Wochen einen Auftrag in Tokio angesetzt, um ein Haus untersuchen zu lassen, in dem es Hinweise zu Veits Verschwinden geben soll.«

»Was für Hinweise?«, frage ich.

»Angeblich wurde er dort gesehen.«

Kaum merklich schnappt Clara nach Luft, sagt jedoch nichts.

»Wir wollen einige Geschwister das Haus untersuchen lassen, aber nur in der großen Gruppe«, fährt Falk fort. »So seid ihr sicherer.«

»Und ich kann mit zum Auftrag?«, fragt Clara.

»Unter einer Bedingung, ja«, sagt Falk. Dass er flüchtig zu mir sieht, bedeutet nichts Gutes. »Du wirst die gesamte Woche mit Jarik trainieren, und zwar nicht nur den Kampf, sondern auch die Psyche.«

»Was ist mit meiner Psyche?«, fragt sie.

Falk grinst halb. »Gar nichts, allerdings schadet es nicht, sie ebenso zu trainieren wie deinen Körper.«

»Ausgerechnet mit mir?«, rutscht es aus meinem Mund. Das kann nicht sein Ernst sein.

Er weiß, dass es genau das ist, weswegen ich immer wieder in Schwierigkeiten gerate: Meine Psyche. Meine Vergangenheit, die an mir nagt, und die mich in manchen Situationen so erbarmungslos anbrüllt, dass es nicht reicht, mir Entspannungstechniken ins Gedächtnis zu rufen, so wie mein letzter Psychologe hier in Japan es mir vorgeschlagen hat. Nichts hilft dagegen, und nun soll ich ausgerechnet Clara dabei helfen, ihre Psyche zu schärfen?

»Ich glaube, ihr ergänzt euch wunderbar«, sagt Falk.

Das ist gelogen. Clara und ich haben nichts gemeinsam. Ich bin ihr Verderben.

»Hör auf zu zweifeln, Jarik«, wiederholt er, eindringlicher diesmal. Seine Augen durchbohren mich, als sei er wütend, es wieder und wieder sagen zu müssen. Aber nur weil er mir sagt, nicht zu zweifeln, hören die Zweifel nicht auf, zu existieren.

Falk erhebt sich vom Rollhocker. »In einer Woche möchte ich von dir einen Bericht, wie Clara sich geschlagen hat, und ob sie für den Auftrag geeignet ist.«

KAPITEL 23

Jarik und ich haben uns gestern noch für heute Morgen verabredet, ehe er regelrecht in seine Unterkunft geflüchtet ist. Ich habe ihm von meiner Haustür aus nachgesehen und kurz bevor er seine geöffnet hat, hat er sich erneut zu mir herumgedreht. Fast verstohlen und so, als hätte es ihn extrem viel Kraft gekostet. Sobald er meinen Blick bemerkt hat, ist er schneller ins Innere gestürmt, als ich blinzeln konnte.

Auch heute Morgen sieht er nicht begeistert aus, während er vor dem Tempel an eine der Säulen gelehnt auf mich wartet. Er trägt eine schwarze Leinenhose, die seine Knöchel freilegt, und ein weißes Langarmshirt mit einem Wappen auf der Brust, das ich erst entziffern kann, als ich näherkomme. Es ist das Zeichen der Gilde, die zwei überkreuzende Katana.

»Du siehst nicht aus, als hättest du Lust zu trainieren«, bemerke ich, als ich vor ihm stehen bleibe.

»Das sieht nur so aus«, erwidert er, stößt sich von der Säule ab und setzt sich in Bewegung. Ich folge ihm.

»Womit fangen wir heute an?«, frage ich, während wir die breite Steintreppe ins obere Geschoss nehmen.

»Einem kurzen Kampf zum Aufwärmen«, sagt Jarik, ohne mich anzusehen. »Danach will ich sehen, wie gut du Seishin beherrschst.«

Nicht gut, würde ich am liebsten laut zugeben. Aber das muss ich wahrscheinlich gar nicht, immerhin habe ich ihm damals im Hotel schon gesagt, dass das meine schlechteste Disziplin ist. In der Hinsicht war Damien immer der bessere Schüler. So schwach seine Kämpfe waren, so wahnsinnig gut waren seine Konzentration und seine innere Stärke.

Ich bemerke, wie mir beim Gedanken an meinen besten Freund ein Kloß den Hals hinaufwandert, und schlucke ihn hinunter, auch wenn es mir schwerfällt.

Vor den geschlossenen Türen des Trainingsraums bleibt Jarik abrupt stehen, eher er sich zu mir herumdreht. Er wirkt, als hätte er Kopfschmerzen und würde sich auf die Innenseite seiner Wange beißen.

»Du hättest Bent verpetzen können«, sagt er. »Gestern bei Falk. Warum hast du die Schuld auf dich genommen?«

»Ich bin keine Petze«, erwidere ich.

»Bent hätte nicht dasselbe für dich getan«, gibt er offen zu.

»Das ändert nichts«, sage ich. »Wenn er eine Petze sein will, ist das seine Entscheidung. Ich will es nicht sein.«

Jarik nickt bloß, doch der Kopfschmerz-Gesichtsausdruck verschwindet nicht. Bevor ich weiter darüber nachdenken kann, wendet er sich ab, öffnet die Tür und hält sie mir auf, damit ich in den Raum treten kann. Auf der

Schwelle begegnen sich unsere Blicke, seiner lässt mein Herz stolpern.

Ebenso wie das, was mich im Inneren erwartet. Links an der Wand sitzen mindestens zwanzig Personen, alle auf den Knien.

Ava erkenne ich sofort, weil sie die Hand zum Gruß hebt und ein Lächeln für mich hat, während die anderen mich stumm mustern. Sie alle tragen die gleiche Kleidung wie Jarik, auch auf ihren Oberteilen ist das Zeichen der Gilde gestickt.

Am Ende der Wand funkelt Bent mich an. Ich halte seinen Blick nicht nur, sondern schenke ihm ein Winken und ein unechtes Lächeln, was er allerdings nur mit einem Augenrollen quittiert.

»Ist das hier eine Prüfung?«, frage ich absichtlich so laut, dass mich jeder im Raum versteht.

»Wir sind nur hier, um zuzusehen, wie du Jarik den Hintern versohlst«, erwidert Ava grinsend.

Dieser stößt ungläubig die Luft durch die Nase aus, kann sich ein Schmunzeln aber nicht verkneifen.

»Was allerdings nicht besonders schwer ist, richtig Jannik?«, ruft Bent, worauf Jarik ihm den Mittelfinger zeigt, während Ava ihm gleichzeitig gegen das Schienbein tritt. »Biest«, zischt er.

»Arschgeige«, gibt Ava mit einem überfreundlichen und ironisch gemeinten Lächeln zurück.

Jarik richtet sich wieder an mich. »Wir sind die Ersten, die mit dem Kampf an der Reihe sind.«

»Und die anderen sehen zu?«, frage ich.

»Wir sehen einander immer zu, ja«, sagt er. »Jeder von uns macht Fehler und wir können sie vermeiden, wenn wir bei den anderen aufpassen und daraus lernen.«

Gefügige Soldaten, denke ich.

Jarik wendet sich ab, lässt mich in der Mitte des Raums stehen und läuft zu den Schiebetüren mit den Waffen dahinter. Er zieht zwei Holzschwerter daraus, kommt damit zurück und überreicht mir eins.

»Was ist mit den scharfen Klingen passiert?«, frage ich. Das Holz ist zwar fein verarbeitet und der mit Gummi überzogene raue Griff schmiegt sich genauso gut in meine Handfläche wie der eines tatsächlichen Katanas, aber ich vermisse das Gewicht einer echten Klinge.

»Eine Verletzung die Woche reicht.«

»Hast du um dich oder um mich Angst?«, frage ich mit herausforderndem Lächeln.

Auf seinen Lippen erscheint keins, Jarik scheint plötzlich in Gedanken vertieft. Schnell, als wollte er sie mit der Geste vertreiben, hebt er mir das Schwert entgegen.

»Dein Geist muss erst mal ausgepowert werden«, sagt er, »und ich finde, mit einem Kampf geht das besonders gut.«

»Und lass mich raten …« Ich reibe mir mit der freien Hand das Kinn, als würde ich nachdenken. »Du genießt das Publikum und willst es mir in deinem ersten Kampf nach deiner Pause so richtig zeigen?«

Wahrscheinlich will er es verhindern, aber ich erkenne, wie er für einen Wimpernschlag zu den anderen hinübersieht.

Dann strafft er seine Schultern.

»Konzentrier dich«, sagt er.

»Ich bin sehr konzentriert, aber du scheinst abgelenkt.«

Statt auf meine Bemerkung einzugehen, lässt er das Schwert sinken und kommt dann mit ausgestreckter Hand auf mich zu. Ich gehe ebenso ein paar Schritte, bis wir voreinander stehen und uns die Hand reichen. Als seine Finger meine berühren, durchfährt mich etwas, dass mich an einen Stromschlag erinnert. Nur sanfter.

Einige Sekunden verstreichen, in denen wir beide einen Schritt zurücktreten. Kein Geräusch ist in der Halle zu hören.

Diesmal bin ich es, die ihn zuerst angreift, anders als in der Hütte vor einigen Tagen. Jarik scheint jedoch nicht überrascht, denn er beginnt zu grinsen und wehrt den Schlag spielend ab. Als die Schwerter aufeinandertreffen, hallt ein hölzernes Echo durch den Raum. Ich hechte weiter auf ihn zu, ohne den Blickkontakt abzubrechen, taxiere ihn bei jedem einzelnen Schritt, doch er reagiert mühelos auf meine Angriffe.

Endlich wieder gegen ihn kämpfen zu können, löst einen Bienenschwarm in meinem Magen aus. Alles kribbelt. Plötzlich muss ich mich nicht zurückhalten wie bei Damien, muss das Feuer in mir nicht bändigen. Stattdessen stachelt Jarik es an, jedoch ohne unnötig Öl hineinzugießen. Er lässt es immer wieder aufflammen und treibt es an, damit es kontrolliert in die Luft stoben kann.

So auch jetzt.

Als er meinen fünften Schlag abwehrt, geht er schließlich zum Angriff über und hält sich nicht im Geringsten zurück. Seine Hiebe sind hart und schwer aufzufangen, aber ich genieße meine schmerzenden Muskeln, ich genieße den Brand in meiner Brust. Beides lenkt mich von allem anderen ab. Es gibt nur Jarik, mich und unseren Kampf.

Jetzt bin ich es, die ein Grinsen nicht zurückhält, und er erwidert es sofort. Er spürt das ebenso, er muss es auch spüren – obwohl wir erst zweimal miteinander gekämpft haben, steht uns nichts im Weg. Wir sind uns ebenbürtig. Als hätten sich plötzlich zwei perfekte Tanzpartner gefunden, ohne nach dem jeweils anderen gesucht zu haben.

Mit einem Ruck stößt er weiter auf mich zu, seiner Klinge kann ich gerade so ausweichen.

Wir halten unsere Holz-Katana weiterhin aufeinander gerichtet, umrunden uns nun jedoch wie zwei Tiger in einem viel zu kleinen Käfig. Schweiß läuft mir den Nacken hinab und auch auf Jariks Stirn glänzt es verräterisch. Sein Brustkorb hebt und senkt sich genauso schwer wie meiner.

»Schon ausgepowert?«, fragt er zwinkernd.

»Ich könnte ewig so weitermachen«, sage ich.

»Schade, dass ich das jetzt beenden muss ...«

Als er einen Schritt vorwärtsmacht, streckt er den Arm in die Länge, beugt sich dabei außerdem mit dem Oberkörper vor, als würde er fechten. Sein Schwert trifft hart auf meinen Griff, nur wenige Zentimeter von meinen Fingern entfernt. So überrascht über den Angriff, rutscht mir das Katana fast aus der Hand und ich bin einen Moment lang abgelenkt, was Jarik sofort nutzt.

Mit einem letzten Stoß schlägt er mein Katana beiseite, tritt einen weiteren halben Schritt auf mich zu, während ich ebendiesen zurückweiche. Blitzschnell schlingt er den

Arm um meinen Rücken, um so meinen Aufprall an der Wand hinter mir abzufedern.

Wir bleiben dicht voreinander stehen. Plötzlich ist er mir so nah, dass sein Atem meine Nase streift. Ich habe das Gefühl, seine Hand an meinem Rücken hinterlässt eine Brandspur auf meiner Haut, obwohl mein Shirt darüber liegt. Das Grinsen auf seinen Lippen weicht. Stattdessen lässt er seinen Blick quälend lange über meinen Mund gleiten.

Ich wünschte, er würde auch den in Brand setzen. Mit seinem.

»Meine Augen sind hier oben«, sage ich, weil er weiterhin meine Lippen fixiert. Es ärgert mich, dass meine Stimme so rau klingt, rede mir aber ein, dass es vom Kampf kommt.

Jarik hebt den Blick, sagt jedoch nichts. Die Art, mit der er mich mustert, lässt sich nicht deuten, zu viel steht in seinem Gesicht: Überheblichkeit, Verwirrung, Stolz, Verwundbarkeit – und Sehnsucht.

Obwohl mein Herz rasant schlägt, beuge ich mich so weit zu ihm vor, dass meine Lippen an seinem rechten Ohr liegen. Meine Finger lasse ich langsam an seinem linken Arm entlangwandern, mit dem er sein Katana hält. Auf seiner Haut breitet sich augenblicklich eine Gänsehaut aus und auf meiner ebenso.

»Tut mir leid«, sage ich.

»Was?«, flüstert er heiser.

»Dass ich dir vor den anderen eine Lektion erteile.«

Als ich die letzte Silbe ausgesprochen habe, bin ich an seiner Hand angelangt und reiße sein Katana an mich.

Ich ducke mich unter seinem Arm hinweg, den er nach mir ausstreckt, und als ich hinter ihm stehe, trete ich ihm in die Kniebeuge. Jarik fällt nach vorn auf ein Knie, stützt sich mit den Händen an der Wand ab, um nicht mit der Stirn dagegen zu knallen, und ich lege das Schwert zwischen seinen Schulterblättern ab. Vorsichtig dreht er den Kopf und sieht mich über seine Schulter hinweg an. Zu meiner Überraschung grinst er mir breit entgegen.

»Jarik: null«, sagt er. »Clara: zwei.«

KAPITEL 24

Clara

Ich dachte, es würde Jarik etwas ausmachen, dass ich ihn vor allen anderen geschlagen habe, doch wenn es das tut, lässt er sich nicht das Geringste davon anmerken. Stattdessen beenden wir den Kampf mit einem Händedruck und einer Verbeugung, bevor er die Schwerter an Bent und Ava weiterreicht.

»Schauen wir uns nicht die anderen Kämpfe an, um zu lernen?«, frage ich, als er mich in Richtung Tür führt.

»Keine Zeit«, sagt Jarik. »Falk will in einer Woche Fortschritte sehen.«

Bevor wir den Raum verlassen, werfe ich noch einen Blick über meine Schulter.

Ich bin überrascht, dass Ava mit Bent kämpft, beide wirken wie Feuer und Wasser. Die zwei haben bereits begonnen und Bent zeichnet sich durch seine unnachgiebigen Schläge aus. Zwar hält er das Katana zu fest umschlugen, sodass es hier und da verkrampft wirkt, dadurch ist es jedoch fast wie mit seiner Hand verwachsen und er kann seine Schläge voll auskosten.

Ava hingegen ist sein Gegenstück. Ihre Angriffe gleichen einem Tanz, ich bin erstaunt, dass sie den Hieben ihres Gegenübers so leicht ausweicht. Aber sie nutzt jede kleinste Unachtsamkeit und reagiert sofort darauf. Sie arbeitet mehr mit ihrem Geist als mit ihrem Körper.

Als ich aus der Tür trete, höre ich ihre Schwerter ein letztes Mal aufeinandertreffen.

»Bent und Ava kommen mir nicht wie die richtigen Trainingspartner füreinander vor«, sage ich zu Jarik, während wir zur Treppe laufen.

»Sind sie auch nicht«, erwidert er. »Die zwei kämpfen grundverschieden, aber genau deswegen können sie voneinander lernen. Wir wechseln unsere Trainingspartner regelmäßig, damit wir uns auf unterschiedliche Gegner einstellen können.«

Sofort denke ich an Damien und daran, wie das zwischen uns im Kampf nie funktioniert hat – aber wie ich das erst hier bemerkt habe, nach dem ersten Kampf mit Jarik. Wenn ich zurück in Potsdam bin, werde ich unserem Trainer vorschlagen, dass wir regelmäßig die Partner wechseln.

»Aber man hat seine Lieblingspartner, oder?«, frage ich.

»Ich lerne gern dazu, deswegen ist es mir egal«, sagt Jarik.

Doch sein Blick gleitet plötzlich in meine Richtung und verrät ihn. Als wir uns in die Augen sehen, schaut er sofort wieder geradeaus, strafft dann seine Schultern.

Ich weiß, dass er bemerkt, wie sehr wir im Kampf harmonieren. Da sitzt etwas in seiner und meiner Brust, das uns im Kampf verbindet. Vielleicht Schmerz, obwohl ich nicht weiß, worin seiner begründet liegt.

Den restlichen Weg reden wir nicht und ich realisiere erst, wohin Jarik mich führt, als wir genau darauf zusteuern: den Kirschbaum im Hof.

Außer uns ist niemand dort, selbst der angrenzende Speisesaal ist menschenleer. Lediglich einige Dohlen sitzen umliegend auf dem Dach und den Mauern des Tempels, doch selbst die geben kein Krächzen von sich. Nur der Wind huscht hier und da zwischen uns entlang, sonst ist alles still.

Erst jetzt bemerke ich die Sträucher und Büsche, die den Innenhof und damit auch den Kirschbaum zum Teil eingrenzen. Farbenfrohe Lilien wechseln sich mit Astern ab und bilden einen Kontrast zum satten Grün des Rasens sowie den pinken Kirschblüten.

»Ich dachte, wir haben keine Zeit für Pausen?«, frage ich.

Jarik setzt sich unter den Kirschbaum und lehnt sich mit dem Rücken gegen den Stamm. Er winkelt ein Bein an, legt den Unterarm auf seinem Knie ab. Ich setze mich neben ihn, strecke die Beine aus und falte meine Hände im Schoß zusammen.

»Das ist keine Pause«, sagt Jarik. »Das ist die nächste Übung. Seishin Teki Kyoyo«, spricht er beinahe ohne Akzent aus. »Es ist einer der wichtigsten Aspekte in unserer Ausbildung. Was hast du darüber gelernt?«

Einen Moment krame ich in meinen Erinnerungen, weil das Training zu Hause eher auf dem Körperlichen lag.

»Es gibt insgesamt sieben Aspekte«, sage ich. »Selbsterkenntnis, Wissen über die Natur, das Schicksal, das Herz, das Auge, Harmonie und ...«

Vorsichtig dreht mir Jarik den Kopf zu, als ich nichts mehr sage, doch er sieht mich nicht an, schaut stattdessen an mir vorbei in Richtung Mensa und fixiert dort einen leeren Punkt.

»Die Liebe«, beendet er. »Wir fangen mit dem Wissen über die Natur an. Schließ die Augen.«

Ich tue, was er sagt.

»Leg deine Hände neben dich auf den Boden«, weist Jarik mich leise an. Seine Stimme schwingt so sachte zu mir herüber, als hätte er sie mit einem Windhauch in meine Richtung geschickt. Wieder folge ich seinen Anweisungen.

»Was spürst du?«, fragt er.

»Baumwurzeln«, sage ich.

»Wie fühlen sie sich an?«

Mit den Handinnenflächen fahre ich vorsichtig neben meinen Beinen entlang und versuche, die Empfindungen in Worte zu fassen.

»Sie sind kühl vom Schatten«, sage ich. »An der Oberfläche kratzig und hart« – ich setze den Zeigefinger auf eine Einkerbung und fahre sie nach – »aber an einigen Stellen wie glattgeschliffen. Wie ... es fühlt sich nach Narben an, doch sie schwächen die Wurzeln nicht, sie geben ihnen Tiefe und stärken sie.«

Von Jarik ist kein Ton zu hören und als er mehrere Sekunden später noch immer nichts sagt, füge ich hinzu: »Das ergibt keinen Sinn, richtig? Sag es ruhig.«

»Doch, das ergibt Sinn.«

Ich öffne die Augen, weil seine Stimme so spröde klingt, allerdings hat er seine geschlossen, sitzt nun in derselben

Position da wie ich. Während ich mich ausgepowert und entspannt fühle, sieht er wieder nach Kopfschmerzen aus. Nicht nur das, er hat die Lippen aufeinandergepresst, als müsste er einen Schrei zurückhalten.

Da ist er: Der Schmerz, den ich nicht verstehe.

»Was hörst du?«, fragt er.

Erneut schließe ich die Augen, brauche jedoch kurz, um mich zu sammeln. Die Hände weiterhin auf der Wurzel, konzentriere ich mich diesmal auf die Geräusche um uns herum. Erst will ich den Wind benennen, der durch die Äste über uns huscht, doch das kommt mir zu einfach vor. Zu offensichtlich. Also lausche ich noch intensiver.

»Da ist ein Vogel auf einem Baum links von uns«, sage ich. »Ich höre seine Krallen.«

Als hätte er gehört, dass ich über ihn rede, gibt der Vogel – eine Dohle – ein Krächzen von sich. Ich vernehme einen Flügelschlag, dann einen weiteren.

»Er fliegt genau über uns.« Ohne die Augen zu öffnen, folge ich dem Flattern mit dem Kopf nach rechts, bis ich es schließlich verliere.

»Sehr gut«, lobt mich Jarik.

Ich lehne meinen Kopf gegen den Baumstamm hinter mir. Die Wurzel noch immer unter meinen Händen, den Wind in den Ohren, fühle ich mich zum ersten Mal wohl an diesem Ort.

Plötzlich schieben sich Jariks warme Finger auf meine. Bevor ich darüber nachdenken kann, warum mein Herzschlag dabei in die Höhe schießt, erkundigt sich Jarik: »Was fühlst du?«

Ich frage mich, ob er seine Augen noch immer geschlossen hält oder ob er mich gerade beobachtet. Meine Lider zumindest halte ich mit aller Macht geschlossen, doch mein Puls will sich nicht mehr beruhigen.

»Mein Herz«, gebe ich deswegen ehrlich zu.

»Ich auch«, sagt Jarik zu meiner Überraschung.

»Meins oder deins?«, frage ich, um meine Unsicherheit zu überdecken.

Jarik stößt ein leises Lachen aus. »Mein eigenes.«

»Warum bringst du es absichtlich in Aufruhr?«

Es gibt keinen Grund zu flüstern, doch ich tue es trotzdem, auch wenn er direkt neben mir sitzt und mich so oder so versteht.

»Um dich durcheinander zu bringen«, flüstert Jarik zurück.

»Du bist und bleibst ein Kotzbrocken.«

Jetzt lacht er laut auf und ich kann nicht anders, als es ihm gleich zu tun. Er hält weiterhin meine Hand.

»Was fühlst du noch?«, fragt er. »Konzentrier dich.«

Der Kloß in meinem Hals lässt sich erst beim zweiten Mal hinunterschlucken.

»Ich ...«

Doch es geht nicht, die Worte wollen keinen Satz bilden, der seinen Weg über meine Lippen findet.

»Was fühlst du, Mio?«

Es ist unmöglich. Ich werde nicht vor ihm zugeben, dass ich mir hier und jetzt, unter diesem Baum, mit ihm neben mir, plötzlich nicht mehr fehl am Platz vorkommen. Das ist nicht fair – nicht meiner Mutter, nicht Damien gegenüber.

Vor allem mein bester Freund war der Einzige, der mich in den letzten Monaten über Wasser gehalten hat. Ich will zurück zu ihm, zurück nach Potsdam, zurück nach Hause, auch wenn BWL-Justus dort wartet. Das hier ist nicht meine Heimat.

Beim Gedanken daran zieht sich mein Herz nun zusammen, statt weiterhin aufgeregt zu schlagen. Und ein leiser Satz rauscht durch meinen Kopf: *Das hier fühlt sich richtig an.*

Als Jarik meine Hand drückt, entziehe ich sie ihm und öffne die Augen. Keine zwei Sekunden später bin ich auf den Beinen, positioniere mich vor ihm und fange seinen Blick auf. Er sieht in aller Ruhe zu mir auf. Mit einem Mal scheinen wir die Rollen getauscht zu haben, denn während er tiefenentspannt wirkt, bin nun ich diejenige, hinter deren Stirn sich Kopfschmerzen ausbreiten.

»Ist die Lektion für heute beendet?«, frage ich.

»Du kannst sie jederzeit beenden«, antwortet Jarik. »Ich halte dich nicht fest.«

Also wende ich mich ab, um zurück zu meiner Unterkunft zu gehen.

»Aber Mio?« Jariks Stimme lässt mich stehen bleiben.

Mehrere Sekunden verstreichen, in denen ich mit mir selbst debattiere, ob ich mich zu ihm herumdrehen soll oder nicht. Als ich dem Drang nachgebe, sitzt er nicht mehr unter dem Kirschbaum, sondern ist nur drei Schritte von mir entfernt. Dass er Jahrgangsbester war, glaube ich ihm sofort. Er scheint alle Disziplinen perfekt zu beherrschen – lautlos zu sein, auf jeden Fall.

»Wenn du bei der Suche nach deinem Vater helfen willst«, sagt er, »musst du dich den Seishin-Lektionen stellen.«

»Ich dachte, Gefühle haben bei euren Aufträgen nichts zu suchen«, erinnere ich ihn an seine eigenen Worte.

»Stimmt«, erwidert er leichthin. »Du musst sie aber erst mal kennen, bevor du sie unter Kontrolle bekommst.«

»Ich habe meine Gefühle unter Kontrolle.«

Da ist keine Überheblichkeit in seinem Blick, als er hinzufügt: »Hast du nicht. Sie stehen dir viel zu oft mitten ins Gesicht geschrieben.« Er läuft auf mich zu, positioniert sich vor mir. »Ich hole dich morgen früh zur nächsten Lektion ab.«

Damit entfernt er sich von mir und ich sehe ihm nach, bis er aus dem Tempel verschwunden ist.

KAPITEL 25

Jarik

Ich warte nach dem Frühstück vor Claras Unterkunft. Schon von Weitem bemerkt sie mich und als sie schließlich nur noch wenige Meter entfernt ist, erkenne ich zum Glück nicht den verkniffenen Ausdruck von gestern auf ihrem Gesicht, als sie unsere Lektion vorzeitig beendet hat.

»Guten Morgen«, sage ich. »Bist du bereit für einen Ausflug in die Stadt?«

»Ich darf das Dorf verlassen?« In ihrer Stimme liegt Unglauben und Vorfreude gleichermaßen.

»Zumindest heute«, sage ich. »Falk hat zwar mit den Zähnen geknirscht und bis zum Abendessen sollen wir zurück sein, aber das wird für unser Vorhaben reichen.«

»Ist das die nächste Lektion?«, fragt Clara.

»Das kommt darauf an.«

»Worauf?«

»Ob du es als Lektion siehst oder ob du einfach mal hier rauswillst.«

Sie legt die Finger um den Türgriff ihrer Unterkunft. Für einen Moment glaube ich, sie verschwindet hinein und lässt mich hier stehen, so wie sie es gestern fast getan hätte, wenn ich sie nicht noch einmal angesprochen hätte.

Doch dann fragt sie mit einem Funkeln in den Augen: »Muss ich irgendwas Besonderes mitnehmen?«

Während ich die Zeit in Yamanashi genieße und kaum den Drang verspüre, das Dorf zu verlassen – nicht mal bis zur Waldgrenze – wirkt Clara mit jedem Meter, den wir hinter uns legen, befreiter. Auch wenn ich bemerke, dass sie immer wieder wie zufällig über ihre Schulter sieht, während ich den Jeep den Waldweg entlangbugsiere, am ›NO TRESPASSING‹-Schild vorbei und schließlich auf die Landstraße, auf der wir hergekommen sind. So als könnte sie sich doch nicht so leicht vom Dorf lösen, wie sie vorgibt.

»Das letzte Mal, als wir allein in einem Auto waren, hast du mir eine Nadel in den Oberarm gerammt«, sagt Clara nach einer Viertelstunde Fahrt.

Sie hat ihr Fenster heruntergelassen und den Arm daraus gestreckt, bewegt die Finger, als wollte sie den Wind einfangen, der darum und zum Teil ins Auto weht. Ihre Haare hat sie hinter die Ohren geklemmt, doch immer wieder tanzen ihr einige Strähnen durchs Gesicht. Als sie eine zurück an ihren Platz streicht, sieht sie zu mir herüber.

»Und du hast Angst, dass ich das jetzt noch mal tue?«, will ich wissen.

»Nein.«

Ich bin überrascht, wie schnell sie meine Frage verneint. Vielleicht hat sie bereits mehr Vertrauen in mich, als ich denke.

Mehr als ich verdiene sowieso.

»Ich habe mich nur gefragt, was danach passiert ist.«

»Nachdem das Schlafmittel endgültig gewirkt hat und du im Auto angefangen hast zu sabbern, meinst du?«

Einen Wimpernschlag lang funkelt sie mich an, bis sie zu grinsen beginnt und die Augen rollt.

»Das meine ich, ja.«

Ich biege an einer Kreuzung auf die nächste Landstraße. »Ich habe irgendwann deinen Sitz so weit zurückgeklappt, dass dein Kopf nicht die ganze Fahrt über nach vorne kippt – obwohl das lustig aussah.«

»Bitte lass die erniedrigenden Details aus.«

Jetzt bin ich derjenige, der grinst. »Am Flughafen hat Falk auf mich gewartet und ich habe dich ins Flugzeug getragen. Eine Hand in deinen Kniekehlen, die andere hinter deinem Rücken. Wie sich das für einen Shinobi-Gentleman gehört.«

»Ich hoffe, es sah so filmklischeemäßig aus, wie es sich anhört«, sagt sie.

»Nicht so richtig«, erwidere ich. »Du hast immer noch gesabbert und die filmklischeemäßige Szene versaut. Mein Part war natürlich absolut perfekt.«

»Natürlich«, sagt sie grinsend. »Ganz der Shinobi-Gentleman.«

»Ich tue, was ich kann.«

»Und was du musst, oder?«, fragt sie.

Während ich rechts abbiege und über meine Schulter sehe, werfe ich Clara einen flüchtigen Blick zu. Das Grinsen auf ihren Lippen ist verrutscht.

»Weil ich in der Gilde Anweisungen folge, die uns als Einheit zusammenhält?«, frage ich. Sie nickt. »Ein Pfeil bricht, zehn Pfeile nicht«, zitiere ich. »Als Ganzes ist man stärker als allein.«

»Sieht allerdings nicht so aus, als würdet ihr immer als Einheit agieren«, sagt sie. »Wenn ich mir Bent und dich ansehe zum Beispiel.«

»Wir können uns nicht leiden«, gebe ich offen zu. »Aber während unserer Aufträge lassen wir das beiseite. Da verfolgen wir ein Ziel.«

Clara zieht den Arm zurück ins Auto und wendet sich mir mit ihrem Körper ein Stück zu. »Was genau lernt ihr in eurer Ausbildung?«

»Das, was du jetzt im Schnelldurchlauf beigebracht bekommst«, sage ich. »Kampftraining, die Lektionen des Seishin, außerdem haben wir Japanisch- und Geschichtsunterricht.«

»Du sprichst also japanisch?«

»Omotta hodo yokunaikedo sukoshi«, antworte ich.

»Wehe, du hast mich gerade beleidigt, ohne dass ich es verstanden habe.«

»Ich spreche nicht so gut japanisch, wie ich gern würde, aber ein wenig«, übersetze ich.

»Geht es im Geschichtsunterricht nur um Fakten?«, erkundigt Clara sich dann.

»Die Geschichte besteht doch nur aus Fakten.«

Sie mustert mich aufmerksam. »Sie besteht aus den Fakten desjenigen, der sie euch beibringt.«

»Denkst du, die Gilde erzählt uns Lügen?«

Weder bejaht noch verneint sie die Frage. »Ich finde es nur sehr ... starr und strikt bei euch. Du hast gesagt, du hinterfragst auch Dinge«, erinnert sie mich. »Die Geschichte nicht?«

»Etwas zu hinterfragen, ist in der Gilde nicht verboten. Wir lernen in unserer Ausbildung nicht eisern nach Fakten auswendig.«

»Das beantwortet nicht meine Frage«, sagt Clara.

»Ich habe die Geschichte noch nicht hinterfragt, nein«, sage ich.

»Das heißt, es kommt dir nicht komisch vor, dass man die verfeindeten Ninjas verstoßen hat, weil sie frei sein wollten?«

Als sie diese Frage so ähnlich vor Kurzem bei den Meistern gestellt hat, erinnere ich mich daran, wie komisch sie mir vorkam. Wie neutral Clara – auch jetzt wieder – dabei klingt. Als würde sie mit dieser Frage nicht unsere Geschichte ergründen wollen, sondern sich nach dem Wetter erkundigen.

»Du hast die Meister gehört«, sage ich. »Die Shinobi waren nach dem großen Krieg geschwächt, sie konnten nur als Einheit überleben, sonst wären sie endgültig auseinandergebrochen. Die Ishikawa haben sich dem und damit den Shinobi widersetzt, den eigenen Brüdern und Schwestern«, füge ich mit Nachdruck hinzu. »Sie haben für ihr egoistisches Wohl das Auseinanderbrechen jahrelanger Traditionen und Einheit aufs Spiel gesetzt. Die Gilde konnte nicht zulassen, dass sie mit diesem Gedanken auch andere vergiften. Wir müssen zusammenstehen.«

Weil Clara Momente später noch immer nichts erwidert, schaue ich zu ihr herüber. Mittlerweile sieht sie auf die Straße. Ich hätte erwartet, dass ihr Gesichtsausdruck steinhart und voller Misstrauen ist, doch stattdessen liegt ihr Profil glatt wie ein See vor mir. Sie wirkt gedanklich ewig weit entfernt. Vielleicht hat sie verstanden, was ich mit meinen Worten sagen will. Vielleicht außerdem, dass sie uns vertrauen kann. Zumindest hoffe ich das – nicht nur für mich, sondern genauso für Falk und die gesamte Gilde. Misstrauen haben sie nicht verdient.

»Wenn du Dinge hinterfragst«, spricht sie plötzlich wieder, »hast du auch daran gedacht, wie ich mich fühle, wenn man mich betäubt und ich tausende Kilometer entfernt aufwache? In einem Land, das mir absolut fremd ist?«, fährt sie fort. »Ohne dass meine Mutter oder mein bester Freund mich vermissen, weil sie hypnotisiert wurden und denken, ich sei in London wegen eines Praktikums?«

Dass sie mir die Worte nicht wütend entgegenschleudert, sondern ruhig und sachlich bleibt, zeigt mir, dass sie den ersten Schock darüber vermutlich überwunden hat. Aber trotzdem bereitet es mir plötzlich ein schlechtes Gewissen, denn ehrlich gesagt habe ich nicht daran gedacht. Die Entschuldigung im Auto, bevor ich ihr die Nadel in den Oberarm gestochen habe, war für den Schmerz der Spritze, für den Schlaf danach – nicht aber für all das, was sie gerade aufgeführt hat.

Bin ich vielleicht doch bloß ein gefügiger Soldat?

»Es war zu deiner Sicherheit«, verteidige ich unsere Mission. »Wir können dich hier besser schützen.«

»Ich dachte, du würdest mich umbringen«, sagt sie ohne einen einzigen Funken Spaß in der Stimme. Ein Zittern liegt zwischen ihren Wörtern, sie schluckt hart. »Ich dachte, du verscharrst mich im Wald und ich sehe meine Mutter, meinen Vater und Damien nie wieder.«

Die Ampel vor uns, noch etwa zwanzig Meter entfernt, springt auf Rot, sodass ich gezwungen bin, anzuhalten. Obwohl ich nicht will. Lieber wäre es mir, ich könnte weiterfahren und hätte einen Grund, mich auf die Straße zu konzentrieren, statt zu Clara herüberzusehen.

»Es tut mir leid«, sage ich und diesmal meine ich nicht nur den Einstich der Spritze. »Das war nicht unsere Absicht. Ist es immer noch nicht. Du kannst der Gilde wirklich vertrauen.«

Nach dem letzten Satz wendet sie den Blick ab, raus aus der Frontscheibe. Mit ihren schmalen Fingern hält sie den Türgriff umklammert und trommelt federleicht mit Zeige- und Mittelfinger darauf.

»Das tue ich nicht.«

Zu meinem Erstaunen beginnt Clara mit einem Mal zu lächeln. Verstohlen lugt sie zu mir herüber, als würde ihr ein Geheimnis auf den Lippen liegen.

Schließlich spricht sie es aus: »Aber langsam gewöhne ich mich vielleicht an euch.«

KAPITEL 26

Jarik

Als ich den Jeep anderthalb Stunden später auf einem öffentlichen Parkplatz außerhalb der Innenstadt von Yokohama parke, begrüßt uns aus der Ferne das Cosmo Clock Riesenrad. Von hier sehe ich nur einige der Gondeln zwischen den Hochhäusern, aber die überdimensionale Digitaluhr in der Mitte der Attraktion habe ich vor einem Jahr aus der Nähe gesehen.

Allerdings ist das nicht das Ziel, das ich für Clara und mich ausgewählt habe.

»Ist das unser Plan für heute?«, fragt sie, als wir den Jeep verlassen. Mit einem Kopfnicken deutet sie auf die Skyline.

»Genau das.«

»Warum parken wir dann so weit weg?«

Ich öffne den Kofferraum, ziehe zwei Helme daraus hervor, von denen ich Clara einen hinhalte. Nur zögernd nimmt sie ihn an sich.

»In den Innenstädten ist es einfacher, sich ohne Auto zu bewegen«, sage ich, schließe den Kofferraum, sperre dann den Jeep ab und setze mich in Bewegung. Clara folgt mir. Schon gestern Abend habe ich Haruto gebeten, einen seiner Mitarbeiter herzuschicken, um Clara und mir einen fahrbaren Untersatz für den Tag zu bringen. Wir laufen nur einige Meter über den Parkplatz, da entdecke ich den Roller, gleich neben den Fahrradständern.

»Der ist nicht annähernd so neu wie der letzte, auf dem wir gesessen haben«, sagt Clara, als wir um das Ding herumgehen.

Sie betrachtet den abgeblätterten roten Lack, der beinahe wie ein Camouflagemuster wirkt, den angerosteten Auspuff, den Ledersitz, der kaum noch Leder aufweist.

Ich stelle mich ihr gegenüber auf die andere Seite des Rollers, stütze mich mit beiden Händen auf den Sitz und lehne mich zu ihr vor. Es gefällt mir, dass sie nicht zurückweicht, sondern meinem Blick standhält, eine Braue angehoben.

»Du kennst doch das Sprichwort«, sage ich.

»Einem geschenkten Gaul schaut man nicht ins Maul?«

»Making uralte Roller sexy again.«

Auf mein Zwinkern hin rollt sie mit den Augen, aber da ist der Anflug eines Lächelns auf ihren Lippen, ich sehe es genau, obwohl sie sich wegdreht.

»Solange das Ding fährt …«, sagt sie schulterzuckend, setzt ihren Helm auf und ich tue es ihr gleich.

Aus dem von Haruto nicht verschlossenen Fach im Sitz hole ich den Schlüssel, den er mir immer dort hinterlässt, und steige schließlich auf. Nur Sekunden später rückt Clara hinter mich. Während ich den Schlüssel ins Zündschloss stecke und den Roller anlasse, bemerke ich, wie Claras Hände nur zögerlich um meine Taille gleiten.

»Sitzt du bequem, Mio?«, frage ich mit einem Blick über die Schulter.

»Ist das eine Fangfrage und du willst mich nur wieder dazu bringen, irgendetwas über deine Bauchmuskeln zu sagen?«, erklingt Claras Stimme dumpf unter dem Helm.

»Hätte nichts dagegen.«

»Sie sind nicht so fest, wie du denkst.«

»Du bist zu gut zu mir.«

Bevor ich den Roller auf die Straße bugsiere, höre ich Clara auflachen.

Es dauert keine zehn Minuten, bis sich die Skyline nähert und wir schließlich die Innenstadt erreichen. Die Hochhäuser sind umrahmt von einzelnen Wolken, ansonsten ist der Himmel strahlendblau. Als ich vor zwei Jahren hier gewesen bin, hat es so sehr geschüttet, dass ich bis auf die Knochen nass geworden bin, und trotzdem habe ich die Stadt seitdem in bester Erinnerung. Es war das erste Mal, das ich aus Yamanashi rausgekommen bin. Nachdem ich mich tagelang in meiner Unterkunft verbarrikadiert hatte, gefangen in Erinnerungen, konnte ich hier abschalten, wenn auch nur für einige Stunden.

Ich fahre durch das Hafengebiet Minato Mirai 21, vorbei an der Yokohama Bay Bridge, während verspiegelte Hochhausfassaden und neonfarbene Reklametafeln unseren Weg säumen. Als wir den Vergnügungspark inmitten der Innenstadt samt Riesenrad passieren, lehnt sich Clara weiter an meinen Rücken. Ich halte an einer roten Ampel.

»Bitte sag nicht, dass die Lektion da oben stattfinden«, sagt sie und deutet mit einer Hand das Riesenrad hinauf.

»Hast du Höhenangst?«, frage ich.

»Bis jetzt nicht«, antwortet sie. »Aber wenn ich das Ding so sehe ...«

»Gut, dass ich nicht vorhabe, dich da reinzuschleppen.«

Die Ampel springt auf Grün und ich fahre weiter. Schließlich lasse ich das weitläufige Hafengebiet und die breiten Straße hinter mir und biege in eine Nebenstraße ab. Ich drossle das Tempo, weil die Straßen in schmale Gassen übergehen.

Die Häuser hier sind wesentlich kleiner als im äußeren Bezirk, beinahe wirkt es, als seien sie geschützt durch die Wolkenkratzer um sie herum. An jeder Ecke blinken Lichter, Lampions leuchten in rot, gelb oder orange, manchmal hängen buntblinkende Lichterketten über den Eingängen der Restaurants und Geschäfte. Hier und da rahmen Bonsaibäume den Weg. Alle Häuserfassaden wirken vollkommen unterschiedlich und doch stimmig. Auf einigen prangen Malereien von Drachen oder Kirschblüten, andere sind hochmodern verputzt. Während ich in Tokio immer das Gefühl habe, die Stadt besteht nur aus Moderne, ist Yokohamas Innenstadt auch traditionell.

In einer Gasse in der Nähe unseres Ziels parke ich den Roller zwischen einigen anderen. Erst als Clara abgestiegen ist, tue ich es ihr gleich. Meinen Helm verstaue ich im Sitz, ihren hänge ich an den Lenker.

Clara streicht sich die Haare glatt, bevor sie sie zu einem Pferdeschwanz bindet. Zum ersten Mal, seitdem wir sie nach Japan geholt haben, sieht sie nicht nach Kampf aus. Sie lächelt sogar leicht, während sie an einem Balkon über uns hinaufsieht, der mit einer Lampionlichterkette behangen ist.

»Hast du Hunger?«, frage ich sie.

Sie lässt den Blick sinken. »Ich habe leider keinen einzigen Cent dabei«, antwortet sie. »Mich hat jemand aus dem Nichts heraus nach Japan entführt und mir mein Portemonnaie abgenommen. Du müsstest zahlen.«

»Solange du nicht das teuerste Gericht auf der Karte nimmst.«

»Ich bin ziemlich hungrig ...« Sie reibt sich wie zur Demonstration ihrer Aussage den Bauch. »Es könnte auf Vorspeise, Hauptgericht und Nachspeise hinauslaufen.«

Wir setzen uns in Bewegung, raus aus der engen Gasse, rein in die mit Geschäften und Restaurants bespickten Nebenstraßen. Beim ersten Mal war ich mir sicher, mich zu verlaufen, so sehr haben die Straßen mich an ein Labyrinth erinnert. Aber mittlerweile war ich so oft hier, dass ich kaum noch in mein Handy sehen muss, um mich auf der Karte zu orientieren. Deswegen steuere ich auch zielsicher das Restaurant am Ende der Straße an. Es kam mir wie das einzig Richtige vor, als ich den Ausflug geplant habe. Immerhin hat Claras Vater mich damals dorthin gebracht.

Von außen hebt es sich nicht von den übrigen Restaurants ab. Das Innere umfasst höchstens zwanzig Quadratmeter und eine offene Küche, in der man zusehen kann, wie sein Essen zubereitet wird. Über dem Eingang des *Hinan* hängen mehrere japanische Schriftzeichen in eingeschweißtem Papier an einer Art Wäscheleine, die zusätzlich mit einer Lichterkette umwickelt ist. Links und rechts an der Häuserfassade baumelt je ein Lampion in der Größe einer Melone. Davor stehen zwei Tische und zum Glück ist einer davon frei.

Clara und ich nehmen gegenüber voneinander Platz. Die Akazienholztischplatte ist schmal, sodass unsere Arme sich fast berühren, während wir sie darauf stützen.

»Also …« Clara beugt sich ein Stück vor und grinst mir entgegen. »Was ist das teuerste Gericht hier?«

KAPITEL 27

Clara

Deutschland ist unfassbar laut. Dieser Gedanke verfolgt mich, seitdem wir in Yokohama angekommen sind. Zwar tönen an einigen Ecken Reklametafeln, aber ich habe das Gefühl, kaum jemand unterhält sich auf den Straßen. Trotz der vielen Leute ist die Stadt in Stille gehüllt. Auch im Restaurant nehme ich nur leise Stimmen aus dem Inneren wahr und manchmal einen Roller oder ein Auto irgendwo in den Gassen um uns herum.

Weil mein Vater in den letzten zehn Jahren zu viel arbeiten musste, haben wir es kaum in den Urlaub geschafft. Und wenn es doch so weit war, blieb er immer für Kollegen erreichbar. Seit fünf Jahren verreisen meine Mutter und ich ohne meinen Vater, weil er keine Zeit mehr für Urlaub hat.

Eigentlich haben sich unsere Urlaube nie nach Urlaub angefühlt, eher wie ein vorübergehender Umzug. Denn selbst wenn mein Vater sich Mühe gegeben hat, abzuschalten und Zeit mit mir und meiner Mutter zu verbringen, hatte er immerzu sein Handy in der Hand, in der Hosentasche, am Ohr.

Die Zeit, die er wirklich nur mit uns allein verbracht hat, kommt mir im Nachhinein lediglich wie wenige Minuten pro Tag vor.

Das hier jedoch – inmitten einer japanischen Großstadt zu sitzen, ohne Verpflichtungen im Hinterkopf und Sonne auf der Haut – fühlt sich zum ersten Mal seit Jahren wirklich wie Urlaub an. Für wenige Stunden will ich diesen Gedanken aufrecht halten und nicht daran denken, weswegen ich hier in Japan bin. Wer der Junge mir gegenüber ist. In was ich hineingeraten bin. Heute will ich nur das Gefühl genießen, frei zu sein.

»Ich habe mich vertan«, sage ich zu Jarik und schiebe meine leere Schüssel von mir, die gerade noch mit Dampfnudeln gefüllt war. »Nachtisch wird heute definitiv nichts mehr.«

»Gut für meinen Geldbeutel«, sagt er und grinst halb, wodurch sich an seiner Wange Grübchen abzeichnen. Mit der Spitze der Stäbchen in seiner Hand tippt er sachte in einem nur ihm bekannten Rhythmus auf die Tischplatte.

Auf dem Tisch vor uns stehen mehrere leere Teller. Jarik hat vor einer Dreiviertelstunde alles Mögliche bestellt und weil er es auf Japanisch getan hat, hatte ich keine Ahnung, was uns gebracht wurde. Schließlich gab es nicht nur eine Gemüsesuppe als Vorspeise, sondern auch Nudeln als Hauptspeise, gebratener Reis mit Rindfleisch und frittierte Reisrollen, gefüllt mit Thunfisch.

»Diese Art von Lektion gefällt mir«, sage ich.

»Habe ich mir gedacht«, erwidert Jarik.

»Nur dass es keine ist, oder? Das wäre zu einfach.«

»Doch«, sagt er. »Du hast vermutlich nur nicht gemerkt, was es mit der Lektion auf sich hat.«

»Und was?«

Er legt die Stäbchen auf eine der Schüsseln, überkreuzt die Unterarme auf dem Tisch und blickt mir in der Position entgegen.

»Wie du alles um dich herum musterst und betrachtest, als wärst du schon hier gewesen. Die Häuser, die Straßen, die Lichter, die Menschen ... Das kommt dir bekannt vor, oder?«

»Ich betrachte es, weil ich noch nie hier war«, sage ich, obwohl mir der Satz sofort falsch erscheint. »Nicht, weil es mir bekannt vorkommt.«

Jarik lächelt lediglich bei der Bemerkung und fährt fort: »Wie du deine Stäbchen hältst – wie ein Profi.«

»Glaubst du, ich habe noch nie im Leben mit Stäbchen gegessen?«, halte ich dagegen.

»Wie du dich der Stadt anpasst und leise bist«, ignoriert er meine Frage. Die letzten drei Worte flüstert er, dann setzt er lauter hinzu: »Du spürst die Verbindung ganz genau, das steht in jedem Zentimeter deines Gesichts.«

»Wie meinst du das?«, frage ich.

»Die Verbindung zu Japan«, sagt Jarik wie selbstverständlich. »Lektion drei im Seishin: Schicksal. Wer willst du sein? Welche Verbindungen spürst du?«

Einen Moment zurückgeworfen von seiner Erklärung, sehe ich ihn lediglich an. Hat er mir deswegen beim Essen immer wieder einen Blick zugeworfen und verschwörerisch gelächelt? Hat er deshalb gelobt, wie geübt ich mit Stäbchen esse, obwohl das für mich fast alltäglich ist, weil mein Vater die japanische Kultur in allen möglichen Bereichen zu uns nach Hause geholt hat? Weil ich mit Damien so oft japanisch essen war, dass er mittlerweile die Augen verdreht und sagt, dass mir das Essen langsam zum Hals raushängen müsste?

»Veit hat dich nicht nur zum Kampfsport gebracht«, sagt Jarik. »Er hat dich auch auf das hier vorbereitet. Deswegen spürst du die Verbindung.«

Ebenso zu dir?, will ich am liebsten fragen. Ist es das, was mich an Jarik anzieht, oder spielen mir meine eigenen Gefühle einfach einen Streich?

»Wie kann man von Schicksal reden, wenn mein Vater mich unbewusst zu dieser Verbindung gedrängt hat?«

»Er hat dir nur einen Schubs gegeben«, sagt Jarik. »In die richtige Richtung bist du schließlich selbst gelaufen. Du hättest mit dem Kampfsport aufhören können – hast du aber nicht. Irgendetwas daran zieht dich an.«

»War das bei dir auch so?«, will ich wissen.

»Ich hatte andere Absichten, herzukommen.« Plötzlich wirkt seine Stimme abweisend. »Aber als Veit und Falk mich hergebracht haben, habe ich die Verbindung gespürt, ja.«

»Mein Vater hat dich hergebracht?«

Jarik nickt nur, als wollte er das Thema nicht weiter besprechen. Schließlich sagt er: »Du kannst die Verbindung annehmen oder dich dagegen wehren. Aber Letzteres wird dich nur unglücklich machen.«

»Wieso sollte mein Vater mich auf all das hier unbewusst vorbereitet haben«, sage ich, »und mich gleichzeitig so im Dunkeln tappen lassen?«

»Er wollte dir von der Gilde erzählen«, sagt Jarik.

»Woher weißt du das?«

»Er hat es selbst gesagt. Als er zum letzten Mal vor einem Jahr in Japan war, hat er es Falk gegenüber angedeutet. Aber kurz nachdem er wieder in Deutschland war, wurde er entführt.«

In Jariks Gesicht steht kein Anzeichen einer Lüge und trotzdem kann ich ihm nicht glauben. Mein Vater war immer für mich da, er hat mir bei allem zur Seite gestanden, nie meine Entscheidungen angezweifelt, mich nicht gedrängt, mich laufen lassen und mich in die Arme geschlossen, wenn ich mich *ver*laufen habe.

Niemals hätte er mir diese fremde Welt vorenthalten.

Niemals hätte er mich jahrelang belogen.

Oder will ich das nur glauben?

»Warum hat er mir nicht früher Bescheid gegeben?«, frage ich Jarik. »Er hätte Jahre gehabt, um mir von der Gilde zu erzählen.«

»Ich glaube, er hatte Angst um dich«, sagt er. »Die Gilde wollte dich schon viel früher einweihen, aber Veit hat sich nicht nur einmal gegen sie aufgelehnt, weil er es selbst tun wollte. Er wollte nicht, dass es jemand Fremdes macht.«

»Vielleicht wusste er etwas, das die Gilde nicht wusste, und er hat mir die Informationen darum vorenthalten«, überlege ich laut. »Vielleicht hatte er deswegen Angst. Weil er geahnt hat, dass jemand hinter ihm her ist und ihn entführen könnte.«

Jariks Brauen schieben sich zusammen. »Das kann nicht sein.«

»Wieso sollte er sonst Angst gehabt haben?«

»Das ist nur meine Vermutung, nichts weiter.«

»Und trotzdem hast du sie laut ausgesprochen.«

»Er hätte die Gilde darüber unterrichtet«, sagt Jarik streng. »Wenn er gewusst hätte, dass euer Leben in Gefahr ist, hätte er sofort gehandelt und nicht geschwiegen. Niemand hätte dich und ihn besser schützen können als die Gilde.«

Plötzlich kommt mir noch ein anderer Gedanke, aber einen Augenblick zögere ich, weil ich nicht weiß, ob ich ihn Jarik anvertrauen kann. Doch ich denke daran, wie er mich in der Mensa vor Bent verteidigt hat, wie er meine Wunde versorgt hat, wie er mit mir trainiert hat und wie er mir mein Handy und mein Katana zurückgebracht hat. Ohne eine Gegenleistung dafür zu erwarten. Auch wenn Jarik sich Mühe gibt, den Kotzbrocken zu mimen, trägt er am meisten dazu bei, dass sich diese fremde Welt nicht ganz so fremd anfühlt.

»Du hast gesagt, Hinterfragen ist berechtigt«, sage ich vorsichtig. »Und du hinterfragst einige Dinge, richtig?«

Nur zögerlich nickt er, aber das gibt mir schließlich den Anlass dazu, weiterzusprechen.

»Also was ist«, sage ich, »wenn mein Vater einen Verräter in den eigenen Reihen vermutet hat und deswegen niemanden in der Gilde unterrichtet hat?«

KAPITEL 28

Jarik

»Ich weiß, du traust der Gilde nicht«, sage ich. »Aber diese Anschuldigungen sind extrem weit hergeholt. Du redest von Dingen, von denen du keine Ahnung hast.«

Claras Finger, die sie um ihr Glas geschlungen hält, verkrampfen, sie funkelt mich wütend an.

»Das ist eure eigene Schuld, wenn ihr mich in nichts einweiht, sondern mich wie meinen Vater im Dunkeln tappen lasst«, sagt sie. »Mag sein, dass das für euch funktioniert, weil ihr trainiert wurdet, gefügige Soldaten zu sein – aber normale Menschen hätten gern Antworten, damit sie sich nichts zusammenspinnen müssen.«

Sie lehnt sich in ihrem Stuhl zurück, hält das Glas jedoch weiterhin umklammert. Doch nun sieht sie stur an mir vorbei, schweigt eisern. Die Stille ist in den letzten zwei Jahren zu einem Freund von mir geworden, aber die zwischen uns ertrage ich nicht. Ich weiß selbst nicht, wieso. Vielleicht weil Clara recht hat und es unfair ist, sie nicht über alles zu informieren, was sie betrifft.

Falks Stimme drückt sich in meinen Kopf. Eigentlich dürfte ich ihr nichts sagen, es ist nicht meine Aufgabe. Ich bin bloß ein gefügiger Soldat und in den letzten zwei Jahren habe ich mich in dieser Rolle wohlgefühlt.

Aber urplötzlich habe ich das Bedürfnis, sie abzulegen.

»Frag.«

Claras Augen huschen sofort in meine Richtung, als ich sie auffordere, mir Fragen zu stellen.

»Aber das muss zwischen uns bleiben«, setze ich hinzu. »Ich bin nicht befugt, dir irgendwas zu erzählen. Gefügiger Soldat und so.«

Sie verzieht den Mund. »Tut mir leid, ich wollte dich nicht beleidigen damit. Ab heute nur noch Kotzbrocken.«

Als sie entschuldigend zu lächeln beginnt, habe ich den Soldat-Kommentar schon vergessen.

»Also«, sage ich. »Was willst du wissen?«

Clara zögert nicht einen Moment, sondern fragt: »Warum wollen die Abtrünnigen mich?« Sie zeichnet mit ihrem Zeigefinger Linien auf dem beschlagenen Glas.

»Sie wollen dich für deinen Vater«, sage ich.

»Aber wieso?«

Mit der Hand fahre ich mir über das Gesicht, kann dabei ein Seufzen nicht zurückhalten. Ausgerechnet das fragt sie. Von allen Dingen ist es diese Frage, die nicht mal Falk ihr beantworten darf, weil nur die Meister sie darüber unterrichten dürften. Und die haben es noch nicht getan, weswegen ich davon ausgehe, dass sie glauben, Clara ist nicht bereit für die Antwort.

»Ich setze mich mit der Antwort über die Meister hinweg«, sage ich ehrlich. »Eigentlich bin ich nicht befugt, dir das zu beantworten. Wenn es jemand erfährt ...«

»Was ist, wenn ich es nur von dir hören will?« Sie sieht mir genau in die Augen, blinzelt nicht. »Weil ich niemandem hier sonst vertraue?«

Sie hat es gesagt – sie vertraut mir.

Innerlich müsste ich über diese Tatsache jubeln. Ich habe sie so weit. Das ist der Grundstein. Sie hängt wie ein Fisch an meinem Haken und ich muss sie nur noch zu mir ziehen.

Aber warum breitet sich in meinem Magen nur das Gefühl von einem Knoten aus?

»Kein Wort zu niemandem, dass wir je darüber gesprochen haben«, warne ich. »Nicht zu Falk, nicht zu den Meistern – zu absolut niemandem.«

Sie hebt die Finger an den Mund und verschließt ihn mit einem unsichtbaren Schlüssel, den sie dann über ihre Schulter wirft.

»Ist dir an den Meistern irgendetwas aufgefallen?«, frage ich.

Clara legt den Kopf etwas schief, schüttelt ihn dann. »Außer dass sie alle hart wie Stein wirken, meinst du? Wobei das auch die Eigenschaft der Geschwister und der Fuma zu sein scheint.«

»In der Hinsicht bist du uns ja nicht besonders fremd.«

»Das Kompliment gebe ich zurück«, kontert sie.

»Aber«, fahre ich fort, »was unterscheidet dich von ihnen? Etwas ziemlich Offensichtliches. Etwas Äußerliches.«

Den Blick an mir vorbei richtend, mustert sie die Häuserfassade rechts von uns, als würde sie die zarten Ornamente mit den japanischen Schriftzeichen dazwischen analysieren. Es vergeht mindestens eine Minute, in der Clara in Gedanken versunken ist, fast höre ich, wie laut sie rattern. Bis sich plötzlich ihre Augen weiten. Ich erwarte, dass sie mit einem Ruck zu mir herübersieht, doch ihr Blick findet meinen nur zögerlich.

»Das Amt der Meister wird über Verwandtschaft übertragen?«, fragt sie wie vor einigen Tagen.

Ich nicke.

»Das macht mich zur Nachfolgerin meines Vaters«, spricht sie weiter.

Wieder nicke ich.

»Nachfolger*in*«, betont sie. »Die Meister der Gilde sind alle männlich – richtig?«

Ein letztes Mal nicke ich.

»Aber was kümmert es irgendwelche abtrünnigen Ninjas, ob eine Frau Meisterin wird?«, fragt Clara. »Sie sind offiziell nicht mal mehr Teil der Gilde, sondern wurden verstoßen. Welchen Grund haben sie dann, mich auszuschalten?«

»Das ist nicht alles«, erkläre ich. »Die Legende der Shinobi besagt, dass eine Schriftrolle angefertigt wurde. Sie beinhaltet eine Prophezeiung – unseren weiteren Weg als Gilde sozusagen. Sie wurde vom damals ranghöchsten ersten Meister aufbewahrt, nur er kannte ihren Inhalt. Allerdings ist sie gestohlen worden, vermutlich von den Vorfahren der heutigen Abtrünnigen. Nur wenige Details sind durch mündliche Überlieferungen noch bekannt.«

»Zum Beispiel?«, fragt Clara.

»*Am Tag der ersten Knospe des immerblühenden Kirschbaums wird die Erste geboren*«, zitiere ich. »*Sie wird der Anfang und das*

Ende sein. Das Neue und das Alte. Durch sie weicht das Unrecht. Durch sie wächst der Zusammenhalt.«

»Der Kirschbaum im Hof«, sagt Clara. »Ist das der immerblühende Kirschbaum? Steht er deswegen im Moment in voller Blüte?«

»Ja. Er hat vor achtzehn Jahren das erste Mal geblüht«, sage ich. Mir ist, als hätte Clara längst verstanden, was ich sagen will, doch ich spreche es noch einmal laut aus: »Er hat das erste Mal geblüht, als du geboren wurdest.«

Wir sehen einander lange an. In ihrem Gesicht stehen zig Fragen, während sich in meiner Brust Erleichterung breitmacht, ihr von all dem erzählt zu haben.

»Das kann nicht sein«, sagt sie mit einem Mal. »Das ist eine Verwechslung, ich kann keine Prophezeiung erfüllen. Das ist viel zu groß.«

»Zwölfter Mai 2003, zehn Uhr zwei«, zähle ich ihr Geburtsdatum auf. »Der Kirschbaum hat zu exakt derselben Zeit seine erste Knospe getragen. Die Prophezeiung stimmt.«

»Okay«, sagt sie hastig. Sie knetet ihre Finger ineinander. »Nehmen wir an, sie stimmt ... Deswegen wollen sie mich für meinen Vater? Weil ich *das Neue und das Alte* bin und weil meinetwegen das Unrecht weicht? Damit sind die Abtrünnigen gemeint?«

Ich nicke. »Im Moment sind sie extrem geschwächt«, sage ich. »Hier und da agieren sie im Untergrund, aber nie besonders erfolgreich. Sie auszulöschen, wie die Schrift es sagt, wäre leicht. Sie haben Angst um ihre Macht, deswegen wollen sie dich gegen deinen Vater. Sie wollen mit dir die Prophezeiung brechen.«

»Wie genau soll das gehen? Ist so eine Prophezeiung nicht festgesetzt? Sowas wie Schicksal?«

»Das ist das Problem«, sage ich. »Weil die Schrift gestohlen wurde, wissen wir nicht, was sie noch besagt. Nur diejenigen, die sie gestohlen haben, wissen mehr. Wir Geschwister werden seit Jahren auf Einsätze geschickt, um etwas darüber herauszufinden.«

»Bis jetzt ohne Erfolg?«, rät Clara.

»Leider«, sage ich. »Angeblich gibt es eine Kopie der Schrift, aber auch die wurde bis heute nicht gefunden.«

Clara stiert in ihr Glas, in dem sich noch ein Schluck Wasser befindet.

»Lektion drei: Wer will ich sein?«, fragt sie wie zu sich selbst. Plötzlich sieht sie zu mir, ohne jedoch den Kopf anzuheben. Ihre Augen mustern mich von unten. »Kann die Antwort auch ›Ich habe keine Ahnung‹ sein oder ist das nicht erlaubt?«, fragt sie mit einem schiefen Lächeln, das ihre Augen nicht erreicht.

»Manchmal dauert es einfach länger, das herauszufinden«, beruhige ich sie.

»Wie lange hat es bei dir gedauert?«

Ich wusste es von Anfang an, als ich zum ersten Mal die Gerüchte über gelöschte Erinnerungen gehört habe: Ich will nicht ich selbst sein.

Niemals mehr.

Doch das spreche ich vor Clara nicht aus.

»Natürlich habe ich es sofort rausgefunden«, überspiele ich die dunklen Gedanken mit einem überheblichen Grinsen. »Ich war immerhin Jahrgangsbester.«

Zwar kann ich Clara mit der Bemerkung ein zaghaftes Lächeln abringen, aber als ich bezahle und wir uns auf den Weg zum Roller machen und die Stadt schließlich verlassen, spricht sie kein einziges Wort. Auch im Jeep breitet sich Schweigen zwischen uns aus, das ich nicht versuche, zu durchbrechen.

Erst als wir Yamanashi wieder erreichen, tut Clara es, als sie Falk sieht, der auf dem Parkplatz wartet. Fast so, als hätte er erwartet, dass ich zu spät komme. Aber ich bin zehn Minuten früher dran als ausgemacht.

»Er ist wie ein Wachhund, oder?«, fragt Clara.

»Manchmal sogar schlimmer«, sage ich.

Ich parke den Jeep.

»Wie war euer Ausflug?«, fragt Falk, während wir aus dem Wagen steigen und auf ihn zulaufen.

»Wir haben dir kein Souvenir mitgebracht, falls du das dachtest«, sage ich, woraufhin Falk tatsächlich lächelt.

Er mustert Clara. »Wie hat dir Yokohama gefallen?«

»An das Essen dort könnte ich mich gewöhnen«, sagt sie mit einem Seitenblick auf mich.

Falk nickt, setzt sich in Bewegung und wir folgen ihm. »Ich hoffe, der Ausflug war darüber hinaus auch erfolgreich.«

»Sehr«, sagt Clara und wirft mir hinter Falks Rücken ein Lächeln zu. Stumm formt sie mit ihren Lippen zusätzlich ein Wort: *Danke*.

Während Falk uns an der Abzweigung vom Tempel und der Unterkünfte verlässt, sehe ich Clara nach, wie sie ihre betritt, erst dann gehe ich in meine. Normalerweise bin ich nach einem Tag mit anderen froh, abschalten zu können – doch plötzlich fehlt etwas, als ich das große Zimmer betrete.

Oder jemand.

Ich streife mir das Shirt über den Kopf, um sofort duschen zu gehen, will das Kleidungsstück aufs Bett werfen, da sticht mir etwas ins Auge.

Auf dem Kissen liegt ein Umschlag mit der Adresse des Dorfs und meinem Namen darauf. Mein Herz schlägt wie wild um sich, weil mir sofort klar ist, von wem der Umschlag ist. Sie sind die Einzigen, von denen ich Post bekomme.

Als sei das Kuvert vergiftet, greife ich mit Zeigefinger und Daumen nach der rechten Ecke und schaffe es erst nach mehreren Momenten, ihn zu öffnen. Heraus ziehe ich eine Postkarte. Auf der Vorderseite ist die Skyline Tokios bei Nacht zu sehen, etliche Neonfarben strahlen mir entgegen. Aus einem Reflex drehe ich die Karte sofort herum, als wüsste ich genau, dass darauf etwas geschrieben steht.

Erinnerungen gegen Kirschblütenmädchen. Dienstag. Shibuya Kreuzung.

Darunter das Zeichen der Ishikawa.

Mehr muss nicht darauf stehen, ich weiß, was es bedeutet: Das ist er, der Tag, an denen ich ihnen Clara liefern soll. Am Dienstag ist unser Auftrag in Tokio.

Sie gegen meine Erinnerungen. Das war der Deal, den ich mit den Abtrünnigen eingegangen bin, kurz nachdem Veit verschwunden ist. Kurz nachdem ich Falk einige Male darüber habe reden hören, Clara nach Japan zu holen. Es war meine Chance. *Sie* war meine Chance.

Und ich kann mir das nicht wegnehmen lassen.

KAPITEL 29

Clara

Eigentlich dachte ich, Jarik und ich würden mit den Seishin-Lektionen weitermachen, doch stattdessen nimmt er mich nach dem Mittagessen mit in den oberen Bereich des Tempels. Schon beim Essen hat er nicht begeistert ausgesehen, dass ich mich zu ihm gesetzt habe, selbst wenn er nichts weiter dazu gesagt hat. Musste er auch nicht – der Blick, als hätte ich vergessen, Deo aufzutragen, als ich mich ihm gegenüber niedergelassen habe, hat ausgereicht. Der hat mir sehr gut das Gefühl gegeben, das sich nun nur noch mehr verstärkt: Als hätte ich ihn verärgert. Allerdings weiß ich nicht, womit. Plötzlich wirkt er wieder wie der Jarik, den ich vor Wochen an Rikus Wagen habe lehnen sehen: Roboter-Jarik, der sich keinerlei Emotionen im Gesicht ablesen lässt.

Nach dem Essen führt er mich auf die gegenüberliegende Seite des Kampfsaals. Der Raum ist nur halb so groß, oder es kommt mir lediglich so vor, weil er ein Labyrinth ist. Etliche Wände wurden in allen möglichen Höhen und in allen erdenklichen Schräglagen in den Raum gebaut. Ausnahmslos alles, was ich von der Tür aus sehen kann, ist schwarz gestrichen, was es noch schwerer macht, die Wände zu überblicken.

Links von mir befindet sich eine, die mich an eine Dachschräge erinnert. Als ich nähertrete, erkenne ich, dass sie mit einer Art Gummiunterlage versehen ist. Die Wand dahinter ist mindestens zwei Meter hoch und bespickt mit Klettergriffen, ebenso in schwarz gestrichen. Zwischen dieser Wand und der nächsten in derselben Höhe ist ein Netz aus dickem Seil gespannt. Rechts von mir erstreckt sich zudem eine schmale Treppe, die auf eine Plattform führt. Aber ich sehe nicht, was dahinter in der Tiefe ist.

Auf Jariks Räuspern hin drehe ich mich zu ihm herum, gerade, als die Tür hinter uns ins Schloss fällt. Mit einer langsamen Bewegung zieht er etwas aus seiner Hosentasche, das aussieht wie eine Krawatte.

In dem Moment, als er unverschämt zu grinsen beginnt, realisiere ich, dass es keine ist.

»Nicht mit mir«, sage ich. »Ich lasse mir nicht die Augen verbinden, um diesen Parkour zu machen. Das ist lebensmüde.«

Wortlos tritt er auf mich zu, sodass wir nur einen halben Meter voneinander entfernt stehen. Er befeuchtet seine Lippen und deutet dann mit dem Zeigefinger seiner freien Hand eine Pirouette an. Doch den Gefallen, mich herumzudrehen, tue ich ihm nicht.

»Welche Lektion ist das?«, frage ich. »Die, die es gar nicht gibt, weil du nur Spaß daran hast, mich zu quälen?«

»Das Auge«, sagt Jarik.

»Das ist ein Witz, oder? Du willst mir für die Lektion, Dinge als Ganzes wahrzunehmen, die Augen verbinden und mich über Wände klettern lassen?«

»Im Grunde sind es sogar zwei Lektionen.«

Dass sein Grinsen zurück auf seine Lippen kehrt, gefällt mir überhaupt nicht.

»Du musst nämlich auf meine Anweisungen hören, während ich dich durch den Parkour führe.«

»Gibt es eine achte Lektion, namens Kotzbrocken-Führung?«

»Harmonie«, sagt er, doch sein Mundwinkel zuckt verräterisch bei meiner Bemerkung. »Du musst mir vertrauen, wir sind hier eine Einheit. So wie bei den Aufträgen.«

»Das heißt«, sage ich, »dass ich dir später auch die Augen verbinden darf?«

»Im Gegensatz zu dir bin ich bereits ausgelernt.«

Sein süffisantes Grinsen hätte ich ihm am liebsten aus dem Gesicht gewischt, wenn er es im nächsten Moment nicht selbst getan hätte.

»Je länger du diskutierst, umso länger dauert das hier«, sagt er. »Ich habe heute nicht ewig Zeit.«

Da ist er wieder, der Roboter.

»Die Lektion zum Herz kannst du unmöglich übernehmen, ich glaube, du hast keins«, rutscht es mir heraus.

Jariks Augen werden trüb, als hätte ich ihm ein Schwert in die Brust gestoßen und würde ihm dabei zusehen, wie er langsam das Bewusstsein verliert. Doch nur einen Wimpernschlag später ist der Moment schon vorbei, er blinzelt, hebt das Kinn wie aus Trotz.

»Rede nicht schlecht von Dingen, die dich selbst betreffen«, sagt er. »Dein Herz wirkt nicht gerade wie rosarote Zuckerwatte und du bist auch noch stolz drauf, so zu tun, als sei es aus Stein.«

Mein Mund wird trocken.

Er hat das Schwert an sich gerissen und es mir in die Brust gestoßen. Es kann nicht aus Stein sein. Mein Herz ist alles andere als aus Stein, wenn seine Worte mich mitten hinein treffen.

Erneut deutet er mit dem Zeigefinger eine Drehung an, ohne den Blick von mir zu nehmen, und diesmal kehre ich ihm den Rücken zu. Als er das Tuch über meine Augen gleiten lässt und hinter meinem Kopf zusammenbindet, habe ich das Gefühl, er berührt mich nicht mehr, als er muss. Bis sich seine Hände auf meine Schultern legen und ich mit einem Mal seinen Atem an meinem Ohr spüre. Auf meinen Unterarmen breitet sich eine Gänsehaut aus.

»Ab jetzt sind wir eine Einheit«, raunt er. »Schieb alles andere beiseite.«

Vorsichtig bugsiert er mich mehrere Schritte vorwärts, bis meine Schuhspitzen gegen ein Hindernis stoßen. Jariks Hände gleiten von meinen Schultern und unerwartet höre ich seine Schritte, die sich von mir entfernen.

»Du bleibst nicht mal in meiner Nähe?«, frage ich fassungslos. »Was ist, wenn ich stolpere?«

Keine Antwort. Überhaupt höre ich kein einziges Geräusch um mich herum.

»Jarik!«

»Clara!«

Ich zucke zusammen, bin aber froh, dass seine Stimme nicht allzu weit entfernt klingt. Wahrscheinlich steht er doch nur wenige Meter neben mir. Er wird nicht zulassen, dass ich mich verletze – oder aus zwei Metern von einem Netz in die Tiefe falle. Richtig?

»Streck die Hände aus«, sagt Jarik.

Ich tue es und erwarte, dass wir an der Schräge mit dem gummiartigen Überzug stehen, doch stattdessen fühle ich Holz. Zögernd umklammere ich die Stange und gehe einen Schritt nach links, weil ich eine Ahnung habe, was sich vor mir befindet.

»Ist das eine Turnstange?«, frage ich.

»Sehr gut«, sagt Jarik. »Dreh dich um dreißig Grad nach links, beug dich nach vorn, dann drei Schritte nach rechts. Und Vorsicht, da ist ein Gestell in der Mitte. Keine ruckartigen Bewegungen.«

Es klingt so einfach, aber nichts sehen zu können, treibt meinen Puls in die Höhe. Da ist nur Schwärze um mich herum und ich will weder über etwas stolpern und mir das Genick brechen, noch will ich mit dem Kopf gegen die Turnstange schlagen, sodass Jarik mich damit aufziehen kann.

Also konzentriere ich mich und versuche, mir ein Bild zu machen, was mich erwartet.

»Wie hoch hängt die Stange?«, frage ich.

»Sie reicht dir bis zu den Schultern«, antwortet Jarik.

»Ist es nur eine?«

»Nur eine, ja.«

Dann muss ich mich nur ein Stück vorbeugen und nicht darauf achten, eine zweite Stange zu passieren und mich dafür eventuell noch weiter vorzubeugen, um mir keine Beule einzuhandeln.

Mit dem rechten Fuß teste ich mich einen müh an die Stange und tatsächlich, nur wenige Sekunden später ist da ein Widerstand. Das Gestell, über das ich definitiv nicht stolpern will.

Ich beuge mich wie bei einer Verneigung vor und setze mich in Bewegung. Drei Schritte hat Jarik gesagt. Der erste ist der schwerste, weil ich auf die Stange warte, die mich am Kopf trifft. Doch als ich den Schritt gemacht und nichts gespürt habe, wage ich den zweiten und schließlich den dritten, noch immer in der Verbeugung. Vorsichtig richte ich mich wieder auf und hätte beinahe einen Seufzer der Erleichterung ausgestoßen, weil ich mir nicht den Kopf angeschlagen habe. Doch die Genugtuung will ich Jarik nicht geben.

»Vier Schritte geradeaus«, höre ich seine Stimme. Er muss unmittelbar neben mir stehen, so nah ist sie.

Folgsam gehe ich die vier Schritte.

»Flach auf den Boden legen.«

»Auf keinen Fall.«

»Eine Einheit, schon vergessen?«

»Wenn wir eine Einheit sind, warum muss ich mich lächerlich machen und du nicht?«, frage ich.

»Flach auf den Boden«, wiederholt er und geht meiner Frage damit aus dem Weg.

Zähneknirschend folge ich seiner Anweisung, die Hände links und rechts neben meinen Kopf gestützt, während ich den glatten Hallenboden unter mir spüre. Als ich Schritte wahrnehme, halte ich die Luft an. Jarik muss genau hinter mir stehen, aber auch wenn er sich Mühe gibt, lautlos zu sein, ich höre ihn. Blitzschnell robbe ich ein Stück zurück, strecke den Fuß aus und -

»Scheiße!«, flucht er, als ich seinen Knöchel mit meinem Fuß erwische. Seine Schritte verraten mir, dass er zurückstolpert.

»Ich glaube, ich kriege es langsam hin, das große Ganze zu sehen«, sage ich.

»Arme nach vorne!«, ertönt Jariks Stimme, diesmal fordernder, wodurch ich mir ein Grinsen verkneife. »In einem halben Meter durch den Tunnel.«

»Du genießt das mehr, als du solltest, kann das sein?«

Als er nicht antwortet, taste ich mich mit den Händen voran, erst links, dann rechts und schließlich oben, um zu erfühlen, wie flach ich mich durch den Tunnel hindurchrobben muss. Er ist niedrig, weswegen ich den Kopf übervorsichtig einziehe und mich langsam durch ihn ziehe. Als ich mir den Ellenbogen stoße, unterdrücke ich ein Fluchen.

»War das dein Ellenbogen?«, fragt Jarik belustigt.

»Haben wir heute noch Kampftraining? Ich würde dir hierfür gern in den Arsch treten.«

»Konzentrier dich, die letzte Übung ist die schwerste«, gibt er ernst zurück. »Da willst du deine Gedanken ausnahmsweise nicht an meinen Arsch verschwenden.«

Nach zwei Metern ertaste ich das Ende des Tunnels und ziehe mich hinaus, krabble noch ein Stück weiter, um sicher zu sein, es geschafft zu haben. Erst dann richte ich mich auf.

»Einen Schritt nach vorne«, sagt Jarik.

Ich gehe ihn.

»Streck die Hand aus. Was fühlst du?«

Zuerst gar nichts, bis ich plötzlich kühles Eisen zwischen meinen Fingern spüre. Ich lasse sie erst nach links und rechts gleiten, wo ich jeweils eine weitere Stange erfühle, die jedoch nach oben ragt.

»Du lässt mich mit verbundenen Augen eine Leiter hochklettern?«, frage ich.

»Sie ist nicht besonders hoch«, sagt er. »Und wenn du das hinter dir hast, bist du mich für heute los.«

Sofort wandert mein linker Fuß auf die unterste Sprosse, während meine Hände einige darüber umklammern. Ich will noch etwas Vorlautes sagen, aber der Gedanke, blind eine Leiter emporzusteigen, lässt mich stocken.

»Die Dunkelheit ist nicht dein Feind«, höre ich Jarik. Er steht links von mir, zumindest kommt seine Stimme aus der Richtung.

»Das sagt sich leicht, wenn man Dinge vor sich sieht«, sage ich.

»Es sind nur fünf Sprossen«, sagt er und setzt gleich hinzu: »Du kannst das, Mio. Fokussier dich auf das, was vor dir liegt. Eine Sprosse nach der nächsten.«

Tief sauge ich den Atem in meine Lunge, um ihn dann ähnlich intensiv wieder auszustoßen – schließlich betrete ich die erste Sprosse. Eine nach der anderen.

Ich habe das Gefühl, Ewigkeiten zu brauchen, aber es hilft tatsächlich, sich auf jede einzelne Sprosse zu konzentrieren. Bis ich oben plötzlich ins Leere greife. Keine Sprosse mehr, dafür erfühle ich eine Art Plattform.

Obwohl ich Jarik nicht erkenne, sehe ich über meine Schulter.

»Sag mir, du bist da unten, auch wenn du bestimmt Fotos machst, die du gegen mich verwenden willst.«

»Ich bin hier.«

Und auch das sehe ich nicht: ob er lächelt. Aber es klingt zumindest so, und die Vorstellung lässt mich die Leiter verlassen und auf die Plattform treten.

»Am besten, du setzt dich in den Schneidersitz«, sagt Jarik, was ich daraufhin tue. »Jetzt dreh dich um dreißig Grad.«

Seine Stimme wird plötzlich dumpfer, als würde er sich von mir entfernen. Da ich nicht weiß, wie hoch ich sitze, entscheide ich mich dazu, weitere Anweisungen abzuwarten.

Von rechts höre ich Schritte.

»Nicht erschrecken, ich bin es«, sagt Jarik. »Und wag es nicht, mich noch mal zu treten.«

Ich schmunzle, zumindest so lange, bis ich ihn in meinem Rücken spüre, dann seine Finger an meinem Hinterkopf, die das Band vor meinen Augen lösen. Mehrmals blinzle ich, weil das Licht schmerzt, doch schnell gewöhne ich mich daran.

»Letzte Übung«, sagt Jarik, der sich neben mich setzt.

Vor uns erstreckt sich ein Becken mit der Größe von mindestens zwanzig Quadratmetern, gefüllt mit Schaumstoffwürfeln in schwarz und grau.

»Was soll die Übung bedeuten?«, frage ich.

Er steht auf, stellt sich rücklings zum Becken, deutet mir wie vorhin eine Drehung an und hält mir seine Hand hin. Der Roboter ist nun endgültig verschwunden, stattdessen liegt ein halbes Lächeln auf seinen Lippen, das beinahe unsicher wirkt.

Ich lasse mir von Jarik aufhelfen und kehre dem Becken ebenso den Rücken zu, halte seine Finger dabei fest umschlungen. Er kämpft im Training so fordernd und eisern, dass ich nicht glauben kann, wie warm sie sind und wie weich seine Haut.

»Vertrauen«, sagt er simpel. »Lass dich einfach fallen, wenn du bereit bist. Ich folge dir.«

Unwillkürlich denke ich daran, wie er mir im Auto vor Wochen die Spritze in den Arm gerammt hat. Wie er mich in diese fremde Welt entführt hat, wie er mir das Gefühl gibt, mich zu kennen, obwohl er das nicht kann.

Aber ich denke auch daran, wie er mich verarztet hat und dass er mit mir kämpfen war, als es mir nicht erlaubt war.

Wie er mich in manchen Situationen ansieht. Mehr noch: wie er in mich hineinsieht.

Als der Gedanke zu Ende gedacht ist, lasse ich seine Hand los und mich in den Abgrund fallen. Und Jarik tut nur Sekunden später dasselbe.

Er hat die Wahrheit gesagt – er folgt mir.

KAPITEL 30

Jarik

Clara gibt sich die kommenden Tage Mühe, zu verstecken, wie sehr das Training an ihr zerrt, aber ich bin überrascht, dass sie die nächsten Einheiten durchzieht, ohne Widerworte zu geben. Stattdessen ist sie konzentriert, folgt meinen Anweisungen und nimmt auch die Seishin-Lektionen ohne zu Murren hin.

Aber erst beim Kampftraining blüht sie auf. Sie hat keine Angst vor den scharfen Klingen, lässt sich detailliert beibringen, wie sie Wurfsterne und Dolche halten muss, um sich beim Wurf nicht selbst damit zu verletzen. Außerdem musste ich ihr die Bibliothek zeigen, nachdem ich ihr davon erzählt habe. Eigentlich dürfen nur die Mitglieder der Gilde sie betreten, Falk hat jedoch für uns eine Ausnahme gemacht, sodass Clara und ich täglich eine Stunde dort verbringen. Weil sie keine Bücher in ihre Unterkunft mitnehmen darf, reden wir nicht viel in dieser Stunde, sondern sitzen stumm voreinander, während Clara in ein Buch vertieft ist. Immer wieder steht sie zwischendurch auf, um hinter einem anderen Regal zu verschwinden und mit einem neuen Buch aufzutauchen. So wie gerade.

Heute stapeln sich zwölf Bücher zwischen uns auf dem Eichenholztisch, der durch etliche Unebenheiten darin wirkt, als hätten die schweren Wälzer hier und da Abdrücke auf ihm hinterlassen.

Im Gegensatz zum Rest des Tempels ist die Bibliothek modern eingerichtet. Der Eckraum im hinteren Teil ist an der Front bodentief verglast, die Fenster schmiegen sich in Eisenrahmen. Der Raum umfasst höchstens sechzig Quadratmeter, aber weil die deckenhohen Regale aus hellem Holz gebaut sind, wirkt er nicht erdrückend. Dazwischen sind immer wieder Tische aufgebaut, an den Fensterfronten zudem auch Sitzkissen und Sessel.

Clara kommt hinter einem Regal hervor, zwei weitere Bücher in der Hand, die sie vor sich legt, bevor sie mir gegenüber am Tisch Platz nimmt.

»Dafür, dass ihr angeblich so eine lange Geschichte habt, habt ihr erstaunlich wenig Bücher«, sagt sie, während sie in einem der Werke über die Kampfkunst der Shinobi blättert.

»Das ist alles, was übrig ist«, erkläre ich. Sie sieht auf. »Die Ishikawa haben kurz nach Zusammenschluss der Gilde einen Anschlag auf das Dorf verübt. Die Bibliothek ist fast vollständig niedergebrannt. Deswegen ist sie auch so modern. Sie wurde nachträglich errichtet und sollte etwas Neues repräsentieren.«

Clara lässt den Blick durch den Teil schweifen, in dem wir sitzen, als sei ihr erst jetzt bewusst, wie wenig traditionell der Raum eingerichtet ist.

»Wie viel wurde zerstört?«, fragt sie.

»Zwei Drittel.«

Mit den Fingern fährt sie den Einband des Buchs vor sich nach, sieht jedoch weiterhin mich an.

»Die Meister versuchen seit Jahren, das Wissen zu rekonstruieren«, erzähle ich weiter. »Manchmal werden Geschwister zu Aufträgen geschickt, um Schriften zu besorgen, aber das Meiste ist wahrscheinlich für immer verloren. Vor allem vieles über die Geschichte der Shinobi. Siehst du die Schriftzeichen an der Wand neben dem Fenster?«

Mit dem Kopf folgt Clara der Richtung, in die ich deute, sieht dabei über ihre Schulter. Auf der Wand sind waagerecht japanische Schriftzeichen gemalt.

»*Die Wände haben Ohren, die Türen haben Augen*«, lese ich ihr vor. »Der Satz soll daran erinnern, was der Raum gesehen und gehört hat, aber dass er trotzdem noch hier ist und seinem Erlebtem trotzt.«

Sie schaut zurück zu mir. »Was haben die Ishikawa mit dem Angriff bezweckt?«

»Der Gilde schaden.«

»Indem sie Bücher verbrannt haben?«, hakt Clara vorsichtig nach.

»Nicht nur das«, erwidere ich. »Es gab ein Treffen der Meister am Tag des Angriffs und es war eine Person hier, die nicht hier hätten sein sollen.«

Claras Gesichtsausdruck verändert sich. Das Misstrauen wird von Mitgefühl abgelöst, wahrscheinlich ahnt sie, worauf ich mit der Geschichte hinauswill.

»Familienmitglieder sind im Dorf streng verboten«, erkläre ich. »Sie wissen meist nicht einmal etwas von der

Gilde, geschweige denn von der Position ihrer Männer. Es ist zu ihrem Schutz, um sie nicht in Gefahr zu bringen. Dennoch gibt es einige, die das Geheimnis ihres Partners kennen, manche haben auch schon im Dorf übernachtet. Eine davon war Bents Mutter.«

»Ist sie …« Clara führt den Satz nicht zu Ende.

»Wahrscheinlich haben die Ishikawa das Dorf einige Zeit beobachtet und gesehen, dass Bents Mutter hier war«, sage ich. »Während die Meister bei einem Treffen mit den Fuma und den Geschwistern waren, wurde sie geknebelt in die Bibliothek getrieben und darin eingeschlossen, nachdem das Feuer zwischen den Regalen gelegt wurde.«

Wie benommen schüttelt Clara den Kopf, als könnte sie nicht glauben, dass diese grausame Tat wahr ist. Mehrere Sekunden lang starrt sie mich an, oder sieht eher durch mich hindurch, denn ihr Blick ist ewig weit entfernt. Vielleicht spielen sich in ihrem Kopf dieselben Bilder ab, die sich in meinem abgespielt haben, als Falk mir damals die Geschichte über den Tod von Bents Mutter erzählt hat.

Es war meine erste Seishin-Lektion: Empathie empfinden. Auch Clara hat sie ihrem Gesichtsausdruck nach zu urteilen bestanden.

Irgendwann klammert sie sich mit den Fingern an den Bucheinband vor sich.

»Falk hat mal erzählt, dass Veit vorhatte, deine Mutter in alles einzuweihen«, sage ich. »Am Tag nach dem Angriff hat er beschlossen, es nicht zu tun.«

»Hat er mir deswegen nichts über all das hier gesagt?«, fragt sie. »Um mich zu schützen?«

»Vielleicht«, sage ich. »Veit hätte nie zugelassen, dass deiner Mutter und dir etwas passiert.«

Clara schluckt und nickt. »Habt ihr keine Angst, dass so ein Anschlag noch mal passiert?«, fragt sie dann.

»Wird er nicht«, sage ich. »Geschwister und Fuma patrouillieren Tag und Nacht ums Dorf. Für jemanden, der nicht hierhergehört, gibt es keinen Weg hinein. Wir sorgen für Sicherheit.«

Plötzlich lächelt Clara halb.

»Belustigt dich das?«, frage ich.

»Falk hat letztens gesagt, du sollst keine Zweifel haben«, sagt sie. »Er hat recht. So wie du von der Gilde sprichst, gehörst du hier absolut hin.«

Ihre offenen Worte irritieren mich im ersten Moment. Einige Sekunden weiß ich nicht, was ich darauf erwidern soll, schließlich entscheide ich mich für: »Ist das als Kompliment gemeint?«

»Vielleicht.« Sie zuckt die Schultern. »Ich glaube, ich steige einfach langsam hinter all das.«

Sie macht eine Handbewegung in den Raum, meint aber vermutlich nicht die Bibliothek, sondern das gesamte Dorf. Die Gilde.

»Mein Vater ...«

Sobald sie von ihm spricht, stockt sie, und ich kann es ihr nicht verübeln. Veit hat in den höchsten Tönen von ihr gesprochen, immerzu. Wenn sie sich nur halb so nah standen, wie ich das Gefühl hatte, muss es mehr als schwer für Clara sein, dass er verschwunden ist, und sie und wir keine Ahnung haben, wohin.

»Mein Vater«, setzt sie erneut an, »hat mich damals zum Ninjutsu-Training mitgenommen, weil ich nicht viele Freunde hatte und mich oft zurückgezogen habe. Ich war gern allein, habe kaum geredet, schon gar nicht mit Fremden.«

Ich wünschte, sie würde nicht weiterreden – und ich wünsche mir gleichzeitig, dass sie es doch tut. Seitdem die Postkarte in dem Umschlag auf meinem Bett lag, beschleicht mich immer wieder ein Gefühl: Ich will Clara näherkennenlernen, will mehr von ihr wissen, als ich bei den Beobachtungen in Deutschland über sie erfahren habe.

Irgendetwas zerrt und zieht mich in ihre Richtung. Vielleicht das Gefühl, Ähnliches durchgemacht zu haben – allein gewesen zu sein, das Reden verweigert zu haben, weil zu schweigen weniger wehgetan hat, als Grausamkeiten laut auszusprechen.

Aber ebenso will ich mir weiterhin einreden, dass sie ein Auftrag ist, und zwar nicht nur einer der Gilde, sondern mein ganz persönlicher.

Nur wird es immer schwerer, diese Gedanken aufrechtzuhalten.

»Er hat mir von Gemeinschaft erzählt«, spricht sie weiter und ich traue mich nicht, sie zu stoppen. »Aber ich habe es nie verstanden. Auch nicht, als ich Damien durchs Training kennengelernt habe. Gemeinschaft heißt, Mitläufer zu sein – das dachte ich. Als mein Vater verschwunden ist, habe ich erst recht nicht daran geglaubt. Ich war mit dem Schmerz immer allein.«

»Bis jetzt?«, hake ich nach, als sie in Stille verfällt.

Ihre Brauen schieben sich zusammen. »Nein«, sagt sie. »Ich glaube, Schmerz kann man nicht nachempfinden, weil er für jeden etwas anderes bedeutet. Aber ich bin ihm hier näher. Ich habe das Gefühl, ihm von hier aus helfen zu können, dank euch.« Ihr verspannter Ausdruck glättet sich. »Und dank dir. Ein Pfeil bricht, zehn Pfeile nicht«, zitiert sie mich. »Vielleicht ist da was dran.«

KAPITEL 31

Das Training am nächsten Tag ist anders. Schon als Ava, Jarik und ich den Raum betreten, kommt es mir komisch vor, dass die drei anwesenden Geschwister sich nicht darin verteilt haben, sondern in Reih und Glied auf den Knien an der Wand sitzen und scheinbar auf etwas warten. Und dass Falk vor ihnen steht und mich mustert, als wir drei eintreten, kommt mir zusätzlich nicht wie eine gute Sache vor.

Ava, Jarik und ich nehmen ebenfalls an der Wand Platz. Die Hände hinter dem Rücken verschränkt, lässt Falk seinen Blick von links nach rechts gleiten, sodass er jeden Anwesenden einmal betrachtet. War er die letzten Tage, in denen ich ihn hier und da flüchtig gesehen habe, immer leger gekleidet, wirkt er nun, als wollte er ausgehen. Das tiefschwarze Hemd mit Stehkragen passt akkurat zu seiner weiten Leinenhose, in die es ordentlich gesteckt ist. Seine Schuhe sehen poliert aus.

»Danke, dass ihr pünktlich zur Auftragsbesprechung gekommen seid«, begrüßt er uns Anwesenden.

Also habe ich es geschafft, denke ich.

Jarik hat vermutlich längst mit Falk gesprochen und ihm gesagt, dass ich bereit für den Auftrag bin. Erleichterung durchströmt mich genauso wie eine große Ladung Stolz. Allerdings hätte ich es ohne Jariks Training in den letzten Tagen niemals hinbekommen. Aus den Augenwinkeln sehe ich zu ihm herüber, doch er starrt stur auf Falk.

Schon eben beim Frühstück ist mir aufgefallen, wie in sich gekehrt er heute ist. Selbst mit Ava hat er kaum ein Wort gewechselt, obwohl die Zwei sonst mehr als ausgelassen miteinander wirken. Beinahe wie Geschwister. Beim Essen habe ich auch Avas Blicke auf Jarik bemerkt, doch weil sie keinen Spruch zu seinem Verhalten übrighatte, habe ich es ebenso gut sein lassen.

»Wie ihr wisst, werdet ihr morgen nach Tokio aufbrechen«, fährt Falk fort. »Im *Khaosan Hotel* soll Veit vor Kurzem gesehen worden sein und die Meister wollen, dass ihr diesem Hinweis nachgeht.«

Beim Namen meines Vaters beginnt mein Herz zu rasen.

»Ihr geht wie immer vor«, sagt Falk, lässt seinen Blick noch einmal über alle Gesichter gleiten. »Zuerst werden eventuelle Zeugen befragt. Der Rest schützt die Gruppe, hält Ausschau nach möglichen Gefahren. Nach den letzten Ereignissen in Tokio« – jetzt sieht Falk explizit zu Jarik und mir – »ist es wichtig, besonders vorsichtig in der Stadt zu sein. Wir können nicht ausschließen, dass Abtrünnige sich dort befinden. Nutzt den Untergrund, um zum Hotel zu kommen. Jarik?«

Angesprochener nickt und Falk tritt einen Schritt auf uns zu.

»Du bist bei diesem Auftrag für die Führung zuständig.«

Von rechts entnehme ich ein Schnaufen und als ich ihm mit den Augen folge, schüttelt Bent gerade ungläubig mit dem Kopf.

»Gibt es ein Problem?«, fragt Falk ihn nüchtern.

»Nein«, erwidert Angesprochener, doch es klingt, als müsste er sich ein erneutes Schnauben verkneifen. »Wir alle sind in Jariks Händen sicher gut aufgehoben.«

»Schön, dass wir derselben Meinung sind.« Falk lächelt schal. »Für alle Anwesenden heißt das, ihr hört auf Jarik, aber, Jarik, du hörst ebenso auf deine Geschwister und nimmst ihre Einwände ernst. Ein Pfeil bricht, zehn Pfeile nicht. Ich wünsche euch viel Erfolg morgen.«

Weil sich die Anwesenden wie bei einem stummen Ritual erheben, tue ich es ihnen gleich. Ava schenkt Jarik ein Lächeln und auch wenn es noch etwas gequält wirkt, erwidert er es. Bevor er sich von ihr abwendet, streift sein Blick meinen, doch ich kann ihn nicht ansatzweise deuten.

»Clara? Jarik?«, ruft Falk uns zu sich.

Ich bemerke, wie Ava Jariks Arm drückt, dann lächelt sie mir zu und wendet sich zusammen mit den anderen Geschwistern ab, um den Raum zu verlassen.

»Wie lief eure Woche?«, fragt Falk, als wir allein sind.

»Sehr gut«, sage ich und meine es ehrlich. »Jarik war ein guter Lehrer, auch wenn ich das ungern zugebe.«

Wieso lächelt Falk bei dieser Bemerkung nur halbherzig und Jarik überhaupt nicht? Wieso sieht er mich nicht einmal an, sondern fixiert die Wand gegenüber?

»Das klingt ganz nach Jarik«, sagt Falk.

»Danke, dass ich beim Auftrag dabei sein kann«, setze ich hinzu.

Falks Lächeln schwindet, seine Augen bohren sich in Jariks Gestalt, der sieht allerdings weiterhin vehement auf den toten Punkt an der Wand. Er hat eine Hand zur Faust geballt, sein Kiefer ist ähnlich verspannt wie seine Finger.

Plötzlich schießt mir ein Gedanke durch den Kopf, doch bevor ich ihn aussprechen kann, übernimmt Falk das für mich und sagt: »Jarik hat mir gesagt, du seist noch nicht so weit. Tut mir leid, Clara, ich kann dich nicht unvorbereitet auf einen Auftrag schicken.«

Es braucht einen Moment, ehe die Worte voll zu mir durchdringen. Vor meinem inneren Auge spielen sich Szenen der letzten Tage mit Jarik ab. Nicht ein einziges Mal hat er mir das Gefühl gegeben, für den Auftrag nicht vorbereitet zu sein. Im Gegenteil – er hat mich sogar gelobt, mehrmals.

Schnell wende ich mich von Falk ab, Jarik zu. Ich tue es ihm gleich und balle meine Hände zur Faust, um das Zittern meiner Finger zu kontrollieren.

»Was soll das?«, frage ich. »Warum erzählst du, dass ich unvorbereitet bin?«

»Weil es stimmt«, erwidert Jarik schroff.

»Du hast die ganze letzte Woche mit mir verbracht und weißt genau, dass das gelogen ist.«

»Ich habe Falk Bericht erstattet, wie er es wollte«, sagt er abweisend. »Du bist nicht bereit für Aufträge.«

»Hast du nicht mal den Anstand, mich anzusehen, während du lügst?«, zische ich.

Sofort tut er mir den Gefallen und ich keuche beinahe auf, weil er mich so anstiert. Die Brauen hat er zusammengeschoben, die Zähne beißt er aufeinander, sodass seine Kieferknochen hervorstechen und ihn hart wie nie wirken lassen. Nichts erinnert mehr an den Jarik, mit dem ich in den letzten Tagen Zeit verbracht habe.

Der mich unterm Kirschbaum Mio genannt hat.

»Ich glaube, wir sollten uns alle -«, beginnt Falk.

»Ich habe mich vertan«, unterbreche ich ihn gereizt, ohne den Blick von Jarik zu nehmen. »Du bist mehr als ein Kotzbrocken – du bist jemand, der sich gut fühlt, wenn er über anderen stehen kann. Ein gefügiger Soldat, nichts weiter.«

Falk legt mir sachte die Hand auf die Schulter, doch ich streife sie beiseite, rausche an ihm und Jarik vorbei aus dem Raum.

Auf dem Weg in meine Unterkunft unterdrücke ich mit Mühe und Not Tränen und kann nur noch an einer Person denken, als ich die Tür hinter mir schließe. Obwohl er nicht weiß, was vor sich geht, obwohl ich ihn anlügen muss – ich will mit Damien reden.

Bevor die Tränen doch kommen, setze ich mich auf die Bettkante und wähle seine Nummer. Es dauert eine halbe Minute, bis er rangeht, aber als ich schließlich sein »Hallo« höre, atme ich auf.

»Du hast Glück, dass ich drangehe«, sagt er.

Seine Stimme klingt so sehr nach zu Hause, dass es mir die Kehle zuschnürt. Ich räuspere mich, um den aufkeimenden Tränen Einhalt zu gebieten.

»Bist du arbeiten?«, frage ich. »Störe ich?«

»Du störst nie«, sagt er sofort.

Mein Herz zieht sich zusammen. Ich sollte bei Damien sein, nicht bei einer Gilde, bei der ich mich wie ein Eindringling fühle. Ich will nach Hause – dieser Gedanke überfällt mich mit so einer Wucht, dass mir schlecht wird. Achtzehn Jahre alt bin ich, aber jetzt habe ich Heimweh wie ein Kleinkind. Alles würde ich dafür geben, Damien in diesem Moment zu umarmen, meine Mutter ebenso.

»Ich war duschen, weil ich vom Training komme«, sagt mein bester Freund. »Was machst du so? Immer noch wichtige Dinge?«

Er klingt belustigt und will mit der letzten Frage wahrscheinlich auf unser vergangenes Gespräch eingehen, in dem ich ihm nicht sagen konnte, was ich tatsächlich tue, sondern ihn mit »wichtigen Dingen« abgespeist habe.

»Ich habe in der Nähe eine Ninjutsu-Schule gefunden«, sage ich. Das ist nur halb gelogen, denn natürlich ist die Gilde keine Kampfsport-Schule – aber irgendwie eben doch.

»Zumindest ein Stück Zuhause also?«, fragt Damien.

»So ungefähr, ja.«

Nicht annähernd, denke ich. Gerade als das Gefühl von Zuhause aufgekommen ist, hat der Typ, der mir dieses Gefühl gegeben hat, mir etwas vorgemacht und mich verraten.

»Du kannst einfach nicht ohne, oder?«, fragt Damien lachend.

»Ich vermisse unsere Trainingseinheiten zu sehr«, gebe ich zu. Mit der rechten Hand wische ich mir hastig die Träne aus dem Augenwinkel, die es sonst über meine Wange geschafft hätte, und tue so, als sei sie nie da gewesen.

»Ich auch«, sagt Damien. »Malte ist nicht annähernd so ein guter Trainingspartner wie du.«

»Versuch einfach, so viel von ihm zu lernen, wie du kannst«, sage ich.

Erneut lacht Damien. »Ist das ein neuer Trainingsansatz, den du in der Londoner Ninjutsu-Schule gelernt hast?«

Ertappt, denke ich.

»Hast du mir eigentlich auch deswegen diese Karte geschickt?«, setzt er plötzlich hinzu.

»Welche Karte?«, will ich wissen.

Es hört sich an, als würde er auf seinem Schreibtisch mehrere Blätter Papier zur Seite schieben. Bis Damien in seiner Unordnung irgendetwas findet, kann es einige Minuten dauern, doch heute scheint er es nach wenigen Sekunden gefunden zu haben.

»Diese Postkarte.«

Mein Herzschlag verdoppelt sich.

»Mit dem gezeichneten Ninja und dem Kirschbaum drauf«, sagt er. »Darunter ist ein Unendlichkeitszeichen gemalt. Wo hast du die in London gefunden?«

KAPITEL 32

Clara

Alles in mir fühlt sich an wie bei einem Herzinfarkt. Mein Herz verkrampft sich, als ich das Gespräch mit Damien beende, meine Beine zittern und alle meine Muskeln schmerzen in einer Intensität, dass ich mich darüber wundere, wie ich es schaffe, aufzustehen.

Nur wenige Sekunden später erscheint eine Nachricht von Damien auf meinem Handy, dann eine zweite, schließlich eine dritte. Die ersten beiden zeigen die Vorder- und Rückseite der Postkarte, um die ich ihn gebeten habe. Die dritte Nachricht sagt das: *Von denen kannst du mir gern mehr schicken, die sind ziemlich cool!*

Doch ich nehme die Worte meines besten Freundes gar nicht wahr. Ich sehe nur meine angebliche Londoner Adresse auf der Kartenrückseite. Die und das Zeichen der Ishikawa auf der Vorderseite. Ich habe es in der Bibliothek gesehen, in einem der Bücher ist es mir entgegengesprungen.

Sie haben Damien die Karte geschickt.

Falk hat gesagt, die Gilde lässt ihn bewachen, aber es ist zu spät. Sie haben ihn offensichtlich im Visier.

Ich stürme aus meiner Unterkunft, laufe mit zitternden Beinen über den Weg zum Tempel, weiter in die Halle, wo ich die Treppe nach oben ansteuere. Bevor ich sie hinauflaufen kann, hält mich eine Stimme zurück, die meinen Namen ruft.

Ich drehe mich herum und sehe Ava und Jarik auf mich zukommen.

»Wo ist Falk?«, will ich wissen, bevor sie etwas sagen können.

»Was ist -«, setzt Jarik an.

»Ich muss mit Falk sprechen«, raune ich mit Nachdruck, doch meine Stimme bricht mit einem Mal, das Gefühl, mein Herz könnte jeden Moment aufhören zu schlagen, presst sich nun in aller Härte auf mich.

Ich greife nach dem Treppengeländer, da kommt Jarik schon auf mich zu und legt seine Hände an meine Oberarme.

»Atmen«, sagt er langsam und besonnen.

»Ich kann nicht«, zwinge ich hervor.

Mit der rechten Hand greife ich mir an die Brust, kralle meine Finger ins Shirt, in der Hoffnung, der Herzschmerz würde nachlassen. Aber nichts tut sich.

Damien ist seit sechs Jahren immer an meiner Seite gewesen. Er war mein Zuhause, als mein Vater verschwunden ist. Er ist mehr als mein bester Freund, er ist mein Bruder, nur er versteht mich, auch ohne Worte, selbst wenn ich ihm die und meine Gefühle viel zu oft vorenthalte.

Sollte ihm etwas passieren, bin ich verloren.

»Ich glaube, ich habe einen Herzinfarkt«, sage ich und wie zur Bestätigung fährt mir ein Stich in die Brust, sodass ich die Finger noch fester ins Shirt kralle.

Jariks Kopf schnellt zu Ava. »Hol Falk!«, weist er sie an und sie läuft sofort an uns vorbei die Treppe rauf.

Als sie weg ist, sieht Jarik mir erneut in die Augen. Hier und jetzt ist es mir egal, dass er mich vom Auftrag abgehalten hat. Meinetwegen kann er sich auch wie der größte Kotzbrocken benehmen. Alles, was ich will, ist Damien in Sicherheit zu wissen.

»Atmen, Mio«, wiederholt er. »Was ist passiert?«

»Ich glaube, sie haben Damien.«

»Wer sind *sie*«?, fragt er mit zusammengeschobenen Brauen.

»Die Abtrünnigen.«

Fünf Minuten später hat sich zumindest mein Herz beruhigt, doch meine Glieder schmerzen, als hätte sich eine Grippe darin eingenistet.

Falk sitzt im Krankenzimmer auf dem Rollhocker vor mir und betastet mit dem Handrücken erst meine Stirn, horcht dann noch einmal mein Herz ab. Als er fertig mit der Untersuchung ist, hängt er sich das Stethoskop um den Hals und rollt ein wenig zurück.

»Kein kalter Schweiß und dein Herzschlag ist soweit im Normalbereich«, sagt er. »Kannst du den linken Arm ohne Schmerzen heben?«

Ich probiere es und nicke anschließend, als ich keinerlei Schmerzen verspüre.

»Sehr gut«, sagt Falk. »Es sieht nicht danach aus, als hättest du einen Herzinfarkt.«

»Sicher?«, kommt es von Jarik.

Während Ava auf dem Stuhl vor Falks Schreibtisch sitzt, hat er neben mir auf der Untersuchungsliege Platz genommen.

Vielleicht ist es auch seine Hand in meiner, die mich in den letzten Minuten beruhigt hat.

»Panik löst oft sehr ähnliche Symptome wie ein Herzinfarkt aus«, antwortet Falk. »Clara sollte in den kommenden Stunden beobachten, ob sich erneut Symptome äußern, aber es spricht zum Glück im Moment nichts für einen Herzinfarkt.«

Falk steht auf und geht zu seinem Schreibtisch, wo er nach meinem Handy greift, das darauf liegt. Es ist immer noch entsperrt, immer noch leuchtet das Bild der Postkarte darauf. Schweigend zoomt Falk an das Foto heran und betrachtet es einige Momente lang stumm.

»Das Zeichen der Ishikawa ist sehr deutlich zu erkennen«, bricht er schließlich die Stille im Raum. Entschuldigend schaut er mich an. »Ich wünschte, ich könnte etwas anderes sagen, aber es sieht tatsächlich danach aus, als würde die Karte von ihnen stammen.«

Jarik spricht aus, was ich mich nicht traue: »Ist Damien in Gefahr?«

Er drückt meine Hand, als die Worte seinen Mund verlassen haben, und ich zwinge mich, ruhig zu bleiben, meinen Herzschlag sich nicht noch einmal überschlagen zu lassen.

»Ich weiß es nicht«, gibt Falk zu. »Es könnte ebenso eine Warnung sein, ähnlich wie euer Zwischenfall in Tokio.« Sein Blick fällt auf mich. »Hat Damien während des Gesprächs fallen lassen, dass er außer der Postkarte etwas bemerkt hat?«

»Ich habe ihn nicht gefragt, ehrlich gesagt«, sage ich. »Ich habe nur daran gedacht, dass er in Gefahr sein könnte, und wollte dich informieren.«

»Schon gut«, sagt Falk. »Du hast alles richtig gemacht. Hat er denn besorgt geklungen? Ängstlich? Kam er dir anders vor als sonst?«

»Nein«, erwidere ich. Meine Stimme kratzt. »Nichts davon. Er klang ausgelassen. Könnten sie ihn manipuliert haben? Hypnotisiert?«

Falks Blick in meine Augen verfestigt sich. »Den Ishikawa wird nachgesagt, Erinnerungen löschen zu können, nicht aber Menschen zu hypnotisieren.«

Ava und Jarik werfen sich einen schnellen Blick zu, der nicht zu deuten ist.

»Aber es klingt nicht danach, als hätten sie das bei deinem Freund getan, wenn er dir wie immer vorkam«, endet Falk.

»Erinnerungen löschen?«, wiederhole ich. Jariks Hand gleitet aus meiner, weil ich mich vorbeuge und meine Finger um das Ende der Liege kralle. »Könnten sie Damiens Erinnerungen löschen? Wieso?«

»Um dich zu brechen«, kommt es von Jarik. Er blickt von Falk zu mir. Seine eisenharte Stimme passt nicht zu der Art, wie seine Augen sanft in meine sehen. »Wenn sie seine Erinnerungen löschen würden, dann nur, um dir damit Schaden zuzufügen.«

»Es ist nur ein Gerücht, das sich seit Jahrzehnten hält«, sagt Falk. »Wir wissen nicht mit Sicherheit, ob sie tatsächlich Erinnerungen löschen können, aber in Bezug auf deinen Freund sollten wir nichts ausschließen. Währenddessen lassen wir ihn verstärkt bewachen. Ich schicke gleich noch eine Nachricht an die Meister, dass ich vier zusätzliche Geschwister in seiner Nähe will.«

»Was ist mit seinen Eltern?«, frage ich. »Und meiner Mutter?«

»Ich schicke auch dort weitere Geschwister hin, die sich darum kümmern«, sagt Falk. »Sollte es Neuigkeiten geben, sage ich dir umgehend Bescheid.«

Er sperrt das Handy, kommt damit auf mich zu, um es mir zu reichen.

»Bis dahin möchte ich, dass du dich ausruhst. Wir kümmern uns darum, dass deine Familie sicher ist.«

Familie – so nennt er Damien, und es schnürt mir schon wieder die Brust zu, wenn ich daran denke, dass es stimmt.

KAPITEL 33

Clara

Ava und Jarik begleiten mich in meine Unterkunft. Ich muss Falk und den Geschwistern bezüglich Damien und meiner Mutter vertrauen, diesmal vollkommen. Fast wünschte ich, das wäre bloß eine weitere Seishin-Lektion, die Jarik mich lehrt: Vertrauen haben. Doch das hier ist real. Die Angst um Damien, um seine Eltern, um meine Mutter. Die Panik, die weiterhin in meinem Magen brodelt und droht, jederzeit wie ein Vulkan hochzugehen und alles in mir zu verbrennen.

Eigentlich wollte ich Jarik und Ava wegschicken, ich wollte allein sein, doch als Ava mich sachte in meine Unterkunft und auf mein Bett schiebt, protestiere ich nicht. Alleinsein kommt mir nicht wie die beste Idee vor. Nicht wenn das Fremde sich in meiner Unterkunft so erdrückend anfühlt. Vor allem jetzt packt mich das Heimweh.

»Hast du noch etwas zu trinken und zu essen hier?«, fragt Ava und läuft im nächsten Moment schon auf den hüfthohen Kühlschrank in der Zimmerecke zu.

Während sie hineinsieht, lässt Jarik sich neben mich fallen. Für seine Lügen bei Falk vor einigen Stunden will ich ihm noch immer böse sein, aber gerade habe ich nicht die Kraft dazu. Die Panik hat mich so erschöpft, dass mein Körper mir Muskelkater vorgaukelt.

»Du siehst müde aus«, sagt er. »Ava und ich werden Wache halten, du kannst dich schlafen legen.«

»Ich kann jetzt nicht schlafen«, sage ich, wende mich von seinen tiefbraunen Augen ab. Hastig streife ich mir die Schuhe von den Füßen und robbe dann ans Kopfende des Bettes, gegen das ich mich lehne. Jarik betrachtet mich einen Moment, ehe er aufsteht und sich auf der anderen Seite neben mich setzt, jedoch eine Armlänge Platz zwischen uns lässt. Ava kommt mit zwei Wasserflaschen auf mich zu, wovon sie mir eine reicht.

»Du trinkst ja sowieso am liebsten dieses Yuzu-Zeug«, sagt sie grinsend zu Jarik. »Zum Glück hat Clara Geschmack und das nicht im Kühlschrank.«

Sie lässt sich auf dem Boden nieder und lehnt sich mit dem Rücken gegen die Balkontür, kreuzt die Beine zum Schneidersitz. Wie sie nehme ich einen Schluck aus meiner Flasche, stelle sie dann auf das Nachtschränkchen.

»Mach dir keine Sorgen, Clara«, sagt Ava. »Falk wird vermutlich die besten Geschwister schicken. Er kann sich nicht leisten, dass Veit ihm an die Gurgel geht, wenn er wieder da ist.«

Sie sagt *wenn* und nicht *falls*. *Wenn* Veit wieder da ist. Es ist nur eine Kleinigkeit, die jedoch dafür sorgt, dass ich Ava nur noch mehr mag.

»Ich wette, er schickt Magda und Kaiwen«, sagt Jarik, der die Hände hinter seinem Kopf verschränkt und zu Ava herübersieht. Die Muskeln an seinen Oberarmen treten hervor, als sei er ähnlich angespannt wie ich. »Ich habe noch nie jemanden so mit Shuriken umgehen sehen.«

»Garantiert auch Taio und Jack«, erwidert Ava. »Die zwei sind quasi lautlos. Gemeinsam nehmen die Vier es mit jedem auf.« Sie sieht mich an. »Sie wurden zusammen ausgebildet und hatten schon damals den Ruf, laut- und erbarmungslos zu sein. Wenn sie ein Ziel haben, schalten sie auf Autopilot, das ist beinahe gruselig. Einmal war ich auf einem Auftrag mit ihnen, kurz nach meiner Ausbildung – ich kam mir vor wie ein Kleinkind, dem man die Windeln wechseln musste.«

Jarik stößt ein Lachen aus.

»Was lachst du so?«, fragt sie ihn grinsend. »Bei deinem ersten Auftrag hast du dir um ein Haar mit dem Wakizashi deine eigenen Fingerkuppen abgesäbelt.«

Jariks Lachen verstummt wie auf Knopfdruck, doch nichtsdestotrotz liegt weiterhin ein Schmunzeln auf seinen Lippen, selbst wenn er versucht, ein Pokerface zu bewahren.

»Das ist ein Gerücht«, sagt er.

»Ist es nicht, wir haben es alle gesehen.«

»Ich dachte, du warst Jahrgangsbester«, sage ich zu ihm.

»War er«, antwortet Ava. »Aber der erste offizielle Auftrag beschert einem ganz schön Herzrasen. Adrenalin pur. Da kann man schon mal vergessen, dass man Jahrgangsbester war.«

Sie schenkt Jarik ein Zwinkern und nimmt einen weiteren Schluck aus ihrer Wasserflasche.

»Jedenfalls habe noch nie gehört, dass Magda und Kaiwen einen Auftrag negativ beendet hätten, Taio und Jack auch nicht«, sagt sie. »Zusammen schon gar nicht. Nicht ein einziges Mal in sieben Jahren. Oder, Jarik?«

Der lässt die hinterm Kopf verschränkten Arme sinken und ich bemerke genau, dass er den rechten wie in einer zufälligen Geste in Richtung meiner Hand schiebt, sodass unsere Finger sich beinahe berühren.

»Nicht ein einziges Mal«, stimmt er Ava zu, hat seinen Blick dabei jedoch nicht auf sie, sondern auf mich gerichtet.

Ava steht aus ihrer Sitzposition auf. »Es gibt also keinen Grund, sich zu sorgen, Clara«, sagt sie. »Ich werde die erste Wache übernehmen, oder hast du was dagegen?«, fragt sie an Jarik gerichtet und grinst.

Der schüttelt den Kopf, grinst ebenso und schaut Ava nach, während sie auf dem Balkon verschwindet und die Tür hinter sich schließt, sodass Jarik und ich nun allein im Zimmer sind. Ich schaue zu ihm herüber, doch er erwidert meinen Blick nicht.

»Hast du Falk deswegen gesagt, ich wäre nicht bereit für den Auftrag?«, frage ich in die Stille zwischen uns. »Weil du Angst hast, dass ich dem Druck nicht standhalte und euch alle damit in Gefahr bringe? So wie dich und mich in Tokio?«

»Nein«, sagt Jarik direkt und schüttelt dabei den Kopf, als wollte er dem Wort zusätzlichen Nachdruck verleihen.

»Weswegen dann?«

Er antwortet Ewigkeiten nicht.

»Nicht, weil ich Angst um die anderen habe«, sagt er irgendwann.

Jarik kämpft mit dem Satz, als würde er eine schlecht geölte Tür aufdrücken und sich davor fürchten, dass ihr Quietschen die Ruhe durchschneidet.

»Die können auf sich selbst aufpassen, dafür wurden sie ausgebildet.«

Nur zögerlich dreht er mir den Kopf zu, aber es vergehen etliche Momente, bevor seine Augen nicht mehr auf einen toten Punkt im Raum starren, sondern in meine sehen. Nichts Überhebliches liegt in seinem Blick – eher Unsicherheit.

Etwas Zartes ebenso.

»Weswegen dann?«, wiederhole ich und schlucke, weiche seinem intensiven Ausdruck nicht aus.

»Weil ich Angst um dich habe, deswegen.«

»Musst du nicht.« Meine Stimme klingt staubig. »Ich passe auf mich auf.«

Jarik schenkt mir ein Lächeln, als hätte er diese Antwort erwartet. »Du solltest wirklich schlafen«, sagt er schließlich.

»Sehe ich so schlecht aus?«, erwidere ich.

»Ehrliche oder schmeichelnde Antwort?«

»Immer die ehrliche.«

»Schlecht siehst du nie aus.«

»Ich dachte, nachdem du mich betäubt hast, habe ich sehr filmreif gesabbert.«

Er stößt ein Lachen aus und rutscht am Kopfteil herunter, sodass er nun ausgestreckt im Bett liegt. Einen Arm hebt er erneut hinter den Kopf und mich überkommt der Drang, mich gegen ihn zu lehnen. Mein Gesicht an seinen Hals zu drücken.

»Vielleicht hat es eher süß ausgesehen«, sagt er mit einem Seitenblick.

»Vielleicht?« Ich kneife die Augen etwas zusammen.

»Aber ansonsten siehst du bloß müde aus«, übergeht er meine Frage. »Du solltest wirklich schlafen.«

»Ich weiß nicht, ob ich kann«, gebe ich zu und ergänze eine Sekunde später: »Die Angst um Damien ist zu groß.«

»Die Geschwister werden nicht zulassen, dass ihm irgendetwas passiert«, sagt Jarik. »Sie sind extrem erfahren in solchen Situationen und gut ausgebildet.«

»Aber die Abtrünnigen auch, oder nicht?«

»Nicht so gut wie wir«, erwidert er fest.

Zwischen uns drückt sich erneut Stille, als würde sie Jarik und mich voneinander forttreiben.

Doch dann sagt er: »Komm her, Mio.«

Ich zögere. Nicht, weil ich ihm nicht nah sein will, sondern weil ich Angst habe, wie sehr meine Mauern einfallen, sollte ich die Nähe zulassen. Außerdem, weil ich Angst habe, sie nie wieder aufbauen zu können.

Als Jarik allerdings die Hand ausstreckt und mit den Fingerspitzen die empfindliche Stelle zwischen meiner Schulter und meinem Nacken berührt, war es das mit meinen Mauern. Und egal, wie sehr ich meinen Herzschlag zur Ruhe mahne, er will nicht auf mich hören.

Wie Jarik zuvor, nur viel vorsichtiger, lasse ich mich am Kopfteil heruntergleiten und lege mich so nah neben ihn, dass mir eine Gänsehaut über die Arme rast, weil seine Haut meine berührt. In einer zögernden Geste hebt Jarik seinen Arm, um ihn um meine Schulter zu legen, und das ist der Punkt, an dem meine Selbstbeherrschung keinen Sinn macht. Während sein Arm um mich gleitet, platziere ich meinen Kopf an seine Schulter, meine Finger auf seine Brust. Sein Herz rast ähnlich wie meins, nur dass er seine Fassade dabei besser aufrechterhält als ich. In seinem Gesicht steht nichts von der Aufregung, die unter seiner Brust zu spüren ist.

Er scheint absolut kontrolliert.

»War das so schwer?«, amüsiert er sich.

»Du machst es gerade nicht besser«, gebe ich zurück.

»Nicht?«, fragt er. »Dein Herzschlag beruhigt sich allerdings langsam.«

Ich wünschte, er hätte unrecht und ich könnte ihn einen Kotzbrocken nennen, aber gerade ist er alles andere als das.

»Du bist die sturste Person, die ich kenne«, murmelt er.

»Du hast keine Ahnung, wer ich bin.«

»Doch, habe ich«, sagt Jarik wie selbstverständlich. »Ich habe die letzten Monate damit verbracht, dich kennenzulernen.«

»Du hast mich beschattet, nicht kennengelernt«, erwidere ich.

Ich denke daran, dass ich bloß meine Hand ausstrecken müsste, um ihm mit den Fingern durch die Haare zu fahren. Wenn ich das Flattern in meinem Magen ignorieren könnte, hätte ich vielleicht sogar den Mut dazu.

»Du kannst nicht ständig so tun, als wären wir schon über irgendeine Kennenlernphase hinaus und immer Andeutungen machen, die ich nicht verstehe.«

»Mio -«

»Das meine ich«, unterbreche ich ihn. Ich stemme mich auf meinen Ellenbogen und sehe ihn an. »Wieso nennst du mich ständig Mio?«

Jariks Augen wandern über mein Gesicht, über sein eigenes huscht für einen Moment Unsicherheit. Bis sich sein Blick plötzlich wieder an meinen hängt und das Flattern in meinem Bauch sich daraufhin bis in meine Brust ausbreitet.

»Mio steht im Japanischen für Kirschbaum«, sagt er und schenkt mir eines seiner losgelösten Lächeln. »Ich finde, das passt zu dir – Kirschblütenmädchen.«

KAPITEL 34

Jarik

Sie fährt sich mit der Zunge über die Lippen, als seien sie trocken. »Müsste es nicht Kirschbaummädchen heißen?«, fragt sie rau.

»Ich habe den Namen vielleicht ein bisschen abgewandelt«, sage ich. »Damit er stimmiger klingt.«

»Aber das passt nicht«, sagt sie und hört sich dabei an, als hätte sie auf der Hälfte des Satzes überlegt, die Worte zurückzunehmen.

»Was passt nicht?«, will ich wissen.

Ihre Augen bohren sich in meine. »Kotzbrocken und Kirschblütenmädchen. Das klingt nicht, als würde es zusammenpassen.«

Mit den Fingerkuppen des Zeige- und Mittelfingers fahre ich sachte über ihre Wange, verharre an ihrer Halsbeuge.

Ich wünschte, es wäre jederzeit so leicht, gedanklich loszulassen. Ich wünschte, das hier könnte ständig so sein. Ich wünschte, ich wäre immer so frei, immer so losgelöst. Immer so froh, bloß ich zu sein. Jetzt gerade will ich nicht jemand anderes sein.

Aber das hier wird einmalig bleiben. Das hier ist nichts weiter als ein flüchtiger Moment. Weil Clara mich so oder so von sich stoßen würde, wenn sie wüsste, dass wir beide aus dieser Sache nicht rauskommen. Meinetwegen.

Bevor mich der Mut dazu verlässt, ziehe ich Clara zu mir heran, sodass sie erneut in meinen Armen liegt. Sie stockt kurz, genau wie ihr Herzschlag, den ich im nächsten Augenblick wieder deutlich spüre. Er hämmert mindestens genauso schwer wie meiner. Schließlich lässt sie wie gerade ihren Arm über meine Brust gleiten, woraufhin ich automatisch mit meiner Hand ihre umschließe und schweige, so wie sie. Ihre Nasenspitze ist zart in meine Halsbeuge gedrückt und aus einem Reflex heraus lege ich mein Kinn auf ihren Kopf, lasse meinen Arm ihren Rücken auf und ab gleiten.

Zuerst glaube ich, sie so halten zu wollen, um sie zu beschützen. Doch das ist es nicht, denn Clara ist alles andere als schwach, sie muss nicht beschützt werden. Es ist andersherum: Ich bin schwach.

Aber wenn sie da ist, kommt mir das nicht mehr wie eine negative Eigenschaft vor. Selbst wenn ich es bin, spielt es keine Rolle, denn Clara macht mich stark.

»Ich will meine Bemerkung zurücknehmen«, flüstert sie plötzlich.

Mit den Fingern zeichne ich Kreise auf ihrer Schulter. Die Tatsache, dass ihr Körper an meinen gedrückt ist, überrascht mich mit einer Welle voll Emotionen – doch zum ersten Mal werde ich nicht von ihr in die Tiefe gerissen. Ich schwimme auf ihr.

»Dass du kein Herz hast«, sagt sie. »Das stimmt nicht.«

In einem Leben vor drei Jahren dachte ich, keins mehr zu haben, so leise hat es geschlagen. So sehr hat es sich zusammengezogen zwischen all dem Schmerz, den darauffolgenden Narben, all den Schreien und den immer wiederkehrenden blauen Flecken. Es war so verkümmert, schrumpelig, kaum größer als ein Luftballon, aus dem die Luft gelassen wurde. In Yamanashi hat es sich langsam erholt.

Und jetzt, mit Clara, glätten sich die Narben unerwartet und dieses Gefühl stemmt sich mir so sehr in den Weg, dass ich keine Ahnung habe, wie lange ich dieser Wand noch standhalten kann.

Oder ob es besser ist, sie zu durchbrechen.

»Die prachtvollsten Herzen blühen im Verborgenen«, sagt Clara in die Dunkelheit.

»Das Sprichwort ist falsch zitiert«, gebe ich mit einem Lächeln zurück.

Sie hebt den Kopf aus meiner Halsbeuge. Unsere Gesichter sind sich so nah wie nie.

»Ich weiß«, raunt sie. »Aber so passt es besser zu dir.«

»Die prachtvollsten Blumen blühen im Verborgenen«, stelle ich das Zitat richtig. »Es passt viel besser zu dir, Kirschblütenmädchen.«

Ich lege meine Hand an ihre Wange und schiebe ihr sachte die Haare aus dem Gesicht. Sie atmet stoßweise, als hätte sie einen Sprint hinter sich, und mein Herz beschleunigt sich im selben Takt.

Claras Atem streift meine Lippen und ich setze dazu an, mich zu ihr vorzubeugen – da durchbricht sie den Moment.

»Ist das eigentlich richtig?«

»Warum stellst du in den unmöglichsten Situationen Fragen, Mio?«, will ich wissen.

Sie lacht leise, was mein Herz nur weiter durcheinanderbringt. Ich habe keine Ahnung, ob das hier richtig ist. Ich weiß nur, wie es sich anfühlt.

»Was ist nicht richtig?«, hake ich nach.

Clara hat sich nicht bewegt, ihre Lippen sind noch immer nur wenige Zentimeter von meinen entfernt.

»Den Kotzbrocken küssen zu wollen, der einen in ein fremdes Land entführt hat. Fällt das nicht unter Stockholmsyndrom?«

»Vielleicht ist es anders, wenn er dasselbe will.«

Ihre Hand gleitet an meine Schulter, danach in meinen Nacken, wo sie die Finger in meinen Haaransatz schiebt. Ich warte auf den Moment, in dem sich das hier falsch anfühlt, um der Situation zu entfliehen. Doch nichts geschieht. Keine Flucht diesmal.

»Du hast meine Frage nicht beantwortet«, sagt Clara.

»Welche von den hunderten, die du stellst, anstatt mich zu küssen?«

»Ob das passt ... Kotzbrocken und Kirschblütenmädchen.«

Keine Flucht. Nicht heute. Das hier ist einmalig und in einigen Wochen bin ich sowieso nicht mehr ich selbst. Dann bin ich hoffentlich frei. Es ist okay, das zwischen uns zuzulassen, nur für diesen Abend, das ist alles.

»Es passt«, lüge ich.

Sie wartet nicht, so wie bei unserem letzten Training, und sie zögert nicht, als sie die Distanz zwischen uns überwindet.

Unsere Lippen finden wie Magnete zueinander, ohne den geringsten Widerstand. Auch nicht in meinem Inneren.

Ich lehne mich in den Kuss, richte mich ein stückweit auf, sodass ich Clara entgegenkomme und den Druck auf ihren Lippen verstärken kann. Ein Zittern fegt über sie hinweg, als meine Finger auf nackte Haut zwischen ihrem Shirt und ihrer Hose treffen.

Sie schiebt ihre Hand ebenso an den Saum meines Shirts und auch ich bleibe nicht von einem Schaudern verschont. Claras Fingerspitzen sind rau vom Training, aber warm, und dass sie wie selbstverständlich über meine Haut fahren, macht mir Angst, das hier könnte doch mehr sein.

Etwas in mir verkrampft sich.

Sachte löse ich den Kuss, doch Clara sieht mich nicht verwirrt an, sondern streicht stattdessen mit der Hand über meine Wange, als würde sie mein Zögern verstehen.

»Das hat wirklich gepasst«, sagt sie dann und grinst.

Ich kann das Grinsen nur schwer erwidern, aber wenigstens versuche ich es.

»Freut mich, dass ich die entsprechende Ablenkung für dich sein konnte«, sage ich.

Sie windet sich behutsam aus meinem Arm und legt sich mit etwa einem halben Meter Abstand neben mich, schaut mir noch einen Moment lang in die Augen.

»Danke«, sagt sie.

»Für den Kuss?«, frage ich.

»Und alles dazwischen«, flüstert sie.

Federleicht streift sie meine Finger, dann dreht sie sich auf den Rücken und schließt die Augen.

Während ich Clara auch eine Stunde später noch beobachte, weil ich nicht einschlafen kann, wird es mir klar: Ich habe mich belogen. Ich dachte, ich könnte wie meine Eltern sein. Kalt und unbeugsam, und mich so von Clara distanzieren. Ich dachte, ich müsste Falk nur sagen, sie sei nicht bereit für den Auftrag und so Aufschub bekommen, um die Übergabe von ihr an die Abtrünnigen besser vorzubereiten.

Doch ihr Vertrauen habe ich längst gewonnen. Aber nicht, weil ich gute Arbeit geleistet habe, wie ich es mir einrede. Ich habe *gewollt*, dass sie mir vertraut.

Und nun schreit mein Herz zum ersten Mal nicht danach, vor mir selbst wegzurennen.

Ich kann sie nicht ausliefern.

KAPITEL 35

Jarik

Irgendwann finde ich die Kraft, mich von Clara loszureißen und den etlichen Gedanken zu entfliehen, sie nicht ausliefern zu wollen.

Ich schleiche mich auf den Balkon, wo Ava Wache hält. Die Balkontür lasse ich einen Spaltbreit auf, sodass der Lichtkegel, der hindurchschimmert, wenigstens etwas die Dunkelheit erhellt. Ava sitzt in der Nähe der Tür und sieht zu mir auf, als ich mich neben sie fallenlasse. Wie sie, strecke ich die Beine von mir, falte jedoch die Hände im Schoß zusammen, während Ava sie vor der Brust verschränkt hat.

»Schläft Clara?«, fragt sie.

»Hoffentlich wie ein Stein nach der Aufregung«, sage ich.

»Falk hat längst weitere Geschwister geschickt. Während wir hier reden, sind sie wahrscheinlich schon in Damiens Nähe.«

»Mich brauchst du nicht zu beruhigen.«

Ich werfe ihr einen Seitenblick zu und stelle mal wieder fest, wie sanft Ava für die Person wirkt, die sie ist. Sie ist kurz vor mir ins Dorf gekommen und beinahe war es, als hätte sie auf mich gewartet. Gleich von Anfang an war sie in meiner Nähe, ohne sich aufzudrängen, und obwohl ich sie abgewiesen habe, die Arme von mir gestreckt habe, um so viel Abstand zwischen mich und andere zu bringen – Ava war das egal. Wir sind nicht verwandt, aber sie ist meine Schwester.

»Wirklich nicht?«, fragt sie. »Weil du nämlich aussiehst, als bräuchtest du wen, der dir sagt, dass alles okay ist.«

»Ich weiß, dass nichts okay ist.«

»Deine positivste Eigenschaft ist definitiv dein Optimismus«, sagt sie grinsend.

Mir steht gerade nicht der Sinn nach Ironie, weshalb ich meinen Blick von ihr abwende, hinein in die Dunkelheit des Waldes vor dem Balkon.

»Du weißt genau, was ich meine«, sage ich.

»Immer.«

Besser als jeder hier weiß sie es. Immerhin habe ich ihr nicht nur von meiner Vergangenheit erzählt, sie hat darauf auch mit ihrer geantwortet, die meiner so ähnlich ist.

Keiner von uns hat mehr eine Familie, weil sie uns zu oft enttäuscht und schlecht behandelt hat. Aber Ava scheint etwas Positives daraus gemacht und ihre Erinnerungen einfach abgeschüttelt zu haben, während meine mich nicht loslassen.

»Wie lief die Woche mit Clara wirklich?«, will Ava wissen. »Sie hat sich nicht so schlecht geschlagen, dass du Falk abgeraten hast, sie mit zum Auftrag zu nehmen, oder?«

»Sie hat alle Lektionen bestanden«, sage ich. »Vom Kampftraining brauchen wir gar nicht erst anfangen ...«

»Dass sie dir in den Arsch treten kann, haben wir alle gesehen.«

Jetzt grinse ich doch.

»Warum hast du Falk dann belogen?«, will Ava wissen.

Ich zucke unbestimmt mit den Schultern, obwohl ich die Antwort auf diese Frage genau kenne.

»Sag mir nicht, dass du den großen Beschützer spielen willst«, stöhnt sie und rollt mit den Augen.

Die Antwort lautet: Ich will Clara nicht ausliefern.

Doch davon weiß Ava nichts. Sie ahnt nicht, welchen Deal ich eingegangen bin, denn würde ich sie in diese Sache reinziehen und womöglich in Gefahr bringen, könnte ich mich nicht mehr im Spiegel ansehen. Sie weiß nur, dass ich meine Erinnerungen loswerden will, doch nicht zu welchem Preis.

»Was ist gegen den großen Beschützer einzuwenden?«, frage ich.

»Dass du erstens nur einen halben Kopf größer als Clara bist -«

»Mindestens einen Kopf«, unterbreche ich sie.

»Und«, fährt sie unbeirrt fort, »dass Clara deinen Arsch versohlt hat und du nicht ihren. Und bitte spar dir einen Kommentar, egal, welcher dir unter der Zunge liegt. Sowas will man von seinem Quasi-Bruder nicht hören, klar?«

»Quasi-Bruder ...«, wiederhole ich murmelnd.

»Nicht verwandt, aber Familie.«

Diesmal sehe ich Ava ganz offen an und lächle ehrlich. Sie tut es mit einem Mal allerdings nicht mehr.

»Willst du das wirklich noch immer?«, fragt sie. »Deine Vergangenheit auslöschen?«

»Du weißt, dass sich meine Antwort nicht geändert hat«, gebe ich zurück, doch bei weitem nicht so stark, wie ich es gewollt habe.

Im schummrigen Licht erkenne ich es kaum, aber ich hoffe nicht, dass das Tränen in Avas Augen sind. Und ich hoffe, wenn es doch welche sind, dass sie nicht meinetwegen dort schimmern.

»Du hast nicht mal eine Ahnung, ob sie überhaupt Erinnerungen löschen können«, sagt sie, beinahe trotzig. »Geschweige denn wie und welche tatsächlich gelöscht werden. Es sind alles nur Gerüchte.«

»Das reicht mir«, sage ich.

Wenn sie wüsste, dass es kein Gerücht ist. Dass ich längst einen Deal habe, der besagt, dass die Ishikawa meine Erinnerungen löschen werden. Das Wie habe ich nicht erfahren, aber die Informationen, die ich bekommen habe, waren Strohhalm genug, um mich daran zu klammern.

»Ich muss es wenigstens versuchen«, sage ich.

Ob das eine Ermutigung mir selbst gegenüber sein soll oder eine nichtssagende Antwort für Ava – ich weiß es nicht.

»Und was willst du ihnen als Preis anbieten?«, fragt sie mit belegter Stimme. »Hast du dich mittlerweile entschieden?«

Es ist nicht das erste Mal, dass wir darüber reden, und auch nicht das erste Mal, dass ich ihr verschweige, längst einen Preis zu haben – und dass dieser nebenan liegt und schläft.

»Ich überlege noch«, lüge ich.

»Aber«, sagt Ava und sieht nun zu mir herüber, »nimm nichts, was du später bereust. Tausch nicht ein Elend gegen das andere.«

Fast ist es, als würde sie meine Gedanken lesen. Ich nicke lediglich, sage aber nichts, aus Angst, mich sonst zu verraten.

»Ich werde dich ziemlich vermissen«, sagt sie dann mit einem traurigen Lächeln.

Als könnte ich es verschwinden lassen, stoße ich ihre Schulter mit meiner an und verziehe das Gesicht zu einer Grimasse.

»Ist Bent etwa kein guter Ersatz für mich?«

»Wag es nicht, dich mit dem Arsch zu vergleichen.«

»Verstanden.«

Eine Weile sitzen wir schweigend beieinander, bis Ava irgendwann zu mir aufrückt und ihren Kopf an meine Schulter fallen lässt. Sie erlaubt sich vor den anderen nie einen Anflug von Schwäche, so wie ich, aber vor mir versteckt sie sich schon lange nicht mehr.

»Vielleicht erinnerst du dich ja wenigstens an mich«, sagt sie leise, worauf ich nichts zu erwidern weiß.

Es ist nur ein Gerücht, das stimmt. Man erzählt sich, die Ishikawa könnten Erinnerungen löschen – und ich bete, die Erinnerungen an Ava gehören nicht dazu.

Zurück bleibt hoffentlich nur ein Neuanfang.

Oder ist es doch ein Ende?

KAPITEL 36

Jarik

Clara bleibt den gesamten Morgen für sich – zumindest wirkt sie, als hätte sie sich völlig ihren Gedanken hingegeben. Wie immer sitzt sie mit uns am Tisch im Speisesaal. Doch während Ava und ich uns für den bevorstehenden Auftrag stärken, isst Clara lediglich etwas Obst und trinkt den Yuzusaft, den ich ihr hingestellt habe und der auch nach einer halben Stunde erst halbleer ist.

»Unser Anführer sieht nicht besonders konzentriert aus«, höre ich Bent sagen.

Ausnahmsweise sitzt er ebenso mit am langen Tisch, genau wie Kaya und Aiko, die mit zum Auftragsteam gehören. Ein Ritual, das Falk eingeführt hat: Gemeinsames Frühstücken, bevor es zu Aufträgen geht. Angeblich soll es schon morgens unseren Zusammenhalt stärken. Wobei ich bereits etliche Male vor irgendwelchen Aufträgen mit Bent gefrühstückt habe, ihn aber noch immer zum Kotzen finde.

»Ich überlege gerade, ein bestimmtes Teammitglied loszuwerden, das eh nur Ärger macht«, gebe ich zurück, während ich ihn bewusst anstarre, damit ihm klar ist, dass er gemeint ist.

»Eins bist du doch schon losgeworden«, sagt er.

Mit einem Nicken und einem scheinheiligen Lächeln deutet er auf Clara, die auf ihr Handy starrt. Weil ich ihr gegenübersitze und sie das Telefon, so gut es geht, mit der Hand abschirmt, erkenne ich nicht, mit wem sie Nachrichten austauscht oder was sie so Spannendes hinterm Display findet. Seit Falk sie vorhin vor dem Essen beiseitegenommen hat, tippt sie immer wieder darauf herum. Weil sie zumindest ein wenig erleichterter gewirkt hat, vermute ich, dass Falk ihr positive Nachrichten überbracht hat und Clara nun Damien oder ihrer Mutter schreibt.

»Ich war nie ein Teammitglied«, sagt sie, ohne aufzusehen.

»Autsch!«, erwidert Bent und fasst sich theatralisch an die Brust. »Das tat so gar nicht weh. Zumindest nicht mir – dir, Jannik?«

Jetzt wirft Clara mir doch einen Blick zu, flüchtig zwar, allerdings lange genug, dass ich ihn bemerke.

»Iss einfach deinen Reis«, zische ich Bent zu.

»Noch hast du mir nicht das Geringste zu sagen.«

»Ich weiß, aber ich will, dass du endlich die Klappe hältst, und wenigstens tust du das, wenn du kaust.«

»Gut, dass ich fertig bin und mich umziehen muss«, sagt er, während er aufsteht und sein Tablett mit der Schüssel und der Flasche Wasser anhebt.

»Heute ist scheinbar mein Glückstag«, erwidere ich.

Plötzlich wirft Bent der noch immer in ihr Handy vertieften Clara einen Blick zu und beginnt, seltsam zu lächeln. Als würden hinter seinen Lippen Geheimnisse darauf warten, ins

Freie zu gelangen. Bevor ich jedoch weiter darüber nachdenken oder es analysieren kann, ist er vom Tisch verschwunden. Kaya folgt ihm, Aiko hingegen bleibt sitzen und beginnt ein Gespräch mit Ava.

»Du gehörst definitiv zum Team«, sage ich zu Clara.

Als hätte sie erst jetzt wirklich realisiert, dass ich vor ihr sitze, schaut sie auf und lässt ihr Handy außer Acht.

»Du musst mir nichts vormachen«, sagt sie. Ohne jeglichen Zweifel in der Stimme setzt sie hinzu: »Ich habe es verstanden. Ich gehöre nicht zum Team, ich bin bloß der Auftrag aus Deutschland. Das ist okay. Wenn ihr meinen Vater gefunden habt, will ich nicht hierbleiben. Ich will nach Hause zu meiner Familie.«

»Wenn ihr meinen Vater gefunden habt«, sagt sie. *Ihr*. Sie schließt sich nicht mit ein.

Auch wenn mir nicht danach ist, tue ich mit einem Nicken, als würde ich das Gefühl verstehen, nach Hause gehen zu wollen.

»Wie geht es Damien?«, frage ich.

»Falk hat gesagt, er wird rund um die Uhr bewacht«, antwortet sie. »Bis jetzt wurde niemand in seiner Nähe gesehen.«

»Das ist gut«, sage ich.

»Ist es nicht«, gibt sie zurück. »Gut wäre es, wenn er überhaupt nicht mit reingezogen worden wäre, und wenn ich bei ihm sein könnte. Oder wenn ich zumindest bei dem Auftrag helfen könnte, um meinen Vater zu finden ...«

»Mio -«

»Schon gut«, unterbricht sie mich sachte und steht auf. »Du tust nur, was du musst, ich weiß.«

»Es ist nicht fair, das auszusprechen, als sei das etwas Schlechtes.«

»Egal, wie es ausgesprochen wird, es bleibt die Wahrheit, oder nicht?«

Beinahe erwarte ich, dass sie davonrauscht und mich so sitzen lässt, aber mit einem Mal zögert sie.

»Pass auf dich auf.«

»Keine Angst, ich bin schon ein großer Kotzbrocken.«

Ich bin froh, dass sie grinst. »Du bist nur einen halben Kopf größer als ich.«

Mir ist, als könnte ich bei der Bemerkung Avas Blick auf mir spüren, aber ich halte Claras so lange, bis sie ihr Tablett nimmt und vom Tisch verschwindet.

Die nächste Stunde bin ich damit beschäftigt, alles für den Auftrag vorzubereiten. Ich weiß, das ist einer von Falks Tests, vielleicht sogar von einem der Meister, um zu schauen, ob ich die Verantwortung tragen kann, eine Mission zum ersten Mal anzuführen. Irgendetwas muss ich in den letzten Wochen richtig gemacht haben, und ich vermute, es hat mit Clara zu tun. Was nicht gut ist, denn die Tatsache befeuert mein schlechtes Gewissen, sie bei Falk negativ dargestellt zu haben. Auch wenn es zu ihrem Besten war, obwohl sie das nicht ahnen kann. Hier in Yamanashi ist sie sicher, das gesamte Dorf ist durch Geschwister bewacht und neben Falk sind ebenso weitere Fuma anwesend.

Ich habe keine Ahnung, wie viele der Abtrünnigen in Tokio sind, aber solange ich die Shibuya Kreuzung umgehe, kann ich diesen Auftrag hoffentlich erledigen, ohne ihnen in die Hände zu laufen. Ich brauche Zeit. Genau das habe ich auch auf die Antwort-Postkarte geschrieben.

So lief es von Anfang an: Kein persönlicher Kontakt, alle Informationen wurden über Postkarten ausgetauscht. Es hat Wochen gedauert, bis ich eine Adresse hatte, Haruto hat den ersten Kontakt hergestellt. Bis heute habe ich keine Ahnung, ob er wirklich nur mit diesem Rollerverleih sein Geld verdient oder wie tief er in alle möglichen Dinge verwickelt ist. Aber damals war es mir egal. Ich hatte meinen Kontakt, habe eine Postkarte geschickt und der Deal war Tage später dingfest: Clara gegen meine Erinnerungen.

Auf jede Postkarte bekam ich eine Antwort. Nur auf die vor ein paar Tagen nicht, mit der ich um Aufschub gebeten habe, um Clara unauffällig übergeben zu können, und nicht bei einem Auftrag mit meinen Geschwistern.

Ich lade gerade mein Schwert in einen der beiden Jeeps, bei denen ich auf die anderen warte, da sehe ich Clara einige Meter entfernt in der Tür ihrer Unterkunft stehen. Sie hat sich gegen den Türrahmen gelehnt und schaut schnurgerade zu mir herüber. Um in ihrem Gesicht lesen zu können, ist sie zu weit weg. Aber müsste ich raten, würde ich sagen, sie beißt die Zähne aufeinander und würde vermutlich gern hier unten am Jeep stehen und ihr Katana einladen.

Oder sie denkt daran, wie wir gestern nebeneinander gelegen haben, und erinnert sich an den Kuss – so wie ich.

Als stünden nicht zig ungesagte Dinge zwischen uns, hebt sie die Hand wie zu einem Abschiedsgruß und aus einem Reflex heraus tue ich dasselbe, bevor sie zurück in ihre Unterkunft geht.

Sie ist sicher hier, sage ich mir. Es war das Richtige, sie nicht mit nach Tokio zu nehmen. Das hier ist der sicherste Ort, den ich kenne.

Aber vielleicht habe ich mir nicht genug Mühe mit der Postkarte an die Ishikawa gegeben. Vielleicht war die Lüge zu auffällig. Vielleicht ahnen sie, dass ich längst versuche, meine Gedanken zu entwirren, auf der Suche nach einer Möglichkeit, den Deal abzuwehren. Oder zumindest Clara zu schützen. Meine Erinnerungen sind mir egal.

Sie ist es mir nicht mehr.

Kurz nachdem Clara verschwunden ist und ich mein Schwert und die kleineren Waffen im Wagen verstaut habe, kommt Bent als Erster, um den zweiten Jeep zu beladen, den er fahren wird. Wir reisen immer mit zwei Autos, um nicht mit einem Auto festzustecken, sollte irgendetwas passieren. Weil ich Falk noch kurz Bericht erstatten will, lasse ich Bent allein. Wir reden sowieso nicht miteinander und wie ich hat er Übung darin, den Jeep herzurichten.

Ich finde Falk an seinem Schreibtisch im Krankenzimmer.

»Ist alles so weit vorbereitet?«, fragt er, nachdem ich eintrete und vor dem Tisch stehen bleibe.

Er lässt eine graue Mappe in der Schublade des Schreibtisches verschwinden, sieht dann erst zu mir hoch. Seine Gestalt wirkt abgeschlagen und er hat sichtbare Ringe unter den Augen.

»Bent packt gerade den zweiten Jeep«, sage ich. »Ich bin nur gekommen, um dir Bescheid zu geben, dass wir gleich aufbrechen.«

»Passt aufeinander auf«, sagt Falk. »Denk dran – nutzt den Untergrund, so ist es am einfachsten, unbemerkt durch Tokio zu gelangen. Die Tunnel wurden dafür angelegt.«

Ich nicke. Falks Augen wandern über mein Gesicht, als würde er darin etwas suchen.

»Wolltest du Clara schützen?«, will er aus dem Nichts heraus wissen.

»Was meinst du?«, frage ich, auch wenn mir klar ist, worauf er anspielt.

»Hast du mir deswegen gesagt, sie sei nicht bereit für den Auftrag?«, wird er nun konkreter.

Eigentlich ist es nicht verwunderlich, dass er mir immer einen Schritt voraus scheint. Die Fuma haben eine besondere Ausbildung genossen, deren Fokus deutlich mehr auf den Seishin-Lektionen liegt. Immerhin rekrutieren sie Geschwister. Zwar können sie ebenso kämpfen, wichtiger sind jedoch ihre emotionalen Fähigkeiten. Falk hat schon immer in mir gelesen wie in einem offenen Buch, aber die meiste Zeit über hat er mir nicht das Gefühl gegeben, seelisch so aufgeklappt vor ihm zu liegen.

»Sie hat sich in allen Test bestens geschlagen«, sage ich.

»Das ist also ein Ja?« Falk hebt fordernd eine Braue.

»Ja«, antworte ich.

»Hast du Angst um sie?«

Ich will seinem Blick ausweichen, aber er ist zu eindringlich.

»Das ist nicht erlaubt, ich weiß«, sage ich, während ich die Schultern straffe. »Gefühle sind bei Aufträgen nicht geduldet. Keine Ablenkung.«

»Das war keine Antwort auf meine Frage.«

»Ja«, sage ich erneut und bin überrascht, wie einfach mir dieses Wort über die Lippen kommt. »Ich will nicht, dass ihr etwas passiert.«

»Das heißt, du hast deine Macht missbraucht und mich angelogen«, stellt Falk ruhig fest. Er stützt sich auf seine Ellenbogen und verschränkt die Hände ineinander.

Ich senke den Blick auf seine Finger, sage nichts.

»Du hast egoistisch gehandelt, Jarik. Du hast Clara keine Chance gegeben, sich zu beweisen, weil dir Gefühle im Weg standen.«

Als Falk mehrere Augenblicke nicht spricht, traue ich mich, etwas zu meiner Verteidigung zu sagen: »Ich werde die Gefühle beim nächsten Auftrag abstellen.«

»Das hat mein Schweigen nicht bedeutet«, sagt er.

Ich hebe den Blick wieder. »Was dann?«

»Ich habe bei den Meistern vorgeschlagen, dich den Auftrag führen zu lassen.« Vermutlich sehe ich ihn noch verwirrter an, als ich glaube, deswegen fährt er fort: »Du hast dich in den letzten Wochen sehr gewandelt, du bist nicht der, den Veit und ich damals den Meistern vorgestellt haben.«

»Wird das ein Rauswurfgespräch?«

Falk grinst halb. »Clara ist ebenso wenig das Mädchen, das herkam, und erst recht nicht das Mädchen, von dem Veit berichtet hat. Manchmal trifft man Personen zur richtigen Zeit, und sie verändern einen – zum Positiven. Auch wenn man es selbst nicht sofort feststellt.«

Ich bin unfähig, etwas darauf zu antworten, sehe Falk stattdessen weiterhin an. Kurz bilde ich mir ein, seine Augen huschen zur Schreibtischschublade, doch da sieht er schon wieder zurück zu mir.

»Es ist okay, Angst um diese Personen zu haben«, sagt er. »Das heißt, sie sind einem wichtig.«

»Aber diese Gefühle haben bei Aufträgen nichts zu suchen«, wiederhole ich. »Das hast du selbst gesagt.«

Als würde er sich an seine Worte in Tokio erinnern, kurz nachdem Clara aufgewacht war, klärt sein Blick auf.

»Das stimmt«, sagt er. »Aber manchmal muss man mit Regeln brechen.«

Im Rückspiegel des Jeeps wird Falk immer kleiner, als ich den Wagen vor Bent auf den Feldweg steuere und Yamanashi hinter mir lasse.

Was er zu mir gesagt hat, verfolgt mich auch noch eine Stunde später, nachdem wir das Dorf längst verlassen haben und in Richtung Tokio fahren. Während Ava, die neben mir sitzt, mit mir redet, wollen mir Falks Worte nicht aus dem Kopf gehen: *»Aber manchmal muss man mit Regeln brechen.«*

Ich kann diesen Satz einfach nicht entwirren.

Nie habe ich Falk Regeln brechen sehen, ich habe ihn nicht mal darüber reden hören – also wieso ausgerechnet heute? Warum, wenn es um Clara geht?

Meine Gedanken rotieren auch knapp zwei Stunden später, als wir Tokio erreichen. Bent und ich müssen uns nicht übers Telefon absprechen, wo wir die Autos parken, es gibt nur den einen Eingang zu den Tunneln, die wir Geschwister in der Hauptstadt nutzen.

Ich steuere den Jeep in das Parkhaus, in dem Ava vor einigen Wochen auf Clara und mich gewartet hat, und parke den Wagen im hinteren Bereich auf einem der hinter einer Säule versteckten Parkplätze. Bent und Kaya kommen neben mir zum Stehen. Beim Aussteigen blicke ich mich um, doch außer uns befindet sich niemand im Parkhaus. Einige Meter entfernt erkenne ich die Tür mit dem Sperrband darum, die zu den Tunneln führt.

»Das ist nicht dein Ernst!«, höre ich Ava ausrufen. »Bist du wahnsinnig geworden?«

Sofort laufe ich um den Jeep herum, um zu schauen, was sie so laut werden lässt. Ich habe den Wagen gerade umrundet, da stolpert mir das Herz aus der Brust.

Nicht nur Bent und Kaya stehen am Kofferraum des zweiten Jeeps – Clara steht ebenso neben ihnen.

KAPITEL 37

Clara

Jarik wirkt, als müsste er sich unter Kontrolle bringen, weil er sonst ausbricht wie ein Vulkan. Er hat die rechte Hand zur Faust geballt und sieht von Kaya zu Aiko. Dann fällt sein Blick auf Bent, den er mit demselben durchbohrt.

»Hast du sie hergebracht?«, fragt er, bedacht darauf, ruhig zu wirken, doch seine Stimme zittert ein Müh.

»Gut möglich«, sagt Bent überheblich.

Das scheint bei Jarik den Ausbruch endgültig auszulösen.

»Ist bei dir jetzt die letzte Sicherung durchgebrannt?«, donnert er.

Bent grinst jedoch nur, was Jarik noch wütender zu machen scheint. Er stürmt auf ihn zu und schlägt ihm hart gegen die Schulter, bevor Bent überhaupt reagieren kann. Zwei Schritte stolpert Eiriks Sohn zurück und prallt schließlich mit dem Rücken gegen den Jeep. Ich erwarte, dass er zum Gegenangriff ansetzt, doch Bent rührt sich nicht.

»Ich habe dich was gefragt!«, brüllt Jarik.

»Sie wollte helfen«, sagt Bent schulterzuckend. »Jetzt kann sie helfen. Ich habe sie nicht gezwungen, mitzukommen, sie ist freiwillig hier.«

Das ist die Wahrheit. Nach dem Frühstück hat er mich abgepasst und mir vorgeschlagen, mich im Auto zum Auftrag zu schmuggeln. Und ich habe nicht eine Sekunde darüber nachgedacht, nicht mitzukommen.

»Das wird sowas von Konsequenzen haben«, zischt Jarik. »Du hast dich über Falk hinweggesetzt.«

»Du hast ihn doch überhaupt erst angelogen«, mische ich mich ein.

Jariks Kopf schnellt in meine Richtung. Er mag ein Kotzbrocken sein, aber so wutverzerrt habe ich sein Gesicht nie gesehen. Mit dem Zeigefinger deutet er auf mich wie ein Lehrer, der seine Schülerin zurechtweist.

»Du hast weder meine, noch Falks Anweisungen anzuzweifeln«, sagt er kühl und klingt dabei, als würde er sich das Schreien verkneifen.

»Wenn du mir vorgestern sagst, ich sei bereit für diesen Auftrag und mich anschließend bei Falk hintergehst, dann schon«, wettere ich.

»Zu deiner Sicherheit! Nicht, um dein Ego zu verletzen!«

»Jarik«, meldet sich Ava sachte zu Wort und geht einen Schritt auf ihn zu.

Sie legt eine Hand auf seine Brust, genau über seinem Herzen, während sie ihn eindringlich betrachtet. Ich habe keine Ahnung, was diese Geste zwischen ihnen bedeutet, doch Jarik reagiert sofort auf sie, sein wutverzerrtes Gesicht glättet

sich wie auf ein Fingerschnipsen hin. Er wendet seinen Blick schließlich von mir ab und Ava zu, die ihre Hand langsam sinken lässt.

»Wir passen auf sie auf. Wir alle«, setzt sie mit einem vernichtenden Blick auf Bent hinzu. »Als Einheit.«

Jarik folgt ihrem Blick und sagt dann mit bedrohlich ruhiger Stimme zu ihm: »Wenn du in Claras Nähe kommst, schlage ich dir die Hand ab. Und du« – er dreht sich wieder mir zu – »bleibst bei mir. Sonst blase ich diesen Auftrag ab und unterrichte Falk darüber, dass du hier bist.«

Für mehrere Momente starren wir uns lediglich an. Schließlich ist er es, der den Blickkontakt bricht.

»Nehmt eure Waffen, wir brechen sofort auf«, sagt er harsch.

Während Ava und er zum linken Jeep gehen, um sich Waffen aus dem Kofferraum zu holen, nehme ich mein Katana an mich und verstaue außerdem zwei Shuriken an der Halterung meines Gürtels, an der bereits ein Dolch hängt. Auch die anderen statten sich mit mehreren Waffen aus, die sie unter ihren Jacken und Mänteln verschwinden lassen. Keine fünf Minuten später setzt sich Jarik an der Spitze der Gruppe in Bewegung und läuft geradewegs auf die Eisentür mit dem Sperrband darum zu.

Er zerrt es beiseite und öffnet die Tür, um sie uns aufzuhalten. Dann erst verstehe ich, was Falk mit Untergrund gemeint hat.

Ich setze an, auf die Tür zuzugehen, doch Jarik stoppt mich.

»Du gehst als Letzte«, weist er an. »Zusammen mit mir.«

Da ich nicht glaube, dass er momentan Widerworte duldet, trete ich zur Seite, lasse die anderen passieren und einige Schritte in den Tunnel gehen.

»Darf ich, Chef?«, frage ich.

»Du denkst, das hier ist witzig, oder?«, fragt er mit einem künstlichen und überheblichen Lächeln auf den Lippen. »Nur ein Spiel, in das du dich einklinken kannst?«

Nichts ist mehr von dem Jarik übrig, der mich gestern Abend gehalten hat. Das hier ist der Krieger.

Der Shinobi.

»Ich kann sehr gut auf mich aufpassen«, sage ich.

»Aus welchem Film hast du den Spruch?« Er wartet nicht auf eine Antwort, sondern setzt sofort hinzu: »Du hörst hier auf mich. Keine Widerrede. Keine Alleingänge. Kein Ich-weiß-was-ich-tue- und auch kein Ich-kann-auf-mich-selbst-aufpassen-Gerede.« Mit einem Kopfnicken deutet er über die Türschwelle. »Weniger verschreckt gucken, mehr laufen.«

»Weniger Kotzbrocken sein, mehr dem Mädchen zutrauen«, gebe ich zurück, tue jedoch, was er sagt. Unsere Blicke verkeilen sich ineinander, bis ich die Tür passiert habe.

Sofort, nachdem ich die Schwelle übertreten habe, sinkt die Raumtemperatur und mir kriecht eine Gänsehaut den Rücken hinab. Vor mir erstreckt sich ein Tunnel, so tief, dass sein Ende komplett mit der Dunkelheit verschmilzt. Links und rechts sind mit einigen Metern Abstand Spots im Steinboden eingelassen, doch sie tauchen den Tunnel nur in ein schummriges gelbes Licht, das zum Großteil von den dicken Betonwänden verschluckt wird. Pfützen verteilen sich hier und da am Boden, Moos hat sich an den Ecken eingenistet und rankt den Stein empor.

Dass ich das Ende des Tunnels nicht sehe, verursacht ein flaues Gefühl in meinem Magen. Dass Jarik dicht neben mir stehenbleibt ebenso.

»Bent und Kaya führen die Gruppe an«, sagt er zu den anderen. Er deutet auf Ava und Aiko. »Ihr lauft vor Clara, wir bilden den Schluss. Wir umgehen Shibuya und nehmen die Abzweigung davor.«

»Was ein Umweg ist«, wirft Kaya ein. Das Mädchen mit dem kinnlangen Bob hält ihre Hand ununterbrochen auf dem Dolch an ihrem Gürtel.

»Ich weiß«, sagt Jarik. »Aber Clara und ich wurden das letzte Mal an der Kreuzung angegriffen. Es ist nicht auszuschließen, dass die Abtrünnigen weiterhin Posten dort haben. Wir haben nicht vor, heute in eine Konfrontation zu geraten.«

»Wir könnten allerdings die Menschenmasse bei Shibuya nutzen und uns treiben lassen«, sagt Ava.

Jarik schüttelt den Kopf. »Zu gefährlich. Wir nehmen den Umweg und gehen auf Nummer sicher. Los.«

Es überrascht mich extrem, dass Bent nicht einmal den Ansatz eines Widerspruchs äußert. Stattdessen setzt er sich, wie wir anderen, sofort in Bewegung, als wir dazu aufgefordert werden. Egal, welche Streitereien Jarik und er haben oder gehabt haben, bei ihren Aufträgen sind sie offenbar nicht relevant, sodass beide tatsächlich eine Einheit bilden. Wahrscheinlich stimmt es und ich habe meine Emotionen längst nicht so unter Kontrolle wie Jarik. Ich glaube nicht, dass ich mit jemandem eine Einheit bilden könnte, den ich normalerweise meiden und dem ich allem Anschein nach nicht vertrauen würde. Aber all das Misstrauen, das sonst zwischen Jarik und Bent hängt, hat hier keinen Platz.

Während die anderen sich wie automatisch und lautlos bewegen, achte ich auf jeden meiner Schritte. Ich umgehe die Pfützen, um kein Geräusch auszulösen, und weiche Steinen aus, die im Weg liegen, weil sie an einigen Stellen aus den Wänden oder der Decke gebrochen sind.

Jarik geht schweigend neben mir. Selbst vor Wochen in Tokio, als wir im Hotel mit den Abtrünnigen gefangen waren, hat er nicht so konzentriert gewirkt. Er ist mein Schatten. Komplett in schwarz gekleidet, läuft er nur einen halben Meter neben mir und hat mein Tempo angenommen. Seine Augen sehen geradeaus zu den anderen, die mit ihrer dunklen Kleidung ähnlich im Dämmerlicht verschmelzen, sein Kiefer ist angespannt, als würde er die Zähne aufeinanderbeißen.

Als er einen Blick über seine Schulter wagt, bleibt er danach an meinem hängen.

»Falk hat den Tunnel ›Der Untergrund‹ genannt«, erinnere ich mich. »Was hat es damit auf sich?«

»Die Meister haben sie uns zugänglich gemacht, es gibt mehrere«, erklärt er. »Sie erleichtern uns die Wege in Tokio. Offiziell sind es alte U-Bahn-Tunnel, die nicht mehr genutzt werden dürfen, weil sie einsturzgefährdet sind. Was natürlich nicht wahr ist, denn sie von der Gilde gepflegt.«

Tatsächlich sind hier und da Löcher in den Wänden und im Boden, allerdings im Durchmesser nur halb so groß wie ein Tennisball. Und auch das Moos hält sich in Grenzen.

»Das heißt, ganz Tokio ist untertunnelt?«, frage ich.

»So gut wie. Einige der Tunnel führen in neuere U-Bahn-Tunnel.«

Ich schiebe die Brauen zusammen. »Wie konnte die Gilde überhaupt an diese Tunnel kommen?«

»Sie bestechen niemanden, falls dein Gesichtsausdruck das ausdrücken soll«, sagt Jarik unverzüglich. »Haru ist Tokios Bürgermeister, er hat die Tunnel sperren lassen – außer für uns natürlich.« Auf seine Lippen schleicht sich ein stolzes Lächeln.

»Das klingt, als würden die Meister ihre Macht ausnutzen«, rutscht es mir heraus.

»Zum Wohle aller.«

»Aus welchem Film hast du den Spruch?«, wiederhole ich seine Frage von gerade.

»Weißt du, warum die Abtrünnigen geschwächt sind?«, erwidert Jarik mit einer Gegenfrage. »Unseretwegen. Seit dem Krieg haben sie immer wieder versucht, die Gilde zu schwächen, und sie sind vor nichts zurückgeschreckt. 2015 gab es eine Explosion am Yasukuni-Schrein hier in Tokio. Niemand wurde verletzt, weil Geschwister den Angriff haben kommen sehen. Haru hat das Gelände räumen lassen, bevor die Bombe hochgegangen ist. Hätte er das nicht verhindern können, hätte man ihn als Bürgermeister mit Sicherheit dafür belangt. Erinnerst du dich an den Trinkwasserskandal vor drei Jahren in Potsdam?«

Als wäre es gestern, denke ich. Blei war angeblich im Trinkwasser nachgewiesen worden, tagelang hat es in der gesamten Stadt kein Wasser mehr in den Supermärkten gegeben. Die Stadt ist Gespräch in landesweiten Zeitungen und Fernsehsendern gewesen. Irgendwann war das Gerücht aufgekommen, dass mein Vater seine Finger im Spiel gehabt hätte. Nur kurze Zeit nach den ersten Anschuldigungen hat er sie aus dem Weg geräumt, indem er das Trinkwasser wieder hat reinigen lassen.

Meine Mutter und ich haben ihn wochenlang danach nur sporadisch zu Gesicht bekommen, weil er sein angeknacks-tes Image geradebiegen musste. Eines Abends habe ich ihn mit meiner Mutter reden hören. Er hatte Angst, seinen Job zu verlieren.

Mein Vater kam mir immer unantastbar vor, er hat nie an sich gezweifelt – aber an dem Abend habe ich ihn gebrochen erlebt.

»Das waren die Abtrünnigen?«, frage ich.

Jarik nickt. »Wir haben es nicht rechtzeitig verhindern können, sodass Veit beinahe von seinem Amt in der Politik zurücktreten musste. Zwei Menschen sind an einer Bleivergiftung gestorben. Und die Abtrünnigen versuchen nicht nur, die Meister zu schwächen, auch die Fuma und die Geschwister. Niemand ist vor ihnen sicher.«

Als wüsste er etwas, das ich nicht weiß oder wissen soll, wirft er Avas Rücken einen flüchtigen Blick zu.

»Also falls du glaubst, die Ishikawa wären harmlos«, sagt er dann, »kann ich das nicht bestätigen.« Jarik lässt die Finger um die Halterung seines Katana gleiten, die mit einem Gurt über seiner Schulter hängt. »Wir haben wieder und wieder Angriffe verhindert.«

»Und Abtrünnige dabei ausgeschaltet?«, frage ich.

»Wenn es sein musste, ja«, sagt er ehrlich. »Aber niemals ohne Grund, sondern nur, sobald Gefahr drohte und -«

Mitten im Satz bricht Jarik ab, weil ein Schrei durch den Tunnel hallt.

Gefolgt von einem einzigen Wort: »Kada!«

KAPITEL 38

Clara

»Papa!«

Ich brülle das Wort, während ich bereits renne und noch bevor Jarik mich zurückhalten kann.

»Ihr sichert die Tunnel!«, ruft dieser, aber ich nehme ihn kaum wahr, habe mich schon zu weit von der Gruppe entfernt.

Hinter mir dröhnen Schritte auf dem Asphalt, doch ich drehe mich nicht herum, um zu sehen, wer mir folgt, sondern laufe stattdessen zurück zum Parkhaus, aus dessen Richtung der Schrei gekommen ist.

»Kada!«

Als mein Vater einen zweiten Schrei ausstößt, biege ich in einen der Nebentunnel, ohne darüber nachzudenken, wohin er führt.

Da werde ich an der Hand gegriffen und herumgewirbelt. Jariks Gesicht ist keinen halben Meter von meinem entfernt. Intuitiv will ich mein Katana heben und ihn so dazu bringen, zurückzuweichen.

»Kada!«

Beinahe geben meine Beine nach, mein Herz überschlägt sich – und das ist mein Fehler. Ich bin unaufmerksam, ich bin gelenkt durch die Sorge um meinen Vater.

In einem Moment will ich mich an Jarik vorbeikämpfen, doch im nächsten greift er meinen Unterarm, drückt mit seinem Daumen fest zwischen meine Knochen und mir rutscht durch den Schmerz das Schwert aus den Fingern. Im selben Augenblick legt er mir die Hand auf den Mund und presst mich danach mit dem Rücken gegen die Wand.

Für einen ewigen Moment ist alles um uns herum lautlos. Nicht ein Geräusch flirrt durch die Luft.

Jarik sieht sich um, während ich ihn betrachte, doch weder links, tiefer im Tunnel, noch rechts aus der Richtung, aus der wir kamen, ist irgendjemand zu erkennen. Alles liegt bedrohlich still da.

Langsam sieht Jarik zurück zu mir und die Angst in seinen Augen löst weiter Unruhen in mir aus.

»Das ist eine Falle«, flüstert er. »Ich lasse die Hand jetzt sinken und du hörst auf, zu schreien. Du bringst uns alle in Gefahr damit.«

Seine rechte Hand, gerade noch hart an meinem Unterarm, wandert weiter zu meiner, wo er meine Finger nun sachte umschlingt, als wollte er mich mit der Geste besänftigen. Ich habe keine Ahnung, warum er diese Wirkung auf mich hat, aber es klappt. Die andere Hand lässt er schließlich von meinen Lippen sinken. Ich zwinge mich dazu, meine Atmung unter Kontrolle zu bekommen, auch wenn es mir unmöglich erscheint. Er hebt mein Katana auf und reicht es mir, zieht sein eigenes aus der Halterung.

»Mein Vater«, bringe ich kratzig hervor.

»Ich weiß«, sagt Jarik leise. »Aber sie benutzen ihn wahrscheinlich, um dich zu ihm zu locken. Wir müssen hier raus.«

»Ich lasse ihn nicht zurück.«

Obwohl weiterhin kein Geräusch zu vernehmen ist, dreht Jarik den Kopf nach rechts, als würde er etwas hören, das ich nicht wahrnehme.

Da schießt ein paar Meter neben Jarik und mir in einer ohrenbetäubenden Explosion eine Geröllawine aus der Wand.

Sowohl Jarik als auch ich werden von der Druckwelle erfasst und zu Boden geworfen. Ein dumpfer Schmerz zieht mir durch den Arm, auf dem ich aufkomme. Staub drängt sich mir entgegen und ein Husten bricht mir über die Lippen. Im selben Augenblick spüre ich, wie mich ein Stein hart am Oberschenkel trifft, und mir entfährt ein Stöhnen, doch sofort halte ich mir den Arm vors Gesicht, um wenigstens das zu schützen.

In meinen Ohren vibriert ein Piepen von der Explosion, hinter meinen Lidern tänzeln Sterne. Ich brauche ewige Augenblicke, bis ich wieder Orientierung und Halt finde.

»Jarik?«, krächze ich.

»Mio?«

Seine Hand tastet nach meiner, sodass ich mich aus Reflex auf die Seite drehe und sie ergreife. Seine schwarze Kleidung ist grau vom Staub, seine blonden Haare aschfahl, und obwohl er mitgenommen aussieht, kommt er schnell auf die Beine und zieht mich mit hoch.

»Bist du verletzt?«, fragt er.

Ich schüttle den Kopf. Mein Arm pocht zwar durch den Aufprall, doch ansonsten spüre ich keine Schmerzen. Wahrscheinlich wegen des Adrenalins.

Sowohl Jarik als auch ich heben unsere Schwerter auf und laufen zu dem Betonhaufen, der uns den Rückweg versperrt.

»Jarik?«, ertönt Avas Stimme hinter dem Geröll.

Durch einen schmalen Spalt meine ich, ihr Shirt auszumachen. Keine drei Meter steht sie von uns entfernt, doch der zusammengebrochene Beton reicht bis an die Decke des Tunnels und die Brocken sehen zu schwer aus, um sie einfach beiseite zu räumen.

»Alles bestens«, erwidert Jarik, obwohl mich eher das Gegenteil beschleicht. »Uns geht es gut, was ist mit euch?«

»Keine Verletzungen«, sagt Ava. »Was hat die Explosion ausgelöst?«

»Ich weiß es nicht. Aber wir müssen weiter. Wenn jemand im Tunnel ist, müssen wir so schnell es geht an die Oberfläche.« Flüchtig wirft er mir einen Blick zu. »Clara und ich können von hier aus nur in Richtung Shibuya.«

»Wir gehen zum Ausgang am Studiopark«, sagt Ava. »Funktioniert dein Handy?«

Jarik zieht es aus der Innentasche seiner Jacke und schaltet das Display zum Test ein.

»Funktioniert«, antwortet er und verstaut es wieder.

»Ruf mich an, wenn ihr draußen seid«, sagt Ava. »Wir kommen sofort zu euch.«

»Passt auf euch auf«, sagt Jarik.

»Ich weiß, ich weiß.« Ich habe das Gefühl, in Avas Stimme schwingt ein Lächeln mit. »Am besten ist, du bringst uns Clara in einem Stück wieder, sonst wird Falk sauer.«

»Keine Zeit, um Witze zu machen.«

»Geht klar. Wir sehen uns gleich.«

Damit höre ich nicht nur ihre Schritte, die sich entfernen, sondern auch die der anderen. Jarik und ich bleiben noch kurz vor dem Geröllhaufen stehen, doch dann setzt er sich in Bewegung und ich mich mit ihm.

»Wir sind in zehn Minuten da«, sagt er. »In knapp achthundert Metern ist ein Ausgang über eine Leiter, mit der kommen wir in einer Seitenstraße der Shibuya Kreuzung raus.«

»Was ist mit meinem Vater?«, frage ich. »Er ist irgendwo hier drin, ich gehe nicht ohne ihn.«

Jarik bleibt stehen und positioniert sich vor mir. »Wir wissen nicht mal, ob er es war.«

»Ich erkenne die Stimme meines Vaters.«

»Die Ishikawa sind Meister der Täuschung«, sagt er. »Sie tun alles, um dich zu bekommen, und du wirst ihnen unter meiner Aufsicht nicht in die Arme rennen. Wir verlassen den Tunnel.«

»Du kannst ihn verlassen, aber ich werde meinen Vater suchen.«

»Es gibt keine Widerrede«, sagt er durch zusammengebissene Zähne. »Das war kein dahergesagter Spruch vorhin. Wir werden Veit finden, allerdings nicht hier, wo die Abtrünnigen nur auf dich warten. Sie werden ihm nichts antun.«

»Woher willst du das wissen?«

»Weil du ihr Austausch bist«, sagt er. »Solange du sicher bist, ist er es auch.«

Aus dem Tunnel links von uns ertönt plötzlich eine weitere Explosion, dumpfer jedoch, als sei sie einige Meter entfernt. Jarik und ich schrecken dennoch beide auf.

»Scheiße«, sagt er und starrt in die Tunnelabzweigung. »Das war unser Weg.«

Noch nie habe ich Jarik so unentschlossen und verwirrt gesehen. Mehrere Sekunden verstreichen, in denen er zwischen der eigentlichen Abzweigung und dem Tunnel vor uns hin und her sieht und abzuwägen scheint, ob wir es riskieren sollen, die Abzweigung zu nehmen. In der Hoffnung, dass die Explosion eventuell weniger Schaden angerichtet hat.

»Hier lang«, sagt er schließlich und legt mir die Hand auf den Rücken, um mich in den Tunnel vor uns zu drücken. Er ist schmaler als der zuvor, ich habe das Gefühl, je weiter wir hineinlaufen, desto enger läuft er zu. Ich komme mir vor wie in einem Trichter, der sich nach unten hin zuspitzt. Doch nach einigen Schritten entdecke ich sein Ende und dass er sich erneut in zwei Abzweigungen teilt.

Und Licht. Ich sehe Licht.

Bevor ich weiter darüber nachdenken kann, woher die plötzliche Lichtquelle kommt, hält Jarik mich mit dem Arm zurück.

Da rieche ich es: Feuer.

Als hätte die Glut nur darauf gewartet, dass wir sie bemerken, schießt am Ende des Tunnels ein Feuerstrahl um die Ecke, gefolgt von einer grauen Rauchwolke. Wie eine

Schlange kriecht beides um die Abbiegung und bedrohlich auf uns zu.

Jarik greift nach meiner Hand und zerrt mich wortlos mit sich, weg von den Flammen. Wir achten nicht mehr darauf, vorsichtig oder lautlos zu schleichen wie vorhin, stattdessen hallen unsere schweren Schritte von den Wänden wider.

Ich riskiere einen Blick über meine Schulter. Knistern erfüllt die Luft, Funken sprühen in den Tunnel, haben aber keinen Platz nach oben, weswegen sie in unsere Richtung schießen. Der Anblick der gelborangenen Flammen ist alles einnehmend, faszinierend und beängstigend zugleich.

Mir kommt meine Orientierung abhanden, während wir rennen, und ich hoffe bloß darauf, dass Jarik weiß, in welche Richtung wir laufen. Im nächsten Moment nehmen wir eine Abzweigung nach links. Der Tunnel ist so eng, dass Jariks und meine Schultern sich kontinuierlich berühren, während unsere Beine uns vorantragen. Meine Lungen brennen, meine Oberschenkel auch, aber ich halte Jariks Hand ebenso verkrampft wie er meine.

Vor uns taucht ein Gitter auf, das den Tunnel trennt. Dahinter sehe ich eine Tür, die einen Spaltbreit aufsteht. Jarik lässt mich los und geht als Erster auf das Tor zu, will es wie selbstverständlich aufdrücken – doch es ist verschlossen. Kurz scheint er selbst völlig zurückgeworfen von der Tatsache, dass es sich nicht öffnen lässt, dann schlägt er mit der flachen Hand gegen die Gitter.

»Scheiße!«, ruft er wie vorhin, diesmal jedoch lauter und deutlich verzweifelter.

Bei seiner Reaktion steigt mir sofort Angst die Kehle empor. So habe ich ihn noch nie erlebt.

Gerade will ich ansetzen, etwas zu sagen, da nehme ich eine Bewegung an der Tür hinter dem Gitter wahr.

»Jarik.«

Er sieht erst zu mir, dann folgt er meinem Blick und erstarrt ebenso wie ich. Aus der Tür treten fünf Gestalten in den Schatten und schließlich auf uns zu. Alle von ihnen sind in Schwarz gekleidet, um ihre Taillen sind Ledergürtel geschnallt, an denen mehrere Dolche und Wurfsterne befestigt sind. In der Hand trägt jeder ein Katana, während ihre Gesichter bis auf die Augen vollständig vermummt sind.

Sie sind die Dunkelheit.

In der Finsternis hinter uns bricht ein weiterer Knall über uns herein, lauter diesmal als vor einigen Minuten. Wieder zittert der Boden und das Zittern in meinen Beinen verstärkt sich ebenso, lässt einen Gedanken durch mich rauschen: Sie kesseln uns ein.

Einen Moment scheint alles stillzustehen. Die vermummten Gestalten positionieren sich etwa fünf Meter vor dem Gitter, keine von ihnen macht Anstalten, uns anzugreifen. Sie haben nicht mal ihre Hand an ihre Waffen gelegt, sondern stehen bloß still vor uns, während sie beinahe mit der Dunkelheit verschmelzen. Ich widerstehe dem Drang, nach Jariks Hand zu greifen, weil sich mir dasselbe erdrückende Gefühl im Magen breitmacht wie an dem Tag, an dem die Abtrünnigen uns in Tokio angegriffen haben. Als sie über uns im Hotel durch die Räume geschlichen sind. Allein bei der Erinnerung daran, beginnt mein Herz zu rasen.

Jarik sieht über seine Schulter und ich tue es ihm flüchtig gleich. Doch niemand befindet sich hinter uns. Als hätten wir beide denselben Gedanken, weichen wir langsam vom Gitter zurück, während – durch unsere Bewegung ausgelöst – die vermummten Gestalten nun näherkommen. Eine löst sich aus der Gruppe und steuert direkt auf die Tür im Gitter zu.

»Sag mir, dass sie keinen Schlüssel für das Tor haben«, sage ich zu Jarik.

»Kann ich nicht«, erwidert er.

»Dann sag mir, dass es noch einen anderen Weg gibt. Einen abseits vom Feuer und -«

Zwei der Gestalten zücken so schnell ihre Dolche, dass ich mitten im Satz abbreche. Die Klingen zischen durch das Gitter auf Jarik und mich zu. Doch während er ausweichen kann, streift der Dolch meinen Oberarm und hinterlässt einen brennenden Schmerz auf meiner Haut.

Als hätten Jarik und ich uns abgesprochen, rennen wir gleichzeitig los, weg von den Gestalten. Doch schon als wir den Tunnelgang verlassen und in den stürmen, aus dem wir kamen, weiß ich, dass wir verloren sind. Der Rauch des Feuers quillt mittlerweile so weit zu uns, dass ich mir den Unterarm vor Mund und Nase hebe, um ihn nicht einzuatmen. Jarik tut dasselbe.

»Zurück!«, ruft er mir zu und weil mir keine andere Wahl bleibt, folge ich ihm.

Doch nur wenige Schritte später lauert der Geröllhaufen auf uns, der uns vom Ausweg trennt.

Plötzlich spüre ich Jariks Finger, die sich behutsam zwischen meine schieben, und ich greife danach, bevor ich mir

Gedanken darüber machen kann. Dicht stehen wir nebeneinander, die Hand in der des jeweils anderen, Geröll hinter uns, Feuer vor uns, dessen Rauch in meinen Lungen brennt.

Mit der freien Hand hält Jarik sein Katana vor sich, bereit zum Kampf, und ich ebenso. Sollten die Gestalten uns einholen, werden wir wenigstens versuchen, es mit ihnen aufzunehmen. Auch wenn danach wahrscheinlich das Feuer auf uns wartet.

»Sie sind meinetwegen hier.« Ich bin mir nicht sicher, ob ich das zu mir selbst oder zu Jarik sage. »Und sie haben meinen Vater dabei ...«

Meine Stimme bricht wie Glas, das fallengelassen wurde. Aus den Augenwinkeln sehe ich zu Jarik, der mich vorsichtig betrachtet, jedoch nichts sagt.

»Ich hätte nicht herkommen sollen«, setze ich hinzu.

Er rückt noch näher an mich heran, drückt meine Hand. »Ich weiß, du kannst auf dich selbst aufpassen«, flüstert er. »Aber ich passe ebenso auf. Verstanden?«

Es ist nur dahergesagt, ich weiß es, denn wir können weder vor noch zurück, dennoch beruhigen seine Worte mich für einen winzigen Augenblick.

»Nimm Haltung an«, sagt Jarik auf einmal. Seine Stimme klingt wegen des Rauchs angeschlagen, doch anders als ich steht er gerade und mit gestrafften Schultern da. Er sieht nicht mich an, sondern schaut in den Tunnel. »Hab Respekt vor dem, was kommt, und vor dir selbst.«

Mir schießt ein Sprichwort durch den Kopf, das mein Vater öfter gesagt hat: *Tue alles, was du kannst, und überlasse alles Weitere dem Schicksal.*

Damit im Hinterkopf, richte ich meine Schultern. Und obwohl meine Augen brennen und sich hinter meiner Stirn Kopfschmerzen ausbreiten, sehe ich dem Feuer entgegen, das den Tunnel erhellt wie Blitze.

Als die fünf vermummten Gestalten aus einem der anderen Gänge kommen und uns entdecken, setzt mein Herz aus, aber meine Position halte ich mit aller Macht. Halte mein Katana. Halte mich aufrecht. Halte das Gesicht meines Vaters vor meinem inneren Auge fest. Das meiner Mutter. Das von Damien.

Halte Jariks Hand.

Obwohl der Rauch längst zu uns gekrochen ist, nehme ich einen tiefen Atemzug und wappne mich, um zu kämpfen.

Da bricht die Decke über den Vermummten zusammen.

KAPITEL 39

Clara

Mehrere Gestalten strömen durch das klaffende Loch in der Decke wie Ameisen in den Tunnel. Alle in grauen Gewändern, alle mit Atemschutzmasken über den Gesichtern, die sie bedrohlich wirken lassen. Es sind so viele, die über den Schutthaufen steigen, dass ich sie nicht zählen kann, und zuerst glaube ich, dass wir nun erst recht keine Chance haben, weil Jarik und ich vollkommen in der Unterzahl sind.

Doch dann greifen sie die Vermummten an, die nicht vom Geröll erfasst wurden, und drängen sie innerhalb weniger Sekunden von Jarik und mir fort. Einige von ihnen reihen sich wie einen Zaun auf und schirmen uns von den Vermummten ab. Hinter ihrer menschlichen Mauer höre ich Klingen aufeinandertreffen, hart und unnachgiebig hallt das vertraute Geräusch durch den Tunnel.

Jarik und ich haben unsere Katana noch immer in der Hand, mit den freien halten wir unsere Finger weiterhin miteinander verschlungen. Zunehmend breitet sich ein Kratzen in meinem Hals aus, meine Augen beginnen, vom Rauch zu brennen. Doch ich konzentriere mich darauf, meine Haltung zu bewahren, nicht einzuknicken. Bereit zu sein, um zu kämpfen.

Eine der grauen Gestalten löst sich aus der Kette, die den Zaun bilden, und sofort nimmt eine andere seinen Platz wie selbstverständlich ein. Als hätten sie jede Bewegung einstudiert. Während die Gestalt auf uns zutritt, bemerke ich, dass sie keine Waffen in den Händen trägt, weshalb ich vermute, dass sie sie unter ihrem Gewand versteckt hat.

Jarik stößt mit seinem Katana vorwärts, sodass die Gestalt zurückzuckt, dann jedoch abwehrend beide Arme vor die Brust hebt.

»Wir bringen euch raus!«, ruft sie dumpf durch die Maske.

»Ich folge keinen Abtrünnigen!«, brüllt Jarik über den Lärm des Kampfes.

Erst da fällt mir das Zeichen auf dem Gewand der Gestalt auf: Es ist in einem zarten Weiß in den Stoff gestickt und prangt genau über dem Herz – ein Unendlichkeitszeichen. Das Symbol der Ishikawa.

Meine Finger krallen sich noch fester um den Griff meines Katanas. Oder zumindest will ich, dass sie das tun, aber ich merke, wie die Hitze und der Rauch mir von Sekunde zu Sekunde zusetzen. Das Katana sinkt wie von selbst ein Stück gen Boden. Und als ich zu Jarik herübersehe, wirkt er ebenso geschwächt. Auf seiner Stirn glänzen Schweißperlen, er atmet ähnlich schwer wie ich und auch seine Hand ist schwitzig.

In meinem Brustkorb breitet sich ein Ziehen aus und ich muss die Hand aus Jariks nehmen, weil mich plötzlich ein Husten schüttelt. Ich kralle meine Finger in mein Shirt und will mein Katana mit aller Macht wieder anheben.

Tue alles, was du kannst, und überlasse alles Weitere dem Schicksal, klingt es in meinen Ohren.

Aber in meinen Lungen explodiert mit einem Mal ein beißender Schmerz und lässt meine Abwehr in den Hintergrund rücken. Vielleicht ist das mein Schicksal und ich muss mich ihm ergeben.

Jarik hat sein Schwert weiterhin auf die Gestalt gerichtet, sein Blick huscht zwischen ihr und mir hin und her, als müsste er überlegen, ob er mich oder die Gestalt aus den Augen lässt.

Das Brennen in meiner Brust ebbt auch dann nicht ab, als ich mir den Stoff meines Shirts über Mund und Nase halte, um den Rauch wenigstens etwas fernzuhalten. Doch das Gefühl, jemand würde auf meinem Brustkorb stehen, ist unerträglich, und mit jedem Atemzug reibt sich der Schmerz tiefer in mein Innerstes.

»Wir müssen raus.« Meine Stimme klingt wie zu dünnes Papier, jeden Moment droht sie, zu reißen.

Ich kann den Zwiespalt in Jariks Augen sehen, bevor er der Gestalt vor uns erneut einen Blick zuwirft.

»Wir sind nicht hier, um mit euch zu kämpfen!«, ruft sie.

»Wozu dann?«, bringt Jarik mit rauer Stimme hervor.

»Um euch zu retten.«

»Vor wem?«

»Euren eigenen Leuten.«

Die Worte sind noch nicht ganz in meinem Kopf angekommen, da erschüttert eine letzte Explosion den Tunnel. Mehrere

Steinbrocken regnen von der Decke. Als hätte jemand die Szenerie verlangsamt, sehe ich, dass Jarik sein Katana wie aus einem Reflex heraus fallenlässt und mit ausgestreckten Armen auf mich zuläuft, als wollte er sie um mich legen und mich abschirmen.

Doch er ist nicht schnell genug.

Der faustgroße Stein trifft mich an der rechten Schläfe und nach dem Schmerz kommt sofort die Dunkelheit.

KAPITEL 40

Clara

Ich träume von zu Hause.

Im Tunnel vor mir herrscht gespenstische Stille. Während meine Eltern, Damien und ich uns gegenüberstehen, verlieren wir kein Wort. Das müssen wir auch nicht, wir wissen, wie sehr wir einander vermissen. Wie sehr es uns fehlt, beisammen zu sein.

Ich wage einen Schritt in ihre Richtung – doch Rauch breitet sich um uns aus. Aus allen Ecken kommt er gekrochen und vernebelt mir die Sicht auf meine Mutter, auf meinen Vater, auf Damien. Meine Beine versuchen, mich zu ihnen zu tragen, aber der Qualm ist zu dicht, meine Augen füllen sich mit Tränen. Und ich weiß nicht, ob der Rauch schuld daran ist oder das Gefühl, alleingelassen worden zu sein.

Als hätte man mir ein Bein abgenommen. Der Phantomschmerz schlägt mein Herz entzwei.

Der Traum verblasst, in meinen Ohren ist mit einem Mal ein regelmäßiges Piepen zu hören und danach eine Stimme.

»Sie schläft seit mehr als zwölf Stunden«, sagt Jarik. Noch immer klingt er heiser, das Feuer muss seiner Stimme zugesetzt haben.

Lasst mich weiterschlafen, denke ich. *Lasst mir wenigstens den Traum. Lasst mir für einen Moment meine Familie.*

Aber schon schummelt sich eine weitere Stimme zwischen mich und mein Heimweh. Zwischen mich und die Sehnsucht.

»Das ist okay, Jarik«, sagt Falk. »Eine Gehirnerschütterung ist ernstzunehmend. Clara ist hier gut aufgehoben. Keine Sorge.«

Ich will nicht hier sein. Ich will nach Hause.

Stille flirrt im Zimmer und beinahe drifte ich erneut in Träume, da setzt Jarik noch einmal an.

»Zu spät, die Sorge verstopft mir jeden Gedanken«, sagt er. »Du hattest recht ... Sie bedeutet mir zu viel.«

Die nächsten Träume handeln alle von Jarik.

Von seiner Hand in meiner, seinen Fingerkuppen auf meiner Haut.

Seiner rauen Stimme an meinem Ohr.

Seinem Blick, fest verankert mit meinem.

Seinen Lippen auf meinen. Bodenlos.

Im Traum zieht er mich aus dem Qualm, als ich endgültig die Orientierung verliere, während ich nach meiner Familie schreie.

Er beruhigt mich.

Er rettet mich.

KAPITEL 41

Jarik

Stundenlang hat Clara laut im Schlaf geatmet, hat sich hin und her gewälzt und dennoch nicht die Augen aufgeschlagen. Ich war hier, Falk hat mir ein Bett ins Krankenzimmer geschoben, sodass ich neben Clara schlafen konnte. Obwohl das Wort *schlafen* nicht ganz hinkommt, denn ich war öfter wach, als dass ich geschlafen habe. Immerzu lauschend, ob sie aufwacht.

Dann hat sie plötzlich begonnen, regelmäßig zu atmen. Und irgendwann nachts, als ich wachlag und aus der Balkontür in die tiefste, schwärzeste Dunkelheit gesehen habe und dachte, sie würde zu mir zurücksehen – da hat Clara ein Wort gemurmelt.

»Jarik.«

Seitdem kommt sie langsam zurück, habe ich das Gefühl.

Es dauert noch zwei Stunden und beinahe bin ich endlich weggedöst, da höre ich sie schmerzvoll aufstöhnen. Im Halbdunkeln des kommenden Sonnenaufgangs drehe ich mich in meinem Bett ihr zu. Und tatsächlich: Sie hat die Augen geöffnet und sieht in meine Richtung.

»Hallo Mio«, sage ich.

»Hallo Jarik.«

»Schätze, dir geht es wirklich schlecht, wenn ich nicht der Kotzbrocken bin.«

Sie erwidert mein Lächeln nicht, sondern führt ihre rechte Hand stattdessen an ihre Schläfe und stöhnt erneut auf, als sie das Pflaster erfühlt, da, wo der Stein sie getroffen hat.

Schnell verdränge ich die Erinnerung daran. Niemandem habe ich erzählt, wie wir aus dem Tunnel entkommen sind. Ich mit Clara auf dem Arm, während der Abtrünnige mir eine Atemmaske über den Kopf gezogen hat und mir übers Geröll ins Freie geholfen hat – und mir schließlich nichts weiter als einen Zettel und einen Umschlag zugesteckt hat, um mich dann laufen zu lassen.

Er wollte Clara nicht. Der Deal hat ihn nicht interessiert.

»Hat mich ein Lastwagen überrollt?«, fragt Clara. »Meine Kopfschmerzen bringen mich um.«

Ich schwinge meine Beine von der Matratze und setze mich auf die Kante, um Clara im Bett neben mir besser ansehen zu können. Zwischen uns ist lediglich ein Meter Platz.

»Kein Lastwagen«, antworte ich. »Bloß ein faustgroßer Stein, der zu einer Gehirnerschütterung geführt hat. Nichts Wildes.«

»Fühlt sich anders an«, sagt sie.

»Hast du starke Schmerzen?«, frage ich. »Ich kann Falk holen, um dir Schmerzmittel zu bringen.«

Sie schüttelt den Kopf, verzieht aufgrund der Bewegung aber erneut das Gesicht. Ihre Augen scannen den Raum. »Wo sind wir?«

»In einem der Krankenzimmer«, sage ich. »Falk hat dich mit dem Helikopter herbringen lassen und sich um dich gekümmert.«

Sie vergräbt das Gesicht in den Händen. »Verdammt.«

Reflexartig erhebe ich mich, bleibe vor ihr stehen und lege meine Hand an ihren Oberarm. »Soll ich Falk rufen?«

»Nein«, murmelt sie. »Ich will bloß hier liegen und mich selbst bemitleiden.«

Mir entfährt unweigerlich ein Lachen. »Wofür?«

»Dass ich dich in Gefahr gebracht habe.« Clara lässt die Hände sinken und wirkt, als wollte sie in meine Richtung schauen, jedoch tut sie es nicht. »Wegen meines Egos.«

Jetzt blickt sie doch zu mir auf und neben den Kopfschmerzen, die sie ihre Brauen zusammenschieben lassen, steht außerdem eine Menge Schuld in ihrem Gesicht.

»Rutsch mal«, sage ich.

Ich warte, bis sie im Bett nach links rückt, sodass ich neben ihr liegen kann. Sie dreht sich auf die Seite, mir zugewandt, und hält meinen Unterarm fest, während ihr Kopf an meine Schulter fällt.

»Mir ist schwindelig«, sagt sie.

»Letztes Angebot, Falk zu holen.«

»Schon gut, ich lehne einfach einen Moment ganz uneigennützig an der starken Schulter eines Kotzbrockens.«

Als ich zu ihr runtersehe, grinst sie.

Lange schweigen wir, irgendwann schließt Clara die Augen, hält sich jedoch weiterhin an meinem Unterarm fest und ich traue mich nicht, ihn wegzuziehen. Für jetzt will ich nicht dagegen ankämpfen – das Gefühl, dass ich nicht nur ihr Halt gebe, sondern sie auch mir.

»Wie sind wir aus dem Tunnel entkommen?«, fragt sie plötzlich.

Mein Magen zieht sich schmerzhaft zusammen, ähnlich wie mein Hals, weswegen ich mich räuspere und es dann erst schaffe, zu sprechen.

»Die anderen müssen die Explosion gehört haben und kamen uns zur Hilfe«, antworte ich.

Es stimmt nicht. Ich antworte ihr nicht – ich lüge sie an.

Clara richtet sich etwas auf und ich nehme all meine Kraft zusammen, um ihrem Blick nicht auszuweichen. Sie darf niemals erfahren, was passiert ist. Nicht, bevor ich mich nicht getraut habe, zu analysieren, was tatsächlich im Tunnel vor sich gegangen ist. Nicht, bevor wir nicht wissen, was die Abtrünnigen wirklich wollten – ob sie uns vor unseren eigenen Leuten gerettet oder uns manipuliert haben.

Ob das Geschriebene auf dem Zettel, den der Abtrünnige mir zugesteckt hat, der Wahrheit entspricht: *Vergiss nie, wer euch gerettet hat. Ein junger Baum kann leicht gebogen werden.* Darunter war ein gemeinsames Bild der Meister.

Meinen sie uns Geschwister? Sind wir Soldaten, die abgerichtet wurden – Bäume, die gebogen werden? Hat der Ishikawa uns deswegen geholfen, den Vermummten zu entkommen – weil unsere eigenen Leute hinter den Masken gelauert haben?

Seit mehr als fünfzehn Stunden verstopfen diese und tausend andere Fragen meine Gedanken, und auf keine einzige habe ich eine Antwort. Schlimmer noch, eine thront über allen anderen: Wem kann ich vertrauen? Ich habe nicht einmal gewagt, Falk von dem Zettel zu erzählen.

»Wir waren in der Unterzahl«, sagt Clara.

»Ava hat Geschwister aus Tokio zusammengetrommelt.«

Ich hatte über zwölf Stunden Zeit, mir Gedanken über mögliche Fragen zu machen, die Clara mir stellen würde, und es ist erstaunlich leicht, die Antworten dazu so flüssig über die Lippen zu bringen.

»Sie haben gesagt, sie wollten uns vor euren Leuten schützen«, hält sie dagegen.

Die letzten drei Worte klingen schwerfällig. *Euren Leuten.* Sie sieht sich offenbar immer noch nicht als Teil dieser Welt.

»Sie würden alles sagen, um uns auseinanderzubringen«, erwidere ich. Der Zettel in meiner Hosentasche fühlt sich an wie ein Felsen, der mich unerbittlich in die Matratze drückt. »Du kannst ihnen nicht trauen, Mio.«

Niemandem kannst du trauen. Schon gar nicht mir.

Hatte sie zuvor stetig weiter die Brauen zusammengeschoben, löst sich ihre verkrampfte Mimik, als ich sie bei ihrem Spitznamen nenne. Etwas, das ich längst bemerkt habe, weil sie das immer tut.

Etwas, das mir immer wieder in die Karten spielt.

Aber warum fühlt es sich mittlerweile falsch an, so zu tun, als wollte ich sie ausliefern, wenn ich es nicht mehr will?

Sie nickt ein paar Mal, lehnt sich dann wieder an mich und ich glaube schon, dass sie einige Minuten später längst eingeschlafen ist. Aber sie spricht mich noch einmal an.

»Jarik?«, fragt sie mit belegter Stimme.

»Was gibt's, Kirschblütenmädchen?«

Auf ihre Lippen huscht ein halbes Lächeln, doch sie öffnet die Augen nicht.

»Es steht unentschieden«, sagt sie. »Kotzbrocken: zwei, Clara auch.«

»Wie komme ich zu den zwei Punkten?«

Jetzt öffnet sie die Augen, selbst wenn es wirkt, als würde es sie einiges an Kraft kosten. Ihre Brauen schieben sich erneut zusammen, als würde sie weiterhin gegen Kopfschmerzen ankämpfen. Sie sieht so verletzlich aus wie nie.

»Leben retten bringt zwei Punkte, habe ich beschlossen«, sagt sie.

Auch wenn sie ehrlich lächelt, kann ich nicht mit einstimmen.

»Dann lasse ich dich lieber auf ewig gewinnen, bevor ich dich noch mal in Gefahr bringe.«

Sie öffnet den Mund und will gerade protestieren, doch ich lasse sie nicht. Stattdessen beuge ich mich über sie, schiebe ihr einige feine Haarsträhnen aus dem Gesicht und küsse dann ihre Stirn. Kurz verharre ich so, als könnte ich vergessen, was ich getan habe – einen Deal einzugehen, bei dem sie der Austausch ist. Rede mir ein, dass ich das Ruder noch herumreißen kann, dass ich den Deal rückgängig machen könnte.

Aber ich weiß, dass ich mich selbst belüge.

Ich habe keine Ahnung, was die Abtrünnigen planen, doch sie legen Deals nicht beiseite, schon gar nicht, wenn es ums Kirschblütenmädchen geht.

Plötzlich schiebt mich Clara ein wenig von sich weg, sodass meine Lippen nicht mehr an ihrer Stirn sind, sondern nur Zentimeter vor ihrem Mund schweben. Ihre Hand rutscht vorsichtig in meinen Nacken. Meine lege ich auf ihre und schiebe sie von dort aus zwischen uns, wo ich jedoch nicht die Kraft aufbringe, sie gänzlich loszulassen.

»Ich habe dich angelogen, Clara.«

Die Worte verlassen überstürzt meinen Mund. Aber jetzt, wo sie ausgesprochen in der Luft liegen, wird mir bewusst, wie viel Kraft es mich gekostet hat, sie zurückgehalten zu haben. Nun ist es Clara, die ihre Hand aus meiner zieht. Die stark genug dafür ist. Ihre Brauen schieben sich zusammen.

Ich wollte es so, ich habe die Worte absichtlich so kühl über meine Lippen ins Freie entlassen, aber trotzdem ist der Schmerz darüber unerträglich.

»Womit?«, fragt sie verwirrt.

»Dass das zwischen uns passt.« Ich gebe mir Mühe, das Zögern in meiner Stimme zu überdecken. »Kotzbrocken und Kirschblütenmädchen ... das passt nicht.«

»Warum nicht?«, haucht sie.

Ihr Atem, der mich streift, lässt mein Herz sich überschlagen.

»Er will etwas anderes als sie.«

»Und was?«, fragt sie.

In all den letzten Wochen habe ich mich so oft gefragt, ob sie ihre Mauern auch ablegt, und das hat sie. Hier und jetzt sehe ich keine Mauern. Ihr Blick ist weich und hat längst nichts mehr von der Härte, die er anfangs hatte, als wir sie hergeholt haben.

Sie vertraut mir, das hat sie selbst gesagt, und es steht überall in ihrem Gesicht.

»Nicht das zwischen ihnen«, sage ich.

Sie richtet sich ein wenig auf, streckte ihre Hand nach meiner aus, doch ich ziehe sie zu schnell zurück, sodass sie sie nicht mehr zu fassen bekommt. Ihre Augen huschen über mein Gesicht.

»Was soll das?«, fragt sie heiser. »Was ist passiert, dass du plötzlich so -«

»Schlaf jetzt«, unterbreche ich sie absichtlich harsch. »Ich gebe Falk Bescheid, dass du wach bist.«

Meine Beine sind wie mit Beton gefüllt, aber ich zwinge mich, aufzustehen und zur Tür zu gehen.

Ich drehe mich nicht noch einmal zu Clara herum, denn ich würde es nicht ertragen, sie anzusehen. Stattdessen umklammere ich die Türklinke so fest, dass meine Finger schmerzen.

Ich lasse den Sturm in meiner Brust das letzte bisschen Wärme beiseiteschieben.

»Jarik?«

Doch ich reagiere nicht. Ohne ein weiteres Wort verlasse ich den Raum.

Erst als ich einige Meter vom Krankenzimmer entfernt bin, drücke ich mich in einem Gang an die Wand, balle die Hände zu Fäusten und sage mir, dass es besser so ist. Ich bin ein Lügner, ich bin ein Spion, ich bringe sie in Gefahr.

Ich starre in die Dunkelheit vorm Fenster gegenüber – und diesmal sieht sie wirklich zu mir zurück.

Es ist besser so.

Es ist besser so.

Es ist besser so.

Es fühlt sich bloß nicht danach an.

KAPITEL 42

Clara

Falk lässt mich nicht bewachen, als er mich untersucht hat, kurz nachdem Jarik das Zimmer verlassen hat. Er hält mir auch keine Standpauke, sondern sagt, ich kann zurück in meine Unterkunft. Als er mich begleitet, spiele ich den Krankenbonus, obwohl ich alles andere als stolz darauf bin. Aber ich behaupte vor Falk, ich würde mich gern allein ausruhen, und verspreche ihm, mich zu melden, sollte ich mich unwohl fühlen. Er lässt mir Schmerzmittel da und wirft mir, bevor er geht, einen letzten Blick zu. Meine Kraft reicht, um ihm ein Lächeln zu schenken, doch es bricht in dem Moment, in dem die Tür ins Schloss fällt und ich allein bin.

Ich habe keine Ahnung, was in den letzten Minuten zwischen Jarik und mir passiert ist. Aber die Art, wie seine Stimme sich verhärtet hat und sein Gesichtsausdruck ebenso, geistert mir ununterbrochen im Kopf umher. Wie er mich zuvor gehalten hat, ich mich an ihn lehnen konnte – durchatmen konnte. Und plötzlich, als hätte ihn etwas eingeholt, von dem ich keine Ahnung habe, war nichts mehr von dem Jungen übrig, der mein einziger Halt in dieser fremden Welt war.

Vielleicht soll ich auch keine Ahnung haben. Vielleicht will Jarik nicht, dass ich davon weiß. Aber da ist ein Stich in meiner Brust, wenn ich daran denke. Ich dachte, er vertraut mir so wie ich ihm.

Ich dachte, es wäre richtig gewesen, meine Mauern zum Teil fallen zu lassen, doch jetzt liegen die Ziegel am Boden und ich habe das Bedürfnis, sie wieder zusammenzusetzen. Aber einmal gefallen, sind sie in so viele Teile zersprungen, dass sie überall verstreut sind.

Während die ersten Sonnenstrahlen durch die Wolken und in mein Zimmer brechen, holen mich die Gedanken an Jarik immer wieder ein, weshalb ich beschließe, duschen zu gehen, um sie abzuwehren. Rauch klebt noch an meiner Kleidung und in meinen Haaren und ich will ihn loswerden, so wie die letzten Stunden und die Erinnerungen im Tunnel.

Die Dusche hilft zumindest, mich besser zu fühlen, genau wie die frische Kleidung. Die Gedanken hat sie allerdings nicht vertrieben. Maximal sind sie leiser geworden, doch sie sind noch da. Vielleicht liegt es aber auch an der Erschöpfung, die mich nach der heißen Dusche wieder in ihren Griff zieht.

Ich öffne die Balkontür, lege mich danach ins Bett und lasse die frische Luft in den Raum ziehen und mich umhüllen.

Hin und wieder drifte ich fort, schrecke jedes Mal geweckt durch Albträume auf und bin nach jedem kurzen Schlaf nur noch erschöpfter. In den nächsten Stunden höre ich Schritte vor meiner Unterkunft, danach folgt immer ein Klopfen an meine Tür, doch sobald ich die Klinke sich herunterdrücken höre, stelle ich mich schlafend. Ich will mit niemandem reden, Hunger habe ich ebenso wenig und mein Kühlschrank ist noch gefüllt mit Wasser, sodass ich auch deswegen nicht das Zimmer verlassen muss.

Eine Stunde nach dem letzten Klopfen, ertönt erneut eins, weswegen ich mich schon schlafend stelle, bis ich jedoch wahrnehme, wie die Schritte sich schnell wieder entfernen, anders als die letzten Male. Als ich die Augen aufschlage, bemerke ich einen Zettel, der offenbar unter dem Türspalt hindurch geschoben wurde. Ich steige aus dem Bett und hebe das Papier schließlich auf.

Guten Appetit, steht darauf. Darunter ein lächelnder Emoji.

Vorsichtig öffne ich die Tür und stehe vor einem am Boden abgestellten Tablett. Auf ihm befindet sich eine Schüssel mit Obstsalat, daneben eine mit dampfendem Reis mit Gemüse sowie eine Schale mit etwas, das aussieht wie Vanillepudding, außerdem Stäbchen und Besteck. Ich spähe den Gang entlang, sehe jedoch nur noch flüchtig jemandes Rücken, als derjenige auch schon um eine Ecke in Richtung Tempel biegt.

Kurz überlege ich, das Essen aus Protest stehenzulassen, aber allein beim Anblick daran wird mir bewusst, wie groß mein Hunger ist. Also nehme ich es hoch, stoße die Tür mit dem Fuß zu, während ich zum Balkon und der Sitzgruppe darauf zugehe. Erst als ich das Tablett abstelle und die Schüssel mit dem Reis darunter anhebe, fällt mir ein weiterer Zettel auf. Er klemmte unter der Schüssel und ist so klein gefaltet, dass er vollkommen davon verdeckt war. Ich falte ihn auseinander und lese auch diese Nachricht.

Falls du Infos willst, die dir von der Gilde verwehrt werden, findest du mich nach dem Abendessen in der Trainingshütte im Wald.

Zweimal laufe ich in die falsche Richtung. Immerhin war ich lediglich einmal mit Jarik hier und der Wald, der an das Dorf grenzt, ist dicht und lässt mich nur einige Meter weit sehen. Es ist bereits eine halbe Stunde seit dem Abendessen vergangen, als ich ankomme – doch niemand ist in der Umgebung zu erkennen.

Ich spähe in die Hütte, deren Tür offen steht, umrunde sie schließlich, aber auch dadurch kann ich keine Person ausmachen.

Ein Knacken zwischen den Bäumen lässt mich herumwirbeln. Jarik steht einige Schritte entfernt vor mir.

»Was machst du hier?«, frage ich.

Er hat keine Waffe dabei, trägt eine Jogginghose in schwarz und einen dazu passenden Pullover, wodurch ich mich frage, ob er geradewegs aus dem Bett kommt. Sein Gesichtsausdruck ist unlesbar, aber zumindest erkenne ich nicht dieselbe Härte auf seinem Gesicht wie vor einigen Stunden, als er mich abgewiesen hat.

Während er auf mich zukommt, hebt er einen Zettel in die Höhe. »Du wolltest *mich* sehen, nicht ich dich.«

Er bleibt vor mir stehen und hält mir das besagte Stück Papier entgegen, das ich an mich nehme und die beiden

Sätze darauf lese: *Ich muss mit dir reden. Nach dem Abendessen an der Trainingshütte im Wald. Clara*

Die Handschrift sieht meiner nicht mal ansatzweise ähnlich, doch woher soll Jarik das wissen? Ich habe kein einziges Wort zu Papier gebracht, seitdem wir in Yamanashi sind. Er kennt meine genauso wenig wie ich seine.

Plötzlich rutscht mir das Herz in den Magen.

Jarik kommt einen Schritt auf mich zu. »Geht's dir gut?«

Er fasst mit seiner Hand nach meiner Schulter und ich lasse ihn, greife jedoch in meine Hosentasche, um den Zettel herauszuziehen und ihm das Papier hinzuhalten. Sofort nimmt er es an sich, seine Hand rutscht dabei von meiner Schulter.

»Hast du das geschrieben?«, frage ich. Meine Stimme zittert, obwohl ich versuche, sie unter Kontrolle zu halten.

Jarik liest die Worte und schon sein Gesichtsausdruck verrät mir, dass die Antwort auf meine Frage »Nein« ist. Sein Mund öffnet sich etwas, seine Brauen schieben sich in einer verwirrten Geste zusammen.

»Wo kommt der Zettel her?«, fragt er scharf, als er aufsieht.

»Jemand hat ihn unter meiner Tür hindurchgeschoben«, sage ich und setze gleich hinzu: »Wo kommt deiner her?«

In seinem Gesicht spiegelt sich Entsetzen, sodass er die Frage nicht beantworten muss.

»Jemand hat ihn unter meiner Tür hindurchgeschoben«, sagt er und tut es damit trotzdem.

Als er mich erneut berührt, umfasst er meinen Oberarm und jetzt ist die Geste nicht so sachte wie die an meiner Schulter.

»Wir müssen hier weg.«

Ein erneutes Knacken ertönt, näher diesmal, und Jarik und ich fahren gleichzeitig herum. Mein Herzschlag setzt aus.

Vor uns stehen vier Vermummte.

KAPITEL 43

Clara

Während drei der Gestalten sich im Hintergrund halten, tritt die vierte aus der Gruppe hervor und bleibt mit etwa fünf Meter Abstand vor Jarik und mir stehen. Auf Brusthöhe ihrer Jacken ist das Zeichen der Ishikawa gestickt.

Als die uns am nächsten stehende Gestalt ansetzt, an den Kragen ihrer Jacke zu greifen, schiebt Jarik mich zurück und tritt ebenso einen Schritt nach hinten. Darauf reagierend, hebt der Vermummte in einer abwehrenden Geste seine Hände vor die Brust.

»Wir haben nicht mal Waffen dabei«, sagt er. »Wir kämpfen nicht mit euch.«

»Wer es glaubt«, zischt Jarik.

Die Stimme des Vermummten weckt eine Erinnerung in mir. Ich schiebe mich an Jarik vorbei.

»Du hast uns gerettet«, sage ich. »Im Tunnel. Ihr seid uns zu Hilfe gekommen, oder?«

Jariks Hand schiebt sich auf meinen Unterarm, doch ich schüttle ihn ab und beobachte stattdessen die Gestalt. Wieder setzt sie an, um unter ihre Jacke zu greifen, da realisiere ich, dass sie keine Waffe hervorziehen will. Sie umfasst den Saum ihrer Maske und zieht sie sich schließlich vom Kopf.

Zum Vorschein kommt ein Junge, der in Jariks und meinem Alter ist. Aus seinen zurückgegelten Haaren haben sich einige Strähnen gelöst und umrahmen sein Gesicht. Es ist absurd, aber ich denke: Er sieht viel zu jung aus, um ein Abtrünniger zu sein. Er sieht nicht im Geringsten gefährlich aus – im Gegenteil. Ein feines Lächeln umspielt seine Mundwinkel und im Gegensatz zu Jariks und meiner ersten Begegnung, habe ich bei dem Fremden vor mir nicht das Gefühl, einem Roboter gegenüberzustehen. Seine braunen Augen mustern mich weder überheblich noch abschätzig, sondern mit ehrlicher Neugier. Fast so, als sei er überrascht, mich zu sehen.

»Ich schlage vor«, ergreift Jarik das Wort, »wenn ihr nicht vorhabt, zu kämpfen, drehen wir einfach um und jeder geht seines Weges.«

Der Fremde macht nicht einmal Anstalten, seinen Blick Jarik zuzuwenden, sondern hält stattdessen meinen.

»Wie geht es deinem Kopf, Clara?«, fragt er. Jetzt, wo seine Stimme nicht mehr vom Stoff seiner Maske verschluckt wird, klingt sie noch weicher.

»Wer bist du?«, will ich wissen, statt auf seine Frage einzugehen.

»Mason«, antwortet der Fremde.

»Du gehörst zu den Abtrünnigen.«

»Richtig«, sagt er mit Stolz in der Stimme. »Wir werden allerdings lieber Ishikawa genannt.«

»Habt ihr die Zettel geschrieben?«, frage ich, halte meinen hoch und deute ebenso auf Jariks. Der ist neben mir plötzlich ganz still geworden. Als ich ihm einen Blick zuwerfe, fängt er ihn zwar auf, sieht danach jedoch sofort durch mich hindurch.

Mason nickt, während die anderen hinter ihm sich noch immer nicht rühren. Er kommt mir zu jung vor, um ihr Anführer zu sein, aber sein Verhalten und das der anderen Gestalten spricht genau dafür.

»Wir müssen einiges bereden.« Zum ersten Mal sieht Mason zu Jarik, der sich wie auf Knopfdruck verkrampft.

»Ich habe euch um Aufschub gebeten«, bringt er hervor. Noch nie war seine Stimme so zittrig. »Ich brauche Zeit.«

»Was für einen Aufschub?«, frage ich, bevor Mason darauf antworten kann. Jarik weicht meinem Blick aus. Auch nach mehreren Sekunden spricht er nicht, sondern stiert lediglich in Masons Richtung.

»Wir sind nicht hier, um deinen Deal mit uns auszuführen«, sagt der.

Kaum sind die Worte ausgesprochen, weiche ich vor Jarik zurück. Er streckt seine Hand nach meiner aus, bekommt sie aber nicht zu fassen, und macht auch keine Anstalten, mir zu folgen.

»Du machst gemeinsame Sache mit den Abtrünnigen?«, frage ich heiser.

»Nicht, wie du denkst«, sagt er.

Wieder erinnere ich mich an den Jarik von unserer ersten Begegnung. Dem Jungen mit dem festgefahrenen Gesichtsausdruck, den kühlen Augen, der Robotergestik.

Dem Krieger.

Das hier ist er nicht. Seine Augen wirken fahl, seine Schultern sind eingefallen, über sein Gesicht huschen etliche Emotionen – Angst ist die greifbarste von allen. Er wirkt, als müsste man ihn nur anstoßen und er würde hintenüberkippen.

»Wie dann?«, frage ich.

Jariks Schweigen dröhnt mir in den Ohren. Er sieht mich bloß an, ohne einen Ton von sich zu geben.

»Wenn du es nicht erzählen willst«, mischt sich Mason ein und obwohl er bedacht spricht, zuckt Jarik bei seinen Worten zusammen, »kann ich das übernehmen.«

»Wag es nicht, das Wort noch mal an sie zu richten«, zischt er, doch durch das Zittern seiner Stimme verpufft die Wirkung seiner Drohung.

Mason zuckt lediglich mit den Schultern, während Jarik sich wieder mir zuwendet.

»Ich habe nur versucht, einen Weg an meiner Vergangenheit vorbei zu finden«, sagt er.

»Was heißt das?«, frage ich.

Als würde er eine Rolle spielen, klingen seine Worte plötzlich gefestigter, allerdings sehe ich, wie unsicher er mit dem rechten Arm über den Oberarm des linken fährt. So, als wollte er unter dem Stoff etwas erfühlen, von dem nur er weiß.

»Man sagt, die Abtrünnigen könnten Erinnerungen löschen«, fährt er fort und ich erinnere mich an das Gespräch mit Falk darüber. »Ich bin einen Deal mit ihnen eingegangen, um meinen zu entkommen.«

Mehrere Fragen brennen sich in meinen Hinterkopf, aber eine bestimmte findet ihren Weg ins Freie: »Was war der Deal?«

Es kommt mir ewig vor, bis er mir antwortet, und als er es tut, klingen die Worte so simpel -

»Du gegen meine Erinnerungen.«

- doch sie brechen mein Herz in hunderte Teile. Die Splitter graben sich tief in meine Brust, während mehrere Gedanken meinen Kopf stürmen wie Soldaten ein Schlachtfeld.

Er hat mich benutzt, deshalb hat er mich im Krankenzimmer von sich gestoßen.

Er hat mein Vertrauen gewollt, um mich auszuliefern.

Er hat mich belogen.

Er ist nicht meine Rettung – er ist mein Unglück.

Kirschblütenmädchen und Kotzbrocken, das passt nicht. Deswegen hat er es gesagt. All das zwischen uns war von seiner Seite aus nur gespielt.

»Mio -«

»Wag es nicht!«, schreie ich.

Mehrere Schritte stolpere ich zurück, spüre irgendwann einen Baumstamm in meinem Rücken, doch Jarik folgt mir nicht.

»Ich folge dir«, hat er bei unserem Training einmal zu mir gesagt und sich danach zu mir in die Tiefe fallen lassen.

Auch das war eine Lüge. Er war mir immer einen Schritt voraus und ich habe nichts geahnt. Hier und jetzt stürzt er sich nicht mit mir in die Tiefe – er ist derjenige, der mich hineinstößt.

Mein Blick gleitet zu Mason, der eine flüchtige Handbewegung macht, die Jarik nicht registriert, weil dessen Blick auf mir klebt. Die drei anderen Gestalten sind schnell bei ihm und greifen seine Arme, bevor er realisiert, was passiert.

Mit einem Stoß in die Kniekehlen zwingen sie ihn zu Boden und halten seine Arme auf seinen Rücken gepresst. Jarik versucht, sich aus dem Griff zu befreien, doch je mehr er sich wehrt, desto schmerzverzerrter wird sein Gesicht, weil die Abtrünnigen ihn nur noch fester halten.

»Finger weg oder ich bringe euch eigenhändig zur Strecke!«, brüllt er in Masons Richtung.

Plötzlich schnellt Jariks Bein nach hinten und trifft die rechte Gestalt am Schienbein. Durch die Überraschung lockert sich ihr Griff um Jariks Arm, der sich befreit, einen der anderen Vermummten mit einem Tritt gegen den Oberschenkel von sich stößt, um dann auf Mason zuzustürmen.

Das ist der Moment, den ich nutze. Ich muss weg.

Ich zwinge meine Beine dazu, zu rennen, und sie gehorchen mir zum Glück. Hinter mir höre ich Jarik meinen Namen schreien, aber ich halte nicht an. Er wird mich nicht retten, nicht, wenn er gemeinsame Sache mit den Abtrünnigen macht und ich der Preis bin.

Die Arme von mir gestreckt, presche ich vorwärts, um mein Gesicht vor den Ästen zu schützen, die nach mir greifen.

»Kada!«, durchschneidet Jariks Stimme meinen Herzschlag, der mir in den Ohren wummert.

In meinen Erinnerungen flammt das Bild von ihm und mir im Hotel auf, die Abtrünnigen über uns, er vor mir, sein Gesichtsausdruck weich und voller Verständnis.

»Dein Vater hat dich Kada genannt«, hat er geflüstert. *»Die Mutige.«*

Wahrscheinlich ist es Absicht, dass Jarik ausgerechnet jetzt mit dem Namen nach mir schreit, aber ich reagiere wie aus einem Reflex heraus und drehe mich im Laufen nach ihm um. Das Letzte, was ich sehe, bevor die Bäume die Szenerie endgültig verschlucken, ist das: Jarik, dem ein Tuch vor Mund und Nase gehalten wird – und der dann ohnmächtig zu Boden geht.

ENDE BLÜTEN-TRILOGIE BAND 1

ÜBER DIE AUTORIN

Sarah Nierwitzki wurde im September 1987 am Rande des Ruhrgebietes geboren. Das mit dem Schreiben klappt bei ihr nur so: Eine Idee nach der anderen abarbeiten (in Sonderfällen auch zwei auf einmal), mit Noice-Cancelling-Kopfhörern auf den Ohren und in der Ecke eines Raumes, damit ihr niemand über die Schulter sieht.

Als Ausgleich zum Schreiben liest sie sich querbeet durch die Jugendliteratur, kauft Notizbücher, die sie vor ihrem Verlobten versteckt (»Du hast doch genug!«), sitzt am liebsten in ihrem Ohrensessel und kann die Finger nicht von Social-Media lassen. Mal schreibt sie Romane mit Tiefgang, mal lässt sie sich in ihren Geschichten einfach nur treiben und wird selbst überrascht, was daraus wird.

Aber ob fantastisch oder realistisch, eine Sache darf nie fehlen: die Liebe.

Wenn du Lust hast, mehr über die Autorin und ihre Bücher zu erfahren, kannst du gern den QR-Code scannen und sie im Internet »besuchen« :)

DANKSAGUNG

Mittlerweile bin ich froh, einige Personen gefunden zu haben, die jede Veröffentlichung zu einer Teamarbeit machen, sodass ich das Gefühl habe, ein Buch ist nicht *mein* Buch, sondern ein Gemeinschaftsprojekt. Mit diesem Buch möchte ich daher mehreren Menschen danken:

Bester Typ der Welt: Immer zuerst. Du steckst in all meinen männlichen Protagonisten, und vielleicht am meisten in Jarik. Nicht, weil du ein Kotzbrocken bist, sondern wahnsinnig mutig und aufopferungsvoll.
Christin: Keine Ahnung, wie oft ich mich für die Cover bedankt habe, aber jedes einzelne Mal war ernst gemeint. Es ist unglaublich, wie du Claras und Jariks Geschichte ein Gesicht gegeben hast!
Sam: Für die wunderschönen filigranen Kapitelzierden, die perfekt zur Geschichte passen.
Marie: Für die lustigen, aber vor allem kritischen Kommentare im Lektorat, durch die ich den Text an vielen Stellen so viel runder machen konnte!
Kathleen: Für die Illustrationen, die Clara und Jarik noch mehr Leben einhauchen.
Alle Leserinnen und Leser: Wenn Falk oder Jarik sagen »Ein Pfeil bricht, zehn Pfeile nicht«, könnte ich das genauso auf euch beziehen. Ich könnte noch so viele Bücher schreiben, sie wären nichts wert ohne eure Begeisterung, die sie mit Leben füllen. Danke!

WEITERE TASCHENBÜCHER

WWW.SARAHNIERWITZKI.DE/SHOP

Alles still. Außer dir. (Rockstar Romance | 12,99 €)

Still – das beschreibt die Journalistin Allison Davies am besten. Gefangen in einem Job, der sie unglücklich macht, aber immerhin ihre Miete zahlt, sodass sie nicht zurück zu ihrer Familie muss, bei der nur Streit auf sie wartet. Als sie jedoch gekündigt werden soll, bricht alles über ihr zusammen.

Bis sie die Möglichkeit bekommt, den Popstar Callum Evans auf Tour zu begleiten, um eine Story über ihn zu schreiben. Allison sagt zu und will so ihren Job retten. Nur mit der Anziehungskraft zu Callum hat sie nicht gerechnet. Und auch nicht damit, dass der erfolgreiche Sänger keine dunklen Geheimnisse hat, die Allison für ihren Artikel nutzen kann - oder verbirgt er sie nur zu gut?

Die Farbe von Feuer (New Adult | 12,99 €)

Schwarz ist die Farbe, die Tessas Leben und ihre Malerei dominiert, seit ihr Bruder durch einen Brand ins Koma gefallen ist – und sie schuld daran ist. Die Menschen um sie herum hält sie auf Abstand, aus Angst, noch eine Katastrophe auszulösen und wieder einer Person zu schaden, die sie liebt.

Nur der Neue auf ihrer Arbeitsstelle sieht plötzlich hinter das Schwarz und erkennt, wie viele Farben darunter liegen. Und langsam kann auch Tessa die Dunkelheit beiseiteschieben, indem sie Bastian vertraut, die Welt wieder strahlend wahrzunehmen. Doch was, wenn plötzlich Bastians Katastrophe sie beide ins Feuer stößt?

Über mir der Sturm (New Adult | 12,99 €)

Hanna läuft, um zu siegen. Der Traum von der Goldmedaille rückt für die 18-jährige endlich in greifbare Nähe – bis sie in einen Autounfall verwickelt ist. Hanna überlebt, aber ihr Unterschenkel muss amputiert werden. Panikattacken, Phantomschmerzen und Einsamkeit bestimmen fortan ihren Alltag.

Doch dann trifft sie David. Der Junge im Rollstuhl sieht nach Hannas Unfall als Erster hinter ihre Fassade und ermutigt sie, an ihrem Traum festzuhalten. Aber während David und Hanna sich immer näherkommen, wühlt der Sturm in ihrem Inneren eine Frage auf: Wie schaut man positiv in eine Zukunft, die nichts mit der zu tun hat, die man sich ausgemalt hat?

Der Ort in mir (Young Adult | 12,99 €)

Das strenge Leben in der religiösen Gemeinde ist das einzige, das Leah kennt. Als ihr bester Freund Simon plötzlich an ihrem Arbeitsplatz auftaucht, ändert sich auf einen Schlag alles. Zusammen mit ihrem Bruder Aaron ist er vor einem Jahr aus der Gemeinde geflohen und kehrt nun zurück, um Leah zu enthüllen, dass ihr Leben ein Sumpf aus Lügen und Geheimnissen ist.

Obwohl Leah weiß, dass es falsch ist, sich auf die Welt „da draußen" einzulassen, kann sie ihrer Familie nicht mehr vertrauen. Sie folgt Simon in eine Welt, die ihr gleichzeitig fremd und voller Versuchungen ist. Je weiter sie ihr Weg führt, desto deutlicher erkennt sie, dass sie sich entscheiden muss: Ist ein Leben voller Musik und Freiheit es wert, ihre Familie und die Sicherheit der Gemeinde für immer aufzugeben?

EXKLUSIV ALS AMAZON EBOOKS

Schwingen-Dilogie (Romantasy | je 3,99 €)

Unter dunklen Schwingen (Band 1)

Seit drei Jahren ist für die 19-jährige Claire nichts mehr, wie es mal war: Ihr Vater ist tot und die Polizei kann sich nicht erklären, wer ihm den Messerstich direkt ins Herz zugefügt hat. Claires Mutter verzweifelt aufgrund der rätselhaften Umstände. Versunken in der Trauer, entfernt sie sich immer weiter von ihrer Tochter.

Um all das hinter sich zu lassen und ihrer Leidenschaft, dem Ballett, nachzugehen, zieht Claire nach New York. Doch auch hier lässt sie die Nacht vor drei Jahren nicht los. Denn plötzlich taucht Ben auf, der ihr wie zufällig immer wieder über den Weg läuft. Er deutet an, mehr über den mysteriösen Tod ihres Vaters zu wissen. Etwas, das Claire alle Fragen darüber beantworten könnte – und gleichzeitig ihr Leben bedroht.

Unter schwarzen Himmeln (Band 2)

Claire und Ben haben nicht nur den Tod von Claires Vater hinter sich gelassen, sondern genauso Sadriels Verrat. Statt alten Erinnerungen hinterherzutrauern, versucht Claire, in ihrem neuen Leben als Himmelsfürstin anzukommen. Es ist vor allem Ben, der ihr hilft, ihren Platz in dieser noch fremden Welt zu finden.

Doch als Claire plötzlich Albträume von Feuer plagen, weiß auch er nicht weiter. Erst als Andrew und Grace auftauchen, fügen sich mehr und mehr Puzzleteile zusammen. Die Geschwister behaupten, die letzten Jahre in Claires und Bens Leben seien nichts als Lügen gewesen – und ausgerechnet diejenigen, die ihnen die Wahrheit vorgaukelten, sind die, die das Lügengerüst errichtet haben ...

IMPRESSUM

Sarah Nierwitzki
Lange Wiese 27
33613 Bielefeld

Coverdesign: Christin Giessel, https://www.giessel-design.de/
Lektorat: Marie Döling, https://writeinpieces.jimdofree.com/
Kapitelzierden: Sameena Jehanzeb, https://www.saje-design.de/
Druck: PRINT GROUP Sp. z o.o., ul. Cukrowa 22, 71-004 Szczecin
Vertrieb: Nova MD GmbH, Raiffeisenstr. 4, 83377 Vachendorf/Traunstein

1. Auflage

Kontaktmöglichkeiten:
E-Mail: Sarah.Nierwitzki.Autorin@web.de
Facebook: Sarah Nierwitzki Autorin
Instagram: wortkosmos
Web: www.sarahnierwitzki.de